桓檀古記

소설

환단고기

③ 역사의 강물에 빠지다

느티나무가 있는 풍경

소설
환단고기 桓檀古記

③ 역사의 강물에 빠지다

초판 1쇄 발행 2023년 3월 10일

지 은 이 신광철
글 쓴 이 신정균
펴 낸 이 김희경
기획편집 왕태근
디 자 인 홍지연
표　　지 윤동일
인　　쇄 (주)소문사

펴낸 곳 느티나무가 있는 풍경
주소 경기도 남양주시 가운로 4길 6-8 302호(다산동)
전화 031. 555. 6405 **FAX** 031. 567. 6405
출판등록 제399-2020-000042
ISBN 979-11-981489-1-9
ISBN 979-11-971341-3-5(세트)

역사의 강물에 빠지다

〈소설환단고기〉를 다시 쓰며

〈환단고기〉는 한민족의 축복이다

한국인에게 환단고기라는 책은 분명 축복이었다. 민족의 정신과 우리의 역사가 어떻게 만들어졌는지를 알려주는 유일한 책이다. 수행문화가 개천開天이고 개국開國임을 알아야 진정한 한민족의 진면목을 만나게 된다. 건국이념이 왜 홍익인간이고 재세이화인지를 알게 해주는 책이 바로 〈환단고기〉였다.

어쩌면 운명이 나를 불러 세워 환단고기를 소설로 쓰라고 했을지도 모른다는 생각을 했다. 힘들고 벅찬 글쓰기였다. 쉽지 않은 일을 괜히 하고 있구나, 라는 생각도 했다. 〈소설환단고기〉 2권을 집필 완료한 지 4년이 되었다. 불이 꺼진 것을 다시 지피기 힘들었다. 다행인 것은 그래도 예정했던 5권을 다 썼다는 안도감이다. 정말 여러 번 주저했고 그만두고 싶었다. 개인적으로 운명을 믿는 사람이다. 〈환단고기〉와 가늘게

라도 인연이 닿아 있는 인생이라고 생각하며 마음의 위안을 삼고 썼다. 개인적으로 삶에 목적이 없으면 삶은 노동에 불과하다는 담론을 견지하며 사랑은 인생의 등대라고 우기고 있었다.

역사는 왜곡되는 것이 자연스러운 일이다. 역사공부를 할수록 왜곡은 필연이라는 생각을 했다. 심지어 일기에도 자신의 개인사를 왜곡시킨다. 좋은 내용은 적고 부끄러운 내용은 빼놓는다. 여러 가지로 역사는 왜곡의 유혹에 노출되어 있다. 역사는 강자의 편이라는 이야기가 있다. 역사는 강자의 입장에서 쓰일 수밖에 없다는 논리다. 더 확실한 말은 '역사의 진정한 강자는 쓴 자'였다. 그렇다. 쓴 자가 강자였다. 쓰면 된다. 물론 근본이 있어야 한다. 사실에 기반해 적되 정체성이 있어야 한다. 우리는 우리의 역사를 자주적으로 써야 한다.

역사의 피는 따뜻해야 한다.

개인적인 생각으로 역사에는 긍정이 있어야 한다. 역사의 강에는 따뜻한 피가 흘러야 한다는 말이다. 역사를 통해서 진실을 알고, 배워야 할 교훈이 있어야 한다는 전제가 없다면 역사를 논할 이유가 없다. 〈소설 환단고기〉는 우리 환족의 자랑스러운 면을 적으려 노력했다. 당당하게 썼다. 분명한 것은 있는 것을 적었다. 역사적 사료를 찾아서 썼다.

중국과 일본의 왜곡에 대해 화내지 말고 우리의 역사는 우리가 다시 쓰면 된다. 중국과 일본이 왜곡한 것과 상관없이 우리가 주체적으로 정체성과 역사관을 가지고 저술하면 된다. 앞서 말했듯이 역사에서 강자는 쓴 자다. 동아시아의 문화를 창조해낸 위대한 환족의 역사가 세계화되었음을 보았다. 세계화의 주체가 환국이고 단국이고 고조선이었음을 보았다. 인류에게 한류를 전한 최초의 사건이 있었음을 보았다. 환족의 사상에는 너와 나를 넘어 사람을 이롭게 하라는 인류 보편의 공생을 외친 홍익인간弘益人間이 있다. 통 큰 국가관이다. 다시 한류가 출발하고 있다. 환족의 유전자에 들어있는 호기심과 도전, 그리고 창조능력 덕분이다. 글을 마치며 끝없이 완성을 위한 수련에 힘쓴 위대한 환족의 후손임을 감사한다.

〈소설환단고기〉를 쓸 때 참고한 〈환단고기〉 안경전 역주자에게 감사드린다. 그리고 다소 거친 인생을 끌고 가는내게 변함없이 힘이 돼준 아내와 자신의 길을 잘 찾아가고 있는 딸 아들, 신선과 신명에게 고맙다는 말을 보낸다. 그리고 책을 내느라 고생한 〈느티나무가 있는 풍경〉의 김희경 대표에게 고마움을 전한다. 끝으로 〈환단고기〉라는 책을 만나게 해준 김인수 후배님에게 감사를 보낸다.

일산에서 신광철

목 차

4. 환족의 삼성三聖

역사에서 강자는 쓴 자다

"역사는 강자의 편이라는 이야기가 있다.
역사는 강자의 입장에서 쓰일 수밖에 없다는 논리다.
더 확실한 말은 '역사의 진정한 강자는 쓴 자'였다.
그렇다. 쓴 자가 강자였다. 쓰면 된다. 물론 근본이 있어야 한다.
사실에 기반해 쓰되 정체성이 있어야 한다.
우리는 우리의 역사를 자주적으로 써야 한다."

1. 역사의 전면에 서다

계연수, 역사의 전면에 서다

계연수는 쉬지 않고 의주로 달려갔다. 아버지 영전에 무릎을 꿇고 울었다. 아버지가 돌아가셔서 울었고 나라가 망해가고 있어서 울었다. 무너지는 것들 중에서 홀로 일어서야 하는 자신의 입장을 두고 또 울었다. 세상이 무너져도 역사를 일으켜 세워야 하는 책무가 계연수 자신에게 있음을 아파하며 울었다. 나라가 무너져도 계연수 자신은 일어서야 하고, 아버지가 돌아가셨어도 계연수 자신은 일어서야 했다. 환족의 역사를 세상에 내놓아야 할 책무가 있었다. 계연수는 아버지와 어머니가 함께 했을 때 자신이 역사의 짐을 지겠다고 선언한 때를 생각했다.

*

–아버지. 그 역할을 제가 하겠습니다.

아버지는 대답을 못했다. 어머니도 아들을 바라보기만 했다. 그동안 역사의 은자 역할을 하는 것만으로도 벅차고 힘든 것을 알고 있었다. 개인의 인생을 포기해야 가능한 일이었다. 위험한 일이기도 했고, 희생이 없이는 엄두도 내기 힘든 일이었다. 죽음을 각오해야 하는 역사의 은자 역할보다 진정 힘든 것은 살아내야 한다는 것이었다. 어디에서도 삶은 만만하지 않았다. 힘들고 고된 인생을 예고하고 있었다.

아버지는 어머니를 바라보았다. 어머니는 아무 말도 하지 않았다. 자신의 아들에게 무겁고 막중한 일을 하라고 말할 수 없었다. 아버지는 어머니의 마음을 읽고 싶었다. 아버지도 아들에게 그 일을 맡아달라고 선불리 말을 꺼내지 못하고 있었다.

–아버지, 어머니. 제가 하도록 하겠습니다.

다시 한번 계연수가 아버지와 어머니를 바라보며 단호하게 선언했다. 역사의 은자가 되어 고난을 감내할 것을 선언하는 자리였다.

아버지는 어머니를 바라보더니 다시 계연수를 바라보았다.

–그래. 네가 할 수 있다면 해 보거라.

아버지가 무거운 표정으로 말했다. 어머니는 아무 말도 없이 아들을 바라보았다. 어머니의 마음 안에는 안타까움과 걱정이 담겨있었다.

계연수는 아버지와 어머니 앞에서 했던 선언을 떠올렸다. 이제 아버지가 돌아가셨다. 역사의 은자로 살아오셨던 아버지가 돌아가셨다. 역사의 은자들에게 물려받은 역사적 책무와 역사적 사명을 홀로 끌어안고 아버지 영전에서 울었다. 역사 앞에서 외로워서 울었고, 힘에 겨워서 울었다. 그래도 일어서야 하는 무거운 짐을 벗을 수 없었다. 한민족의 국통맥을 정립해야 하는 일도 자신에게 주어졌음을 스승 이기로부터 책을 넘겨받으면서 깨달았다. 끊어진 역사가 다시 이어지는 것을 확인하고, 다시 책을 만들어 세상에 환민족은 이랬노라 선언해야 하는 막중한 무게가 자신을 누르고 있음을 알았다.

사내는 태어나 세 번 운다고 했다. 태어났을 때, 부모가 돌아가셨을 때, 나라가 망했을 때라고 했다. 태어날 때 울었고, 아버지의 영전에서 울고 있었다. 다시 나라가 망해가고 있는 현실에서 울었다. 계연수는 다시는 울지 않기로 다짐했다. 나라가 망해도 울 수 없음을 계연수는 알고 있었다. 9천 년의 역사를 온몸으로 끌어안은 역사의 은자에서 역사의 증인으로 사명이 더 막중해졌음을 알고 있었다. 개인의 힘으로 감당하기 힘든 짐을 손수 짊어지고 있는 나는 어떻게 살아야 하는가 생각했다. 답은 없었다.

다시 계연수는 단굴암에서 단학도인을 만났을 때의 일을 떠올렸다. 단굴암에 도착했을 때 자신을 기다리고 있던 단학도인이었다.

*

계연수는 말없이 하늘을 바라보다가 단학도인에게 말했다.

-저와 도인님과는 무슨 인연입니까?

-만나야 할 인연이지.

계연수의 말에 단학도인의 답이었다.

-왜지요?

-사람은 태어날 때 만나야 할 사람 몇은 정해놓고 태어난다네.

-그게 사실입니까?

-여기에 내가 찾아온 것도 마찬가지야.

-저를 만난 이유가 무엇입니까?

-역사를 짊어진 자에게 천부경의 실체를 알려주고 가는 것이 내 임무야.

-제가 역사를 짊어진 자라는 것을 어떻게 아셨습니까?

-나도 모르네. 다만 나를 이끄는 힘이 있었네. 그리고 자네가 만날 사람인 것은 선몽으로 알았지. 자네 얼굴을 보았고, 단굴암으로 올라오고 있는 모습을 보았네. 그리고 자네가 선몽처럼 단굴암으로 찾아온 걸세.

믿어지지 않았지만 믿지 않을 수도 없는 일이었다.

-지금 이렇게 두 사람이 만나고 있지 않은가.

-역사를 짊어진 자라는 의미는 구체적으로 무엇입니까?

-간단하네. 은자들이 가진 역사를 집대성하는 일일세.

-제가 그 일을 할 수 있을 것으로 보입니까?

-그렇지는 않네. 임무는 임무일 뿐일세.

-그러면 실패할 수도 있다는 말씀이시군요.

–그렇네.

단학도인은 단호하게 말했다.

역사의 짐을 짊어졌다고 해서 성공하는 것은 아니라는 단언이었다. 다시 말하면 모두 자신이 태어난 이유와 인생의 책무를 지고 살아가지만, 임무 완수는 예측할 수 없다는 말이었다.

–성공하려면 두 가지가 필요하네.

계연수가 단학도인의 말에 귀를 기울였다.

–그렇게 귀 기울여 들을 이야기는 아닐세.

그럼에도 계연수는 단학도인의 말을 들을 준비를 하고 있었다.

–너무나 평범하고 당연한 이야기일세. 절박한 마음과 하늘의 도움이 필요하네. 절박한 마음은 자네의 노력이고, 하늘의 도움은 운명일세. 어느 하나만으로 이루어질 수는 없네. 분명한 것은…

단학도인이 다시 말을 끊었다. 그리고 먼 산을 바라보았다. 까마귀가 떼를 지어 날고 있었다.

–지금 이 상황에서 이 일을 수행할 사람은 단 한 사람, 자네뿐일세.

계연수는 얼음처럼 굳었다. 왜 나여야 하는가에 대한 답을 듣고 싶었다. 하지만 이유를 말하지 않고 계연수를 지목했다. 일면식도 없는 단학도인이 자신을 기다리고 있었고, 만났다. 그리고 한 번에 자신을 알아보고 이야기를 시작했다. 천부경의 신비에 대한 강론이 있었다. 그리고 다시 단학도인은 자신을 향해 역사의 짐을 진 자로 지명했다. 역사를 짊어진 자, 역사의 짐을 진 자, 표현은 조금 달랐지만 같은 의미였다.
–허공을 날개 저어서 날아오르는 저 새들처럼, 무모해 보이지만 누군가 임무를 수행해야 하네. 그것을 왜 자네가 짊어져야 하는지는 나도 모르네. 다시 말하지만 나는 선몽을 해 이곳으로 왔고, 선몽한 대로 자네를 만났네. 그리고 여기에 있는 걸세. 그리고 자네를 만나고 있는 걸세.
–이리로 보낸 어떤 힘이 있군요.
–그렇네. 이유는 묻지 말게.
단학도인은 입을 다물었다.

아버지 영전에서 아버지 생각과 묘향산 단굴암에서 만났던 단학도인을 떠올렸다. 이 일을 수행할 사람은 단 한 사람, 자네뿐이라는 단학도인의 말이 가슴을 쳤다. 아버지도 단학도인도 역사와 더불어 인생을 사신 분이었다. 이제는 계연수 자신이 그 길로 본격 들어섰다. 역사는 끝이 없이 길고 끝이 없이 넓었다. 나무 한 그루가 독립적으로 자라면서 개인의 역사를 만들어내지만 결국은 숲이라는 큰 울타리에서 만나 숲의 역사를 공유하게 된다. 역사는 부분과 전체를 아울러야 한 편의 완성된 역사가 된다. 개인의 생각이지만 공동체가 가진 정신이 있다. 개인의 인생이지만 공동체가 가진 관습이 있다. 개인의 취향으로 인생을 끌어가지만 공동체가 가진 문화가 있다.
공동체가 가진 정신과 관습과 문화가 하나의 역사가 된다. 여기에 사건이 큰 줄기를 이루면서 역사가 완성된다. 시간으로 퇴적되는 사건에 정신 관습 문화가 입힌다.

이기, 전봉준을 찾다

전봉준을 만나기 위해 고부로 달려간 이기는 전봉준이 한양에서 내려온 경군까지 격파하며 전주성을 점령한 것을 알고 다시 방향을 바꾸어 전주성 앞에 서 있었다. 경비는 삼엄했고, 사기는 넘쳤다. 전봉준을 만나기 위해서는 몇 번의 단계를 거쳐야 했다.

전봉준과 이기는 서로를 알고 있었다. 몇 번 본 것이 전부였지만 강한 인상을 받았던 인물이었다. 전봉준은 김개남과 손화중과 함께 있었다. 이기가 안내를 받아 안으로 들어가자 전봉준이 개인적으로 다가와 인사했다. 구리빛으로 탄 얼굴. 가늘게 찢어진 눈에 엄중함이 보이는 눈매는 여전했다. 작은 키에 다부진 체격이었다.

–어쩐 일이십니까?

인사를 나누고 나서 첫 번째 던진 말이었다.

–할 말이 있어 왔소.

이기의 하얀 수염이 빛났다.

–말씀하시지요.
–먼저 나는 백성의 마음으로 일어난 용기에 대해 먼저 칭찬하고 싶소.
–고맙습니다.
–내가 감히 말씀드리고 싶은 것은 이 기세를 몰아붙여 한양으로 진격해야 한다고 생각합니다. 하늘은 기회를 여러 번 주지 않습니다.
이기의 목소리에는 단호함이 있었다.
–마음이야 달리고 싶지만 상황이 녹록치 않습니다.
–어떤 상황이요?
전주성에 입성해 사기가 올라있던 농민군에게 어려운 점이 닥쳤다. 조정, 정확하게 말하면 명성황후는 고부에서 일어난 농민군으로 인해 국난을 선포하고 청나라에 지원병을 요청했다. 청나라에서 지원병을 보내 아산으로 들어왔다. 위기를 느낀 일본도 군대를 보내 인천으로 상륙했다. 조선을 놓고 청나라와 일본이 일방적으로 군사를 보내 통치하겠다는 노골적인 행동이었다.
이기가 전봉준을 만나기 위해 내려오던 중에 새로운 상황이 발생했다. 전봉준은 이를 이기에게 설명했다.
–백성이 일어나는 것은 하늘이 도와주어야 가능한 일입니다. 하늘이 도와준다고 해서 성공하는 것도 아닙니다. 그것은 역사가 증명하고 있습니다. 우리 민족은 순하고 어집니다. 강하게 일어나야 할 때 주저하는 경향이 있습니다. 일어났을 때 한양까지 진격해 목적하는 바를 이루어야 합니다.

이기의 목소리에는 결기가 있었다.

전봉준의 눈빛이 빛났다. 하지만 망설이는 마음이 얼굴에 그려졌다.

–일어났으니 진격해야 하네. 다시는 이런 기회가 없을 수도 있네.

옆에서 듣고 있는 김개남이 자신의 심경을 말했다.

–내 마음도 다르지 않으나 지금은 아닐세.

–이유가 무엇이오?

–생각해 보십시오. 우리 조선을 삼키겠다고 청나라군과 일본군이 이미 조선으로 들어와 있습니다. 우리가 일어난 것을 빌미로 들어왔으니 우리가 해산한다면 그들도 명분이 없으니 돌아갈 것이오.

–무슨 말을 하는가?

전봉준과 김개남이 자신의 주장을 굽히지 않았다.

전봉준이 군대를 해산한다는 말에 김개남과 손화중은 깜짝 놀라며 전봉준의 말을 막아섰다.

김개남과 김화중이 놀라는 모습에 전봉준도 멈칫했다.

이번에는 이기가 세 사람을 둘러보며 말했다.

–이번 봉기한 명분인 4대명의四大名義와 봉기를 알리는 격문을 보았습니다. 그리고 백성에게 궐기를 호소했습니다. 첫째 사람을 함부로 죽이지 말고 가축을 잡아먹지 말라. 둘째 충효를 다하여 세상을 구하고 백성을 편안케 하라. 셋째 일본과 오랑캐를 몰아내고 나라의 정치를 바로 잡는다. 넷째 군사를 몰아 서울로 쳐들어가 권세가와 조정 간신들을 모두 제거한다고 했습니다. 한양으로 진격해야 목적한 바를 이룰

수 있습니다.

–명분이 사라졌는데도 물러나지 않는다는 것은 도의가 아닙니다.

전봉준은 일본군이나 청나라가 명분이 사라지면 물러날 것이라고 믿고 있었다.

–분명하게 청나라와 일본군은 우리 농민군이 해산한다고 해도 물러날 리가 없습니다. 역사에서 보여주는 많은 사례가 있습니다. 강자의 이익이 곧 길이고 정의요.

이기의 말을 받아 김개남이 말했다.

–나도 그렇게 생각하네. 청군은 조정의 원군을 빌미로 들어왔고, 이미 일본군은 허락도 없이 들어왔네. 이미 조선을 군대로 점령한 것이나 다름없네. 어찌 군대를 조선의 허락도 없이 조선의 땅에 진입시킬 수 있다는 말인가. 그들은 조선의 왕마저도 능멸할 걸세.

김화중이 가세했다.

–그래도 아니 되네. 기회는 다시 오네. 명분이 사라지면 청나라군과 일본군은 철수하리라 보네. 우리의 봉기가 의로웠으니 의롭게 마무리해야 하네.

김화중의 말에 전봉준이 단언하듯 말했다.

–지난번에 당하지 않았던가. 우리의 충정과 원하는 바를 다 들어주겠다고 해 해산했다가 다시 뭉친 것 아닌가?

–지금은 상황이 다르지 않은가. 나라를 생각해야 하네.

김개남의 주장에 전봉준의 목소리가 커졌다.

–내가 나라를 생각하지 않아서 하는 말인가!

다시 김개남의 목소리도 커졌다.

–나도 자네의 말을 이해하네. 하지만 지금은 조선의 운명이 청나라와 일본국에 달려있는데 그들이 조선에 군사 개입한 것에 대한 명분을 없애서 물러나도록 하자는 것 아니겠는가.

–얼마나 더 속아야 세상을 이해한단 말인가.

전봉준의 말에 김개남은 체념한 듯 목소리를 낮춰 중얼거리듯이 말했다.

–속을 수도 있지만 지금은 우리의 문제를 관철하는 것보다 나라의 안위가 먼저 걱정이 되네. 나라가 있어야 백성이 있고, 나라가 있어야 우리의 문제가 의미있는 것 아니겠는가.

–임금도 조정도 이미 무너진 상태라고 보이지 않나. 청과 일본이 코앞에서 조선을 통째로 집어삼키려고 하고 있네. 그것을 이대로 보고 있으란 말인가.

전봉준의 말에 김개남의 주장도 강했다.

듣고만 있던 이기가 나지막한 목소리로 말했다.

–나도 그렇게 생각합니다. 조선에 군을 투입했다는 것은 조선을 무단 점령하겠다는 의지로 보입니다. 청은 조정의 요청에 의해 왔지만 일본의 경우는 일방적으로 들어왔습니다. 조선에 대한 선전포고가 아니라 이미 조선에 군을 투입해 점령하고자 하는 야욕을 드러낸 것입니다. 그냥 물러날 리가 없습니다.

이기가 목소리를 낮춰서 조용하게 말했다.

전주성에서의 군권은 전봉준이 가지고 있었다. 전봉준 김개남 손화중의 집단지도 체제의 모습을 갖췄으나 실질적인 결정은 전봉준의 몫이었다. 전봉준이 대장으로 추대되어 군권을 가지고 있었다.

같은 상황에 다른 생각을 가지고 있었다. 전봉준은 청과 일본이 스스로 철수할 기회를 주고 다시 봉기해도 된다는 생각이었다. 농민군이 일어나 청나라와 일본군이 들어왔으니 농민군이 자진해산 할 것을 믿고 있었다. 반면 김개남과 손화중의 생각은 달랐다. 손화중은 김개남의 주장을 따랐지만 김개남의 입을 통해서 자신의 말을 대신했다. 전봉준을 제외한 세 사람은 농민군을 해산한다 해도 청과 일본은 자신들의 이익을 위해 계속 주둔할 것을 염려했다. 일어난 기회를 놓치지 말고 외세에 대항해 일전을 치르자는 주장이었다.

이기는 힘이 빠졌다. 백성이 일어나기도 어렵고 조선의 역사에서 백성이 일어나 한 번도 성공한 적이 없었다. 백성만 피해자로 남았고, 백성만 역적으로 몰려 자신은 물론 가족까지 죽임을 당했다. 해산은 곧 봉기의 실패로 생각했다. 하지만 결정권은 이기에게 없었다.

이기는 나라에 백성의 봉기가 일어난 것을 진압하기 위해 외국의 군대를 들이겠다는 위험하면서도 어처구니없는 생각을 한 국왕과 조정의 대신들이 원망스러웠다. 망하는 길을 선택하고 있음이 안타까웠다. 고종의 요청을 받은 청군은 아산으로 들어왔고, 일본군은 누구의 요청도 없는 상황에서 무단으로 인천 제물포항으로 들어왔다. 일본군의 조선

진입은 정확하게 침입이었다. 조선에 대한 야욕을 가지고 있는 두 나라가 모두 들어와 있었다.

감연극의 메모철에는 한양의 역사학당도 적혀 있었다. 한양의 역사학당에 관계된 인물들이 적혀 있었다. 나철, 이기, 이관집, 이태집, 그리고 계연수가 적혀 있었다. 감연극은 바라보던 메모장을 덮고 일본 진영으로 들어갔다. 조선을 집어삼키고 대동아평화를 꿈꾸고 있는 데라우치의 명을 받아 밀파된 감연극은 인천 제물포항으로 들어와 있는 일본군의 수장을 만나고 있었다. 감연극과 오시마 요시마사의 만남이었다. 일본 제국주의의 보호를 받은 군인이었다. 군인 집안으로 잔뼈가 굵어진 군인임에도 정치적인 감각을 읽을 줄 아는 군인이었다.
감연극의 임무는 일본의 조선정책에 반대하는 인사들과 역사학자들을 찾아내 일본 본국에 보고하는 일과 조선의 상황을 파악하여 조선을 삼키는데 중요한 역할을 수행하는 것이었다. 아직은 조심스러운 단계에 있었다. 조선은 일본의 손 안에 완전하게 들어가지 않았기 때문이었다. 일본은 오시마 요시마사를 책임자로 조선에 일방적인 군사 투입을 강행했다. 다른 나라에 군사를 투입한다는 것은 여러 가지 문제가 생긴다는 것을 알고 있었다. 우선 조선의 반발과 조선을 둘러싼 러시아와 멀리는 미국과 영국, 그리고 프랑스와의 관계까지 고려해야 하는 어려운 문제였다. 일본이 무리수인 것을 알면서 개입한 것은 고부를 중심으로 한 전라도 일대에 민란이 일어나 조선의 왕 고종과 명성황후가 청에 구원요청 한 것을 파악했기 때문이었다. 일본은 청의 개입에 놀랐고, 일본은 결단을 내렸다. 일본은 청의 조선 접수로 조선에서 밀려날 수 있는 상황으로 전개될 것을 염려했다. 결국, 일본은 청과의 일전도 불사하겠다는 결의가 서 있었다.

–지금 상황에서 가능한가?

–예. 그렇습니다.

오시마의 물음에 감연극이 대답했다.

감연극은 조선의 상황을 상당 부분 파악하고 있었다. 일본의 영향력은 이미 조선의 심장 상태까지 파악하고 있었다. 조선을 장악하려면 무엇부터 할 것인가를 논의하다 조선의 왕을 납치하자는 논의에 대한 답이었다. 청과의 전쟁까지 염두에 둔 일본으로서 가장 현명한 해결책으로 조선의 국왕을 납치하겠다는 것이었다.

–문제가 생긴다면 어떤 문제가 있겠는가?

–말씀드린 대로 청과의 분쟁이나 전쟁까지도 감수해야 합니다.

오시마는 생각에 잠겼다.

청과 전쟁까지 감수해야 하는 상황이라는 예측에 생각에 잠겼다.

–좋다. 결정은 본국의 결정을 듣고 하겠다. 자네는 오후에 다시 오라.

–예. 알겠습니다.

감연극은 철저한 충견 같았다. 시퍼런 칼날처럼 차갑고 강인해 보였다.

역사의 의미는 민족의 정신에 있다

자네는 이제 어떻게 할 생각인가?
이관집이 계연수에게 물었다.

산에서 장례를 치르고 계연수와 이관집이 묘소 앞에 앉아 이야기하고 있었다. 산을 넘어 다시 산이 가득한 곳이었다. 산들의 세상 같은 곳이었다.

–나는 역사를 정신에서 찾고자 하네.

앞으로 무엇을 할 것인가라는 물음에 계연수는 역사 이야기로 방향을 틀었다.

이관집은 들었다.

–역사를 많은 사람들이 국토와 인물에 집중하지만 나는 다르네. 얼마나 넓은 면적을 점령하고, 얼마나 뛰어난 인물이 있었는가보다는 나라가 가진 정신과 문화에서 의미를 찾고 싶네.

–일관된 자네 생각이 아니었던가.

이관집이 계연수의 말에 동의했다.

–내가 역사의 은자로 살면서 역사의 짐까지 짊어져야 하는가에 대한 의문은 아직도 있네.

계연수의 눈빛이 먼 곳을 향했다. 산 넘어 다시 산이 가득한 이곳에서 산 너머의 저곳을 바라보고 있는 듯했다.

–결국, 우리 환족은 정신을 생산한 나라라는 결론에 도달했네. 많은 논

의와 밝혀야 할 유물과 유산들이 있지만, 잠정적인 결론일세. 대륙을 점령했던 수많은 부족과 민족들이 있었지만, 대륙을 지배하고 있는 정신과 문화를 우리는 아직도 그대로 유지되고 있다는 것을 알 수 있네.

–어떤 면에서 그런가?

–이미 우리 조선은 우리의 고대사를 잃어버렸지만, 생활 습속에서 그대로 유지되고 있네. 그리고 동아시아에 그대로 살아있는 문자로도 증명이 되네.

–그렇군. 한자도 그렇고, 우리에게 그대로 유지되고 있는 솟대문화나 성황당의 돌탑, 그리고 고수레나 장승같은 것이 우리 환족의 문화에서 그대로 전승된 것을 알 수 있지.

–우리가 지금 입고 있는 흰옷도 환족임을 그대로 증명하고 있네.

두루마기에 속옷까지 두 사람도 흰옷을 입고 있었다.

–옳네.

–그런 의미에서 우리가 지금은 망국의 조짐이 보이지만 다시 일어날 수 있을 걸세. 그것은 정신일세. 그리고 정신의 본체가 문화라고 생각하네. 정신을 드러내는 방법이 결국은 문화일세.

–동의하네.

–환족의 문화를 가장 잘 보여주는 책이 있네.

–무슨 책인가?

계연수의 말에 이관집의 목소리에 힘이 들어가 있었다. 그만큼 관심이 가는 책이었다.

-〈태백일사〉일세.

-〈태백일사〉?

-그렇네.

-처음 들어보는 생소한 책 이름이네.

-그럴 걸세.

계연수는 스승 이기가 은자의 자리를 자신에게 넘겨주면서 건넸던 책을 떠올렸다. 진지하면서도 정적이 감돌던 그때가 떠올랐다. 역사의 은자의 자리를 제자에게 넘겨주는 스승 이기와 넘겨받는 제자 계연수가 역사의 짐을 짊어지는 순간이었다. 고독하고 쓸쓸하고 외로운 개인으로서 역사의 은자라는 거대한 짐을 혼자 짊어져야 하는 순간이었다. 계연수의 아버지가 계연수에게 역사의 은자라는 자리를 넘기면서 고뇌했듯이 계연수의 스승인 이기의 아버지가 아들 이기에게 역사의 은자 자리를 넘겨주며 고뇌했을 것이다. 죽을 자격도 없는 짐이었다. 후대를 위해 살아서 역사의 은자 자리를 다른 누구에겐가 넘겨주어야 하는 것이 역사의 은자의 숙명이었다. 계연수는 거기에 더해 역사를 증거하는 저술의 책임까지 스스로 짊어졌다. 스승 이기가 제자 계연수에게 자리를 넘기면서 넘겨준 책이 〈태백일사〉였다.

-중요하고 의미있는 책일세. 해학 이기께서 특별히 아끼던 책이었네.

-무슨 내용인가?

-환족의 정신을 담은 책일세. 인류문화의 모태가 환족에서 출발한 것을 선언하고 증거 하는 내용일세. 환민족사를 집대성한 내용이라고 할

수 있네. 내가 만난 우리의 역사서 중 가장 중요한 것을 담고 있는 비서라고 할 수 있네.

–그렇다면 여러 권으로 필사라도 해야 하는 것 아닌가?

–너무 간절하지만, 시간이 나지 않고 상황이 어렵게 전개되고 있네.

–그것은 나도 인정하네. 하지만 그렇더라도 긴박한 일 아니던가.

–맞네.

–우리는 사실 쉴 틈이나 여유를 가질 상황이 아닐세. 점점 조선은 절벽으로 내몰리고, 우리의 상황도 힘들어지고 있네. 고부에서의 봉기가 어찌 전개될지 예측하기 어려우니 우리의 갈 길도 막막하지 않은가.

홍범도, 처음으로 인생의 봄을 만나다

이기는 전주성에서 다시 한양으로 돌아오면서 많은 생각에 잠겼다. 자신했었다. 전봉준과 함께 한양으로 달려가고 싶었다. 한양을 점령하고 백성의 나라로 만드는 데 일조하고 싶었다. 고부 봉기의 목표를 달성하는 데 도움이 되고 싶었다. 하지만 상황이 달랐다. 농민군이 전주성을 점령하자 청나라의 군대가 진압하기 위해 들어왔고, 일본군이 진압을 이유로 군대를 파병했다. 조선은 무기력한 상황에서 두 나라의 군대가 서로 세력 확장을 하겠다고 주둔해 있는 상황이었다.

명분이 고부에서 일어난 봉기 때문이라면 진주성에서 진을 치고 있는 농민군이 해산하면 청나라와 일본도 물러나야 하는 것이 합당한 일이지만, 역사에서 그런 전적은 찾아보기 힘들었다. 더구나 현 상황은 일본의 조선 정복이 목적인 것이 불 보듯 확연했다. 이기는 청과 일본이 모두 자발적으로 물러나지 않을 것으로 믿었다. 어떤 이익이라도 얻어야 물러날 명분을 갖게 될 것이다. 파병이 어려운 결정이었듯 명분 없이 물러나는 것도 어려울 것이란 생각이었다. 그럼에도 전봉준의 주장을 무시할 수 없었다. 옳아서가 아니라 전봉준의 충정을 높이 샀다. 무엇보다 이기의 힘으로 설득할 수 있는 입장이 아니었음을 절감했다.

이기는 역사의 은자라는 짐을 계연수에게 물려준 상황이라 행동에 제약이 없었다. 설령 갑작스런 죽음을 맞더라도 계연수를 믿을 수 있었다. 이기는 생각했다. 지금 내가 할 일은 무엇인가.

–그래. 나철을 만나자.

역사학당을 이끌고 있는 나철과 조선의 미래를 이끌어갈 방법을 찾아보자는 생각에 도달했다. 나철은 행동력이 있는 사람이었다. 그리고 역사에 대한 관심과 백성을 깨우칠 방안으로 역사학당을 차린 사람이었다.

홍범도는 집으로 돌아오자 세상과 떨어져 사는 기분이었다. 한양에서 머무는 동안 새로운 세상을 만나고, 새로운 역사의 세계로 들어갔지만, 북청으로 돌아오니 다시 세상과 상관없는 산골에서의 생활로 돌아왔다. 홍범도는 인생의 여유를 처음으로 즐기고 있었다. 북청은 외지에 깊은 산골이었다. 한양에서 무슨 일이 일어났는지, 나라가 어떻게 돌아가는지 알 길이 없었다. 홍범도는 북청에서 대표적인 인물로 자리매김하고 있었다.

―여보.

―예.

아내의 부름에 홍범도가 대답했다. 근육질의 사내가 아내를 대하는 모습은 소년 같았다. 홍범도는 유독 아내에게만은 자상했다.

―양순이 동생이 생겼어요.

―그래요?

아내의 말에 홍범도의 귀가 섰다.

―느낌이 그래요.

―고마운 일입니다. 감사하지요.

양순이가 커 가는 것을 바라보기만 해도 행복했다. 양순이의 동생이 생겼다니 더욱 고맙고 감사한 일이었다.

―뭐 먹고 싶은 것 없어요?

―없어요. 제 인생에서 처음으로 행복이란 말을 할 수 있는 걸요.

―당신과 헤어져 절망 속에서 막막한 희망을 가졌었지요. 당신이 나타나 주었을 때 희망이 현실이 되었어요.

―나도 감사하고 있어요.

–저는 아무것도 그려있지 않은 백지같이 깨끗한 미래에서 걱정을 가불하고 싶지 않았어요. 저는 깨끗한 미래에서 희망을 가불해서 살았어요. 그래야 살아갈 힘을 얻을 수 있었고, 당신을 만날 수 있을 거라 생각했어요.

–나도 배울 거예요. 미래에서 희망을 가불하는 법을.

나리꽃이 피어 있었다. 호랑나비를 닮은 꽃이었다.

–나리꽃이 범피를 입었어요.

–범피요?

–나리꽃 모양이 색깔이나 무늬가 표범을 닮았어요.

–아하. 그렇네요. 당신도 이제 사냥꾼의 아내가 다 되었네요.

아내의 말에 홍범도가 활짝 웃으며 대답했다.

–사냥꾼의 아내는 꽃을 좋아하는걸요.

–저는 당신이 사냥꾼이 될 줄은 몰랐어요. 절에서 만났을 때 오히려 나무꾼이 어울린다고 생각했어요.

–그래요!

아내의 말에 홍범도가 크게 웃으며 말했다.

–순박하고 다부진 몸이 나무꾼에 어울린다는 생각을 했어요. 스님하고는 어울리지 않는다고 느꼈어요. 그리고…

–그리고 뭐지요?

아내가 잠시 말을 망설였다. 홍범도가 다음 말을 재촉했다.

–당신이 나를 훔칠 것을 알았어요.

–어떻게요?

–당신은 이미 나의 옷을 훔친 사람이었거든요.

–옷을 훔쳐요?

–그럼요.

–당신을 본 순간 당신이 나의 마음을 훔쳤어요. 그리고 마음의 옷을 벗겼어요.

홍범도의 아내가 밝은 모습으로 말했다.

–나는 처음에는 몰랐어요. 그리고 두려웠어요.

–뭐가요?

몰랐다는 말에 이번에는 홍범도의 아내가 물었다.

–내 마음을 보여주었다가 면박을 받을까 봐서요.

–왜 그런 생각을 했어요.

홍범도가 면박을 받을까 두려웠다는 말에 놀라는 눈치였다.

–당신은 너무 맑고 순수했어요.

–저는 당신이 저를 훔칠 것을 알고 있었어요. 눈에서 빛이 났어요.

–들켰군요.

두 사람의 대화는 소년 소녀가 하는 것 같았다.

–그럼요. 당신이 덤벼드는 늑대였다면 나는 유인한 여우였어요.

–암만 생각해도 특별해요, 세상을 버리고 떠나는 사람들이 모이는 절에서 인연을 맺었으니 그래요.

홍범도가 아내와 만난 인연의 특별함에 대해 말했다.

–정말 그래요. 저는 비를 기다린 메마른 땅 같았어요. 승복을 입고 있었지만, 갈증을 느끼고 있었어요.
–맞아요. 둘 다 승려가 되기엔 외로웠어요. 승려가 외롭다는 생각을 하는 순간 승려의 자격이 없는 것이지요.
두 사람은 흔쾌하게 소리 내어 웃었다.
–그래요. 자격이 없는 두 사람의 눈이 맞은 거예요.
–속세의 인연을 끊으라는 절에서 만난 것은 큰 인연이에요.

두 사람의 이야기는 끊이지 않고 이어졌다. 고독한 짐승이 나른한 여유와 꼬리를 흔드는 강아지풀처럼 유쾌한 일상을 즐기고 있었다. 북청은 저물어가고 있는 석양으로 다시 하늘이 꽃처럼 피어나고 있었다. 홍범도의 일상의 평화는 태풍 속의 고요 같았다.

이기, 나철을 만나다

감연극은 예리한 눈매로 다시 일본군이 주둔한 제물포에 모습을 나타냈다. 감연극의 머릿속에는 전달받은 지시사항의 해결을 위한 계책을 마련하느라 바빴다. 제물포에 주둔한 주둔군의 대장인 오시마 요시마사를 만나자 감연극은 불같이 손을 올려 경례했다. 오시마 요시마사는 자리에 앉아서 경례를 받았다.

−조선의 황제를 감금 또는 납치하라는 하달이다.

오시마 요시마사의 목소리는 메말랐다.

−방법은 두 가지가 있습니다.

−말해 보라.

−하나는 황궁을 무력으로 점령하는 방법입니다. 조선의 궁은 해자가 없고 담은 높지 않습니다. 경비도 그리 삼엄하지 않습니다.

일본의 궁에는 해자를 깊게 파고 궁궐의 담도 조선의 궁에 비해 높았다.

−다른 하나는?

−궁에서 나왔을 때 잠복했다가 납치하는 방법입니다. 일정을 맞추기 어렵고 시간이 걸리는 것이 문제입니다. 그러나 황제의 움직임을 파악하는 것은 문제가 없습니다.

−그렇다면 첫 번째 방법으로 하겠다.

차갑고 결연한 목소리가 집무실을 흔들었다.

−공격하기에 좋은 지점으로는 경복궁의 서문입니다. 영추문이라고 하는데 다른 곳보다 담을 넘기 수월하고, 경비는 그리 삼엄하지 않습니다.

−좋다. 경비 병력은 얼마나 되는가?

−고부에서 일어난 민란으로 한양을 지키던 경군이 파병되어 조선의 한양은 비었습니다. 그리 걱정할 바가 아닙니다.

감연극은 며칠 사이 철저하게 조사해서 상황을 파악하고 있었다. 첩보 조직 가동 능력이 예사롭지 않은 정보요원이었다.

–수고했다. 이번 일은 중요하다. 국왕을 납치하거나 구금하는 것도 어렵지만, 문제가 생기면 우리 일본국의 위상이 크게 흔들릴 수 있어 단번에 문제없이 해결해야 한다.

–예. 알고 있습니다.

–공격을 감행하는 날 다시 한번 부르겠다.

–예. 알았습니다.

나철은 누구보다도 상황 파악을 잘하고 있었다. 고부 농민군의 봉기도, 청군이 충청도 아산으로 들어왔다는 소식과 일본군이 허락도 없이 인천 제물포로 들어와 진을 치고 있다는 소식도 알고 있었다. 조선은 큰 실수를 했다는 것을 순간 깨달았다. 세상이 돌아가는 일을 모르는 순진한 결정이었음을 직감했다. 나철은 대중으로부터 힘을 얻을 수 있는 방법이 무엇일까 고민하고 있었다. 벼슬도 내려놓고 역사학당을 운영하는 것으로는 부족하다고 생각했다. 국난 극복 방법을 대중과 함께하는 타개책을 고민하고 있었다. 힘이 필요했다. 개인의 힘은 한계가 있었다. 고민하고 있을 때 이기가 들어왔다.

–잘 다녀오셨습니까?

–헛일이었네.

–고생하셨습니다.

이기가 의기충천해서 고부로 달려갔던 것을 나철은 알고 있었다. 농민군을 한양까지 달려가도록 하겠다는 의지가 넘쳤으나 뜻대로 되지 않았음을 이기가 말했다. 이기의 말에는 많은 의미가 담겨 있었다. 하지만 말해 무엇하겠는가.

–사내의 일이란 것이 하늘의 생각을 읽고서 행하는 일이여야 하는데 나의 이번 계획은 실패했네.

–뜻은 전달하시지 않았습니까?

–전달했지. 뜻을 전달할 때는 의미도 전달해야 하는데 마음을 터놓고 이야기할 상황이 아니었네. 후회는 없지만 결국 칼자루를 잡은 자의 의지가 관철되는 것이겠지. 이제는 칼자루를 잡는 일을 시작해야겠네.

이기는 전주성에서 있었던 일을 설명하며 이번 일은 실패했지만, 나철에게 부탁하고 싶은 일이 있었다.

–칼자루를 잡는 일이라 함은?

–나는 자네가 칼자루를 잡는 큰 역할을 해주어야 할 때라고 생각하네. 이번 전주의 농민군을 찾아간 일은 칼날을 잡는 일이었네. 내 의견 하나 개진할 수 없는 상황이었지. 주변인이 참견하는 모양새였네.

–마음고생만 하셨겠군요.

–그래서 이번에는 칼자루를 잡아야겠다는 생각일세.

–어떤 생각이십니까?

–자네가 앞장서 주어야겠네.

–저는 그릇이 되지 않습니다.

–그렇지 않네.

–내가 전주까지 내려가게 된 것은 나의 짐을 덜어서였네.

–무슨 짐을?

–역사의 은자로서의 책무를 덜어서였네.

이기는 나철에게 역사의 은자라는 의미와 역사의 은자로 살 때는 죽음마저도 자유로울 수 없는 책무를 짊어져야 하는 숙명을 설명했다.

–아하. 그러셨군요. 그래서 역사는 잊고, 현장으로 들어가실 수 있었군요.

–그렇지만은 않네. 역사의 진실이 결국은 드러날 것을 믿는 사람들이 있어 지금까지 우리의 역사는 살아있네. 꺼질지도 모르지만, 낙관에 기댄 사람들이 역사의 은자들이라고 할 수 있지.

–놀랍습니다. 저에게 역사의 진실을 알려 주십시오.

–당연하지. 자네가 맡아야 할 임무가 있네.

이기는 전주성에서 올라오면서 마음의 결정을 했다. 계연수에게 역사의 은자뿐만이 아니라 역사의 증인이 되는 임무를 맡겼다. 나철에게 역사를 전파하는 사명을 짊어지도록 주문하고 싶었다. 그것은 역사를 백성에게 전파하고 백성이 움직이도록 하는 임무를 맡을 사람을 정하고 도와야 한다는 마음의 결단이었다.

–저는 제 그릇을 압니다.

–아닐세. 자네만이 할 수 있네. 역사에 대한 관심과 행동력을 동시에 가진 사람이 자넬세. 대중을 움직이는 능력을 가진 사람이 바로

자넬세.

나철은 이기의 말을 듣고 눈을 감았다. 그리고 생각에 잠겼다. 이기도 말을 끊고 나철을 바라보았다. 생각할 시간을 주기 위해서였다.

잠시 시간이 흘렀다.

–결정하기 전에 내 이야기를 들어보게. 먼저 역사 왜곡에 대해 들어보고 우리의 상황을 접목해 보게. 자네 스스로 길을 찾을 수 있을 걸세. 화하의 탄생, 다시 말해 중화에 대해서 먼저 알아야 하네. 그리고 왜 우리가 변방이 되었는가를 알아야 하네.

–중화의 탄생이라고 하셨습니까?

계연수, 〈태백일사〉를 해석하다

계연수는 부친상을 당해 막막했던 마음이 부친 상례를 마치고 나니 오히려 명료해졌다. 모든 어둠은 빛에 의해서만 밝아졌다. 빛이 사라지면 어둠이었다. 빛과 어둠의 관계는, 빛과 어둠은 공존하지 않는다는 원칙이었다. 계연수는 빛의 세계로 향하겠다는 마음의 결정을 보았다.

–이제 나는 완결되었네.

–무슨 의미인가?

–내가 알고자 했던 것들을 얻었네.

–오호. 반갑고 고마운 일일세.

이관집은 직감했다. 무엇을 말하는지. 역사를 알고자 했으나 늘 미진했다. 증거 할 기록이 없었다. 역사를 확인할 기록이나 증언을 확보했다는 의미임을 알았다. 역사의 은자들이 늘 미진한 역사에 갈증을 느껴왔다. 좀 전에 이야기했던 〈태백일사太白逸史〉를 말하는 것임을 알았다.

–그토록 알고 싶었던 책이었네. 그것을 얻었네. 천하를 얻은 것 같았으나 천하를 짊어진 기분이기도 했지.

계연수의 말을 누구보다도 잘 알고 있는 것이 또한 이관집이었다. 오랜 지우知友였다. '천하를 얻은 기분과 천하를 짊어진 기분' 을 이해할 수 있었다. 역사를 짊어진 부담이 〈태백일사〉를 만나 해결되었다는 의미를 알았다.

장소를 옮겨 계연수의 사랑방에서 두 사람이 남아 이야기를 나누었다.

–태백일사는 무슨 책인가?

–찬수관撰修官이었던 이맥李陌 선생이 편찬編撰한 책일세.

–찬수관이라면 사관史官으로 역사의 기록과 편찬을 담당하는 직책이 아니던가?

–그렇지. 사관으로서 역사를 기록하는 직무를 가진 분이었지. 거기에 관청의 업무를 기록하고, 공공 문서를 보관하는 일을 맡았으니 비서들이 있었을 걸세. 조정에서 세간으로부터 거두어들인 비서들을 태워버리지는 못하고 보관하지 않았을까 싶네.

–나도 그렇게 생각하네.

–이맥 선생이 찬수관 시절 접했던 비서들을 바탕으로 하고 있지만, 귀양 가서 만난 고노古老들에 의해 확정되었다고 할 수 있네. 고노라는 표현에도 상고사를 아는 노인이란 의미가 들어있다고 보네. 어렵게 〈태백일사〉를 완성한 것이 이맥 선생이 66세 때일세.

–그 연세에 집필을 한 것만으로도 높이 살만하네.

–그렇지. 고노들에게 들은 내용을 정리했다고 하니 대단한 분들이 있었음을 알 수 있네.

–자네 말을 들을수록 내용이 궁금하네.

–내가 주변만 이야기하고 핵심은 하나도 이야기를 안 했구만.

–알긴 하네.

계연수의 말에 이관집이 농담하듯 답했다.

–우선 목록부터 설명하겠네. 자네라면 순서만 듣고도 어떤 책인지 알 수 있을 걸세.

–뜸을 들이는구만.

–첫째가 〈삼신오제본기〉일세.

–〈삼신오제본기〉라면 한민족의 정신사를 다룬 것 아니던가.

–그렇지. 환민족사를 관통하는 것은 무엇보다도 정신사라고 할 수 있지. 다른 나라 역사와의 변별성은 누가 뭐라고 해도 정신사라고 할 수 있네. 이것은 나만의 생각이라고 할 수도 있지만 나는 확신하네.

–나도 그렇네. 환민족, 즉 우리 조선인들을 관통하고 있는 것은 역사보

다도 정신 역사의 승리라고 할 수 있지.

계연수의 소신 발언에 이관집도 동의했다. 은자들의 대화의 심도는 깊었다.

–환민족의 우주관, 신관, 인성론, 그리고 무엇보다도 수행관을 드러내주는 책일세. 한민족의 역사나 정신을 이야기하면서 정말 특별한 것은 수행이라는 점일세. 마음 수행과 몸 수행을 병행해서 건국의 기초로 삼았다는 점이 정말 특별하지.

–아하. 자네도 그렇군. 나도 같은 생각을 했네.

계연수가 환민족의 역사에 드러나고 있는 국가관과 수행과의 관계에 이관집도 전폭적으로 이해하고 같은 생각을 가졌음을 확인했다.

–음양오행이나 삼신사상이 바로 환국을 세울 때 기본틀에 들어가 있었고, 배달국을 세울 때는 확립되어 있었다는 점일세. 그래서 모든 것을 정리된 상태로 건국을 한 것이 나는 고조선이라고 생각하네.

–그렇군. 자네와 나는 상당 부분 일치하는군. 기본틀만 전해 내려오던 것을 집대성한 분은 태호복희씨와 염제신농이라고 할 수 있네. 그리고 군신軍神의 자리를 확고하게 한 분은 치우천황이라고 할 수 있지.

계연수의 말을 이어 다시 이관집이 정리했다. 크게 계연수의 생각과 이관집의 생각은 서로 관통하고 있었다.

–전체가 어떻게 구성되었는가?

–〈삼신오제본기〉〈환국본기〉〈신시본기〉〈삼한관경본기〉〈소도경전

본훈〉 〈고구려국본기〉, 〈대진국본기〉 〈고려국본기〉로 구성되어 있네. 8개 목록으로 정리되어 있는데 그중에서도 〈삼신오제본기〉를 가장 앞에 두었네.

–이유는 무엇이라고 생각하나?

–환국과 배달, 그리고 고조선의 근원문명을 설명하려는 의도로 보이네. 우리가 앞서 말한 정신사, 즉 우주의 원리와 몸과 마음의 원리를 종합한 수행문화를, 나라를 세우는 원리로 적용했다는 점일세.

–국가 건립과 통치이념을 수행문화에서 찾았다는 특별함은 다른 나라에서는 찾기 어려울 것이네.

–나도 그렇게 생각하네.

계연수와 이관집의 대화는 같은 스승을 둔 제자들의 대화처럼 일치하고 있었다.

–당분간 나는 자네와 함께 지내며 〈태백일사〉를 배워야겠네. 그리고 자네와 대화를 통해 내가 가진 것과 협의를 해야 할 듯하네.

–좋지.

–그러면 자네 일정은 어떻게 잡았나?

이관집이 계연수의 일정을 물었다. 함께 할 수 있는 일정인지 확인하기 위해서였다.

–일단은 집필에 열중할 생각이네. 부분들의 역사를 정리하고 나서 마지막에 환단부터 시작해 마지막 고려국까지의 역사를 적을 생각이네.

–그렇다면 여기 선천에 머물 생각인가?

—당분간은 그렇네.

—좋네. 그렇다면 나도 여기 머물게 해주게.

중국의 출발에 중국이 없다

나철은 이기의 제안에 선뜻 응할 수 없었다. 역사를 백성에게 전파하고 백성이 움직이도록 하는 행동 임무를 맡을 사람을 정하고 도와야 한다는 마음의 결에는 동의했다.

—중화의 탄생이라고 하셨는데, 정말 궁금했던 내용입니다. 어떻게 중국이라는 단어를 자신들의 것으로 만들 수 있었는지 궁금합니다.

—우리 역사를 공부하다 만나는 점이 바로 이 지점일세. 우리가 처음이고 중심이라고 하는데 도대체 중국은 무엇이냐는 의문일세. 지금 중국이라는 말을 우리가 쓰고, 우리는 동국이라고 하는 것에도 궁금함이 많을 걸세.

—정말 알고 싶었던 부분입니다. 하지만 어디에서도 찾아볼 수가 없었습니다.

—남아 있지 않네. 하지만 중화인들이 쓴 역사서를 살펴보면 알 수 있네.

—역사를 왜곡했다면 숨겼을 것 아닙니까?

—숨겼지. 그렇지만 결국은 다 숨길 수는 없지 않은가. 역사를 완전히 새로 만들 수는 없으니 결국은 드러나게 되어있지.

—정말 궁금합니다. 중국의 탄생은 어떻게 되었습니까?

—출발은 사소했지. 모든 나라의 사람들이 자신이 살고 있는 곳을 중심이라고 생각하듯 중국의 탄생도 그와 마찬가지였네. 우리를 동이족이라고 하고, 자신들을 화하족이라고 명명하면서 출발했지. 그곳이 바로 하낙河洛이라고 하는 곳일세.

—하낙河洛이요?

—대륙의 역사에서 황하를 빼놓을 수가 없네. 대륙의 큰 젖줄이 두 개 있는 것은 알지 않는가?

—예. 황하와 장강입니다.

—그렇지. 황하를 하河라고 하고, 장강을 강江이라고 하고, 패수를 수水라고 하는 것도 알겠지.

—예.

—황하가 몸을 틀어 동쪽으로 흘러가는 곳에 낙양이 있었네. 그곳을 황하와 낙양을 따서 하낙이라고 했네. 여기 사는 사람들이 자신들이 세상의 중앙에 산다고 해서 천하지중天下之中이라고 했네. 주변에서 뭐라고 했겠나?

—비웃었겠지요.

—당연히 비웃었겠지. 왜냐하면, 낙양이 있는 주나라를 당시에는 서이西夷라고 했거든. 은나라의 서쪽에 있다고 해서 서이西夷라고 했는데 생뚱

맞게 천하지중이라고 하면서 중국이라고 하니 우습지 않겠나?

–누가 봐도 웃깁니다. 서이西夷라고 하면 곧 서쪽에 사는 이족夷族이라는 말이군요. 서이西夷는 분파고 본류가 있었다는 말일세.

–그렇지. 그래서 당시에는 통용이 되지 않았지.

–그렇다면 그것이 어떻게 정설처럼 굳어질 수 있습니까?

–그래서 역사가 무서운 것일세. 역사를 왜곡한 사람이 공자와 사마천일세.

–〈춘추〉를 지은 공자와 〈사기〉를 쓴 사마천이 역사의 왜곡자들이라고요?

–그렇네.

나철은 순간 당황했다. 공자라면 조선에서 숭배의 대상이고 인과 예의 절대자라고 하는 성인이고, 사마천하면 중국의 역사를 꿰찬 대역사가로 알고 있는데 이 두 사람이 역사를 왜곡한 사람들이라니. 나철은 의아했다.

–그게 진실입니까?

나철은 다시 물었다.

–하지만 진실일세. 들어보게.

이기의 말에 나철은 말없이 들을 준비를 했다.

–공자가 〈춘추〉를 지으면서 선언한 것이 '춘추대의' 라네.

–춘추대의라면 주나라의 도의와 예절로 돌아가자는 사상 아닙니까?

–그렇지. 요임금과 순임금의 사상과 법통을 근본으로 하고, 문왕과 무

왕의 국가통치 제도를 본받아 과거의 주나라 시대로 돌아가자는 과거 회귀의 사상이었지.

이기는 잠시 말을 멈추고 허공을 바라보았다. 그리고 다시 이야기를 시작했다.

–공자는 세상의 중심을 낙양으로 삼고, 천하지중이라는 사상으로 중화中華를 출발시켰네. 다시 말하면 시조가 있으면 중시조 같은 것이라고 할 수 있네. 다시 말하면 중시조의 역사를 원래 시조의 역사처럼 춘추에 기록했지. 역사는 〈춘추〉의 기록을 받아들였지.

–그렇다면 사마천은 무엇을 왜곡시켰습니까?

–한漢나라를 세상의 중심으로 탈바꿈시키면서 중화의 출발을 황제 헌원이라고 조작했지. 그리고 고조선의 역사를 지워버렸네.

–아하.

나철이 자신도 모르게 탄성을 질렀다.

–결국은 이족의 역사이고, 동아시아의 역사는 이족의 정신과 사상으로 만들어진 것이라네.

–그렇군요. 지운다고 지워질 수 있습니까?

–다 지울 수는 없었지. 역사 구성이 되지 않으니 부분 삭제를 했지.

–아하. 그렇군요.

–공부는 한 번에 되지 않네. 공자도 동이족이었네. 황제 헌원도 동이족의 벼슬을 한 사람이었고. 자세히 계보를 확인할 수 있지. 그런 이야기는 천천히 하세. 천천히 배워가면서 역사를 배우기로 하고, 앞서 말했

던 것을 생각할 때네.
이기의 말에 나철은 숨을 죽이고 있었다. 공자가 동이족 사람이라는 것도 처음 들었다. 끝이 없이 이어지는 역사의 새로운 사실에 대한 궁금증이 컸지만 이기가 하고 싶은 말은 다른 것에 있음을 알고 있었다.
–역사는 아직 살아있네.
이기의 목소리에 힘이 들어가 있었다. '역사는 아직 살아있다'는 말에 많은 의미가 들어있음을 느꼈다.
–역사를 세상에 기록으로 전하는 것은 운초 계연수가 할 걸세. 홍암. 자네는 역사를 전파하는 일을 맡아주게. 사람들에게 심어주는 역할을 해주게. 역사는 중요하네.
'역사는 중요하네'라는 말에 힘이 들어가 있었다. 역사를 세상에 전하는 역할을 해달라는 이기의 당부였다.

전봉준, 허망하게 지다

전봉준이 전주성에서 해산을 결정하고 물러날 때 일본군은 경복궁 점령을 결정하고 군대를 이동시키고 있었다. 전봉준의 농민군이 청군과 일본군이 농민군의 봉기로 국가가 위태로워 파병한다는 명분이 사라지면 철군할 것이라고 믿었지만 결과는 반대였다. 국제관계는 오직 국가이익에만 충실하다는 역사적 사실을 잊고 있었다. 전봉준의 농민군 해산은 패착이었다.

청은 고종과 명성황후의 요청으로 들어왔으니 여유 있고 명분이 있었다. 서두르지 않고 정상적인 절차로 조선을 손아귀에 넣으려 했고, 파병 명분이 사라진 일본은 난감한 상황에 처하자 곧바로 무력행동을 개시했다. 조선의 왕을 납치 또는 감금해서 압력행사를 해 청나라가 조선에서 철수할 것을 조선의 왕에게서 얻어내려는 술책이었다. 국제적인 지탄을 받더라도 조선을 접수하는 것이 무엇보다 급했다.

이미 일본은 조선의 왕 고종을 인질로 삼았다. 궁궐 담장을 넘어 쳐들어가 고종을 인질 삼아 조선을 간접 통치하고 있었다. 더욱 조선은 난감한 입장이었다. 결국, 조선을 놓고 청나라와 일본의 전쟁이 시작되었다. 전봉준은 자신의 생각이 잘못되었음을 깨닫고 다시 일어났다. 농민을 모아 다시 칼과 총을 들었다. 이번 봉기는 전혀 달랐다. 지난번의 농민군이 나라에 대한 선전포고였고, 나라를 바꾸어보자는 일어남이었다면 이번의 농민군은 외세, 즉 청국과 일본국과의 전쟁 선포로 의병이었다. 조선을 지키려는 의로운 일어남이었다.

전봉준은 일본군과 일전을 위해 북진을 시작했다. 하지만 열세였다. 일본군의 무기는 조선군의 무기와 비교가 되지 않았다. 더구나 농민군들이 가지고 있는 무기와는 다른 세계의 무기였다. 일본은 이제 정규군이 투입되어 전력이 더욱 강화되어 있었다.

전봉준의 고부 봉기가 끝이 났다는 소식을 나철이 들었다. 그것도 부하의 밀고로 전봉준이 잡혀 처형되었다는 소식이었다.

–오호. 난감한지고.

나철이 하늘을 올려보며 말했다.

–큰 별 하나가 떨어졌군.

–눈매가 매서운 분이셨는데 안타깝습니다.

역사학당에서 다시 큰 별 하나가 졌다는 나철의 탄식에 이태집이 답하듯 전봉준을 회상하며 말했다.

–고부 봉기에 참여했던 농민군의 말을 듣고 나는 감동받았네. 전봉준 장군이 이렇게 말했다고 하네. "세상을 크게 바꾸는 건 힘 없는 사람들이 뭉칠 때다."

'세상을 바꾸는 건 힘없는 사람들이 뭉칠 때' 라는 의미심장한 말을 남기고 영웅은 사라졌다. 조선 안에서 전쟁이 일어나고 조선을 능멸해도 봄은 오고 갔다. 영웅이 죽은 그 순간에도 꽃은 피고 졌다. 한강물은 흘러갔다. 어떤 사람들은 일상으로 바빴고, 어떤 사람들은 나라 걱정으로 바빴고, 어떤 사람들은 청일전쟁의 후유증으로 바빴다. 그리고 또 어떤 사람들은 세상과 상관없이 산속에서, 들에서, 바다에서 바빴다. 저마다의 생각으로 바쁠 때 이기는 미래 구상으로 바빴다. 무너져 가는 나라를 일으켜 세우는 일이 자신의 힘으로 안 되는 일이라면 역사를 책임져온 역사의 은자였던 신분으로서 역사를 백성들의 머릿속에 심어주는 일이라고 생각했다. 적임자가 나철이었다.

조선의 조정은 자신의 몸도 가누기 힘들 만큼 벅찬 변화에 휘둘렸다.

일본이 청일전쟁에서 승기를 잡자 정부와 왕실을 분리했고, 과거제를 폐지했다. 뿐만 아니라 세금을 화폐로 내게 하고, 신분제가 폐지되었으며, 과부의 재혼을 허용하는 등 조선이 변하고 있었다. 또한 군국기무처를 없애고, 김홍집, 박영효를 중심으로 하는 연립 내각을 구성했다. 새로운 시도를 하고 있었다. 살아남기 위한 몸부림이었다.

조선의 정치를 좌지우지하던 주한일본공사 이노우에가 주축이 되고, 내부대신 박영효의 권고로 대원군, 왕세자, 종친 및 군신群臣을 거느리고 종묘에 나아가 독립서고문獨立誓告文과 더불어 「홍범14조」를 선포했다. 사직단에 행차해 홍범14조를 순한글체와 순한문체, 그리고 국한문혼용체로 각각 작성하여 선포했다. 청나라의 대한종주권 부인, 대원군과 명성황후의 정치개입 배제, 근대적인 내각제도 확립, 탁지아문 관할의 재정 일원화, 조세법정주의 및 예산제도 수립, 지방제도 개편, 해외유학생 파견에 의한 외국 선진문물 도입, 국민개병주의에 입각한 군사제도 확립, 법치주의에 의거한 국민의 생명 및 재산권 보호, 문벌 폐지와 능력에 따른 인재등용 등이었다.

교육 제도의 입안과 개혁도 있었다. 조선의 개혁이라는 겉모습과는 달리 일본의 내정 간섭을 위한 도구로 사용되었다. 나라가 망하는 상황에서 목소리는 크게 개혁을 외쳤지만, 백성들의 마음속에는 그늘이 드리워졌다. 조선의 왕이 일본의 일개 주한공사에 위해 흔들리는 상황이었다.

일본의 영향력이 커져갔다. 드디어 걱정하던 일이 발생했다. 명성황후를 눈의 가시로 생각하던 일본이 저지른 일이었다. 명성황후 시해 사건이 발생했다. 명성황후가 머무는 처소에 쳐들어가 조선의 황후를 칼로 난자해 죽이고 시신은 태워버리는 만행이었다. 민심이 들끓었다. 하지만 조선에는 군사가 없었다. 조선을 대표하는 강군인 경군京軍이 전봉준이 이끄는 농민군에 처참하게 참패하고, 농민군은 일본군에게 대패했다. 조선을 지키는 군사는 물론이고 한양의 경복궁을 지키는 군사마저 나약하기 이를 데 없었다. 조선은 이미 군권이 사라진 나라였다.

나철과 이태집이 현 시국을 걱정하고 있을 때 이기가 들어왔다.

–우리에게는 군사권과 외교권이 이미 사라졌네.

이기가 참담한 마음을 담아 말했다.

–글쎄 그것이 걱정입니다.

나철이 답했다.

–그렇다고 군권이 아니라 아예 군사가 없는 조선의 상황에서 일본의 신식 군대와 싸운다는 것은 달걀로 바위치기가 될 뿐이네. 우리가 할 일은 숨죽이고 우리의 역사를 전파하는 것일세.

한양의 경군마저 깬 고부 농민군이 힘없이 일본군에게 무너진 것을 생각하고 이기가 한 말이었다.

–지난번에 말씀하셨던 것을 실천할 방법이 있습니까?

–생각하고 있네. 우리 신교의 중광일세.

역사의 전파를 맡아달라는 이기가 나철에게 한 말을 의미했다.

–신교의 중광이라고요?

–신교神教의 핵심은 제천단에서 하늘에 제사를 지내는 것을 말하네.

–왕이나 천황이 하늘에 제사 지내는 것을 말씀하십니까?

–그렇네. 중화에서도 지내고, 우리는 지내다 조선조에 와서 중지되었고.

이기는 설명을 하다가 말을 흐렸다. 조선 왕조에 의해서 우리 대륙역사는 완전히 막을 내렸음을 떠올려 굳이 말로 표현하고 싶지 않았다.

–제천의식과 신교와는 어떤 관계입니까?

–하늘에 제사를 지낸다는 것은 우리가 천손의 자식이라는 것을 만천하에 공식적으로 선언하는 의식일세. 그래서 제천단은 우리만이 가지고 있었지. 그것이 중화로 넘어가 지금은 그들만이 제사를 지내고 우리는 아예 잊고 살지.

–강자가 천손의 자리를 차지한다고 보면 틀림없네. 장손은 제사를 못 지내고 의붓자식이 제사를 지내고 있는 것이 지금의 형국일세.

천손이라고 하는 환족은 천제를 못 지내고, 중화의 나라들이 천제를 지내는 것을 두고 한 말이었다. 역사는 강자의 몫이라는 것을 실감하게 하는 상황이었다.

–애통한 일입니다.

–그래서 내가 생각하고 있는 것은 중광, 다시 빛을 본다는 것으로 개벽이라고 해도 무관하네.

–하늘이 뒤집어지는 것이 개벽 아니던가.

–예. 그렇습니다.

–다시 한번 개벽을 하는 것일세. 그래서 재개벽이라고 하는 것이네.
–백성 속으로 파고 들어가야 하네. 종교를 만드는 것일세. 우리의 전통종교를 살려서 백성과 함께 울고 웃으며 우리가 천손이고, 우리가 문명의 출발지였던 것을 마음에 담는 것일세. 다 함께 잘 살자는 홍익인간을 내걸고.
–가능할까요?
–가능하지.
이기가 나철의 물음에 하나하나 설명을 했다. 잠시 침묵이 흘렀다.
–어떻게 하면 될까요?
이기와 나철의 대화를 옆에서 듣고만 있던 이태집이 목소리를 높였다.
–자네가 돕고 홍암이 움직이면 될 수 있네. 거기에 운초와 단해가 힘을 합하면 안 될 수가 없네.
홍암은 나철의 호, 운초는 계연수, 단해는 이관집의 호였다. 지금은 자리에 없는 계연수와 이관집까지 들어가며 힘을 실었다.
–하지만 종교라고 하셨잖습니까?
–그렇네.
이태집이 심도 있는 질문을 하려고 이기에게 설명했던 것을 확인했다.
–종교라면 불교와 유교, 그리고 무속이 있고, 예수교가 있는데 어떤 종교를 말씀하십니까?
–우리의 종교는 믿음이 아니라 수행이라고 생각하면 되네. 종교를 좀 더 설명하겠네.

이기는 잠시 쉬었다 말을 이었다.

–종교宗敎는 마루 종宗에, 가르칠 교敎지. 마루라는 뜻은 높다는 뜻일세. 코 중에서 높은 곳이 콧마루, 들에서 제일 높은 곳이 들마루, 산에서 제일 높은 곳이 산마루라네. 집에서 가장 높은 곳이 어디던가?

–글쎄요.

–아하. 용마루입니다.

나철이 생각하는 사이 이태집이 나서며 답했다.

–그렇지. 곧, 종교는 높은 것을 가르치는 걸세.

–아하. 그렇군요.

–우리에게 높은 것이 무엇이겠는가. 신이겠는가?

–그럴 것 같습니다.

–그렇지 않네.

나철의 대답에 이기가 단언하듯 말을 잘라 말했다.

–하늘이 높지만 하늘과 동격인 것이 곧 사람일세. 우리의 종교에서는 엄격히 말하면 하늘, 땅, 사람은 동격일세.

–그렇다면 사람이 곧 하늘이라는 인내천 사상이 바로 우리 종교라고 할 수 있습니까?

–반은 옳고 반은 그르다고 할 수 있네.

–점점 어려워집니다.

이기의 반은 옳고 반은 그르다는 말에 이태집이 어려움을 토로했다.

–그렇네. 반은 맞다는 의미는 만물은 같다고 보는 것이 우리의 생각일

세. 천지인天地人이 같아서 위와 아래가 없다는 것이고 결국은 만물은 평등하다는 것이 우리 고유의 사고체계라고 할 수 있네. 반은 그르다는 의미는 천지인이 독립적이듯 만물은 다 다른 특성을 가진 것을 인정하는 것이 우리의 정신일세.

–정말 애매하게 들립니다. 우위가 없다는 말은 평등하다고 할 수도 있지만 모든 것이 위와 아래가 있고, 선후가 있습니다.

–자네 말이 옳네. 우리의 사고체계는 만물이 하나에서 나왔기 때문에 같은 몸으로 만들어졌으니 근본은 같지만 현상세계에서는 상하와 고저가 있고, 전후도 있는 것을 인정하네. 일전에 삼신 사상에 대해서는 말한 적이 있네.

–예. 알고 있습니다.

–천부경을 읽어보면 삼신사상을 쉽게 이해할 수 있으니 다시 한번 참고하기로 하고, 우리의 생사관을 이해해야 우리의 종교를 이해할 수 있을 걸세.

이기와 이태집이 주고받았다.

–우리의 경우 천상에서 와서 다시 죽으면 천상으로 돌아간다는 것 아닙니까?

–그렇지. 우리의 천상이 북두칠성과 북극성이라고 하고. 다음으로 우리의 생사관에서 중요한 것은 영혼이 지상에 올 때는 몸을 받아서 왔다가 때가 오면 몸을 버리고 떠나서 천상으로 간다는 것일세. 몸과 맘은 다르다는 것이지. 몸은 육체고, 맘은 정신이라는 의미일세.

이번에는 나철이 이기에게 묻자 이기가 자세하게 설명했다.

—선생님도 그렇게 생각하십니까?

나철이 이기에게 어느새 선생님이라고 호칭을 바꿨다. 이기도 괜찮은 듯 이의를 제기하지 않고 받아들였다.

—나도 그렇네.

이기가 마음 편하게 나도 그렇다고 하자, 나철이 다시 물었다.

—종교라면 어떤 종교를 생각하고 계십니까?

나철이 진정 묻고 싶었던 것이었다.

—고대에 있었던 우리의 종교가 바로 신교라네. 신교神教에서 신은 여러 의미가 있지만 나는 개인적으로 이렇게 푸네. 신은 귀신이 아니라 태양을 꿰뚫는 존재로 하늘을 받들어 섬기는 것을 보여주는 존재라고 생각하네. 설명하면 신神을 풀어보세. 제천의식을 행하는 존재라는 의미도 담겨있네.

나철과 이태집은 미동도 없이 이기의 말을 기다리고 있었다.

—신神은 보일시示에, 날일日에 꿰뚫을 곤丨으로 이루어져 있네. 풀면 태양을 꿰뚫는 존재로 하늘을 받들어 제사 지내는 것을 보여주는 것이 신神이 아닌가 싶네. 극히 개인적인 생각일세. 왜냐하면, 천부경을 봐도, 나라 이름에도 모두 태양日이 들어있는 것과 일치하네. 환단한桓檀韓과 조선의 조朝에 모두 태양日이 들어있네. 정확하게 고대 우리나라의 이름에 태양日이 들어있는 것과 일치하네. 결국, 우리는 생명을 관장하는 태양을 첫째로 숭상하는 것으로 정하고 하늘의 고향으로 북두칠성과 별

자리 중에 중심을 차지하고 있는 북극성을 선택했다고 보네. 그래서…

이기는 다시 말을 멈추었다. 잠시 생각을 하다가 말했다.

–재개벽해서 우리의 정신과 역사를 백성에게 알려주는 종교를 만들자는 것이 내 마음일세.

이기도 말을 맺고 두 사람의 의사 표현을 기다렸다. 나철과 이태집은 답이 없었다. 결정을 하기에는 너무 높고 먼 대상 같았다. 이기의 마음의 높이를 헤아리기가 아직은 어려웠다.

–그러면 운초와 단해가 돌아오면 다시 이야기하세.

이기는 계연수와 이관집이 돌아오면 다시 이야기하자는 것으로 매듭을 지었다.

–홍암은 선도를 배우게.

–호흡을 말씀하십니까?

–호흡도 중요하지만, 선도수행 자체가 역사공부일세.

–선도수행이 역사공부라고요?

–그렇지.

–예. 알았습니다.

이기가 이태집을 보고 웃었다. 두 사람은 이미 오래 전에 선도와 우리의 역사의 관계를 깨달아 알고 있었다.

이기가 나철을 꼭 집어 역사공부를 하면서 선도수행을 이야기 한 이유가 있었다. 역사의 참모습을 스스로 깨우치라는 의미였다.

기사범, 홍범도를 찾아오다

역사학당 건너편에 한 사내가 서 있었다. 사내와 동행한 두 사람이 있었다. 한 사내는 날카로운 눈매를 가진 일본 밀정 감연극이었다. 다른 두 사내는 감연극의 직속 부하들이었다.

–이곳이다.

–예, 알겠습니다.

무엇을 의미하는지 두 사내는 벌써 감지했다. 감연극은 냄새를 기가 막히게 맡았다. 조선의 한양에서 일어나는 일뿐만이 아니라 중요 거점을 꿰차고 있었다. 감연극의 날카로운 눈매만큼 감연극의 시선과 냄새를 맡게 하는 밀정들이었다. 마치 들개 같은 존재들이었다.

북천에도 새로운 소식이 한발 늦게 들려왔다. 세상이 변해가고 있었다. 대한제국은 변화를 맞추기 위해 다양한 법과 새로운 법을 세상에 공포했지만, 백성들은 나라에서 내린 법에 대한 이해도 적었고, 실제로 생활로 다가오는 부분이 적어 그런가 보다 했다. 많은 사람들이 분개한 것은 단발령이었다. 내 목은 잘라도 머리는 못 자르겠다는 극단적인 발언까지 서슴없이 하곤 했다. 환족의 역사가 그대로 상징처럼 전해 내려오고 있는 상투가 사라지는 것을 의미했다. 백성의 의중과는 상관없이 법으로 머리를 자르라는 소식에 난감했다.

시끄럽게 한바탕 단발령과 시정정책에 대한 이야기로 갑론을박하는 곳에 홍범도도 있었다. 홍범도는 말이 많은 사람이 아니라 거의 듣고만 있었다. 커다란 느티나무 그늘 밑이었다. 멀리서 사람이 걸어오고 있었다. 혼자였다. 시골 사는 사람들은 외지 사람이 들어오면 모두 한마디씩 하곤 했다. 누구인가 궁금해했다.

가까울수록 슬쩍 훔쳐보며 누구인가를 확인하는 모습이 느껴졌다. 얼굴을 알아볼 만큼의 거리에 도달하자 얼굴색이 달라진 건 말이 없던 홍범도였다. 좌중하고 있던 몸을 일으켜 달려갔다. 홍범도다운 행동이 아니었다.

–스승님. 어쩐 일이십니까. 너무 반갑습니다.

홍범도의 얼굴에 웃음이 가득했다. 반갑고 고마운 사람이었다. 기사범이었다.

–언제부터 스승이었던가?

기사범이 시원하게 웃으며 말했다. 홍범도에게 기사범은 인생의 스승이었다. 스승이라고 부르니 마음이 푸근해지면서 홍범도의 마음이 평화로웠다. 홍범도는 스승님이라고 불러놓고 한 사람의 스승을 가지는 것이 이런 마음이구나 했다. 인생의 맛을 알게 해주었고, 기다림을 깨닫게 해주었고, 말없이 실천하는 스승이었다. 자신도 모르게 스승이라 불러놓고 흐뭇했다.

–스승으로 받아주십시오. 제가 흐뭇해집니다.

–편하게 부르게.

느티나무 아래서 저마다 한마디씩 했다.

–누구길래. 홍 포수가 저리 껌뻑 죽나.

–홍 포수보다 더 대단한 사람도 있구만.

–인상이 예사롭지 않네그려.

사람들이 한마디씩 하는 것에는 상관없이 홍범도가 기사범을 안내하며 말했다.

–어찌 지내셨습니까?

–잘 지냈지. 마음 편하게, 몸 편하게.

–어찌하면 그런 경지에 도달할까요?

–무슨 말인가. 나와 살아봤으니 알지 않는가. 그냥 받아들이고 살면 되는 것일세.

–저는 다시 여기 북청에 와서 잡놈이 되었습니다.

–잡놈이 제일 좋은 걸세. 나도 잡놈이 되려고 하네.

기사범이 홍범도의 말을 잘 받아주었다.

–무슨 말씀을!

–잘 알고 있지 않은가. 온갖 생각과 온갖 걱정으로 살지 않는가. 그것이 잡놈이 아니고 무엇이겠는가.

–그런 뜻의 잡놈이었습니까?

–그렇네.

–그럼 저도 잡놈 하겠습니다.

홍범도의 잡놈 선언에 두 사람은 한바탕 크게 웃었다.

–복잡하고 어수선한 마음을 정리하는 방법으로 나는 그냥 그대로 마음

을 두는 걸세. 마음을 붙잡지 않고, 마음을 풀어놓는 걸세. 그러면 마음이 평화로워지네.

–무엇을 말입니까?

–세상도, 마음도, 사람도.

–무슨 의미입니까?

–처음에는 절망보다 희망을 생각하고, 포기보다 도전을 생각하고, 나태보다 성실을 선택하려 노력했네. 지금은 그것도 사치다 싶어, 그냥 마음이 시키는 대로 하네. 외로우면 외로움을 받아들여 느끼고, 즐거우면 당연히 즐기고, 힘들면 힘이 든 것을 '경험이다' 생각하네. 쉽게 살지.

–저도 쉽게 살고 싶습니다.

홍범도는 기사범과 함께 살 때가 떠올랐다. 무리하지 않고 다가오는 것들을 거부하지 않고 자연스럽게 받아들이고 사는 기사범이었다. 다치고 아팠던 기억으로 힘들어하던 홍범도를 위로해준 것이 바로 기사범의 이러한 태도였다. 기사범이 살아가는 모습을 보고 삶에 대한 대처방법에 대해 배웠다. 어깨너머로 배웠다. 다시 그때의 기억으로 마음이 평화로워지는 것을 느꼈다.

–이런 것을 대범하다고 하는 것 같습니다.

–마음을 조아리며 일희일비한다고 해서 세상이 달라지는 것이 없다는 것을 알지 않는가. 이번 인생은 내 마음 가지고 노는 것으로 족하기로 했네.

마음을 가지고 논다는 표현이 가슴에 다가왔다.

–제가 볼 때 스승님은 능력을 썩히고 있는 것은 아닌가 싶습니다.

–나는 조용히 인생을 누리고 받아들이고 즐기기로 했네. 안 즐겨지면 안 즐겨지는 마음을 바라보며 살고.

도인 같은 말이었다.

그리고 잠시 멈추었다 말을 이었다.

–나는 마음 안의 세상을 즐기고 산다면 마음 바깥세상을 바꾸는 것은 자네의 몫일세.

–제가요?

–그렇지. 바로 자넬세.

–무엇을 보고 말씀하십니까?

–자네의 눈빛과 몸을 보고 말하고 있네.

–제 눈빛과 몸이 무엇을 말하고 있습니까?

홍범도가 정색을 하고 말을 하자 기사범이 시원하게 한 바탕 웃었다.

–대들 기세구만. 바로 그것이 자넬세. 의롭고 강인하네. 세상으로 나가야 할 사람을 증거하고 있지.

–...

–장부의 뜻이 있어 세상을 바꾸겠다는 사람은 다르네. 기세가 선명하게 드러나지. 그것이 자넬세.

–단발령은 어떻게 생각하십니까?

기사범의 칭찬의 말이 어색해 홍범도는 말을 건너뛰어 단발령에 대해 물었다.

–민속은 자연스러워하는 것이라 생각하네. 늘 하던 것을 갑자기 하지 못하게 하는 것은 문제가 있네. 나는 분명히 말하지만 그런 것에 관심이 없네. 나는 나를 바라보는 일만으로도 바쁘지

–명성황후 시해 소식은 들었습니까?

–모르네.

–조선의 국모가 일본의 낭인들에게 죽임을 당하고 불에 태워졌답니다.

–나는 나와 관계 되어질 때 관심을 가지네. 지금은 어떤 연관성도 없고, 나라 걱정으로 살아 본 적도 없고, 나라가 나를 대접해 준 적도 없네. 나와 나라는 독립적으로 평행선을 그려왔네. 나와는 무관한 일일세.

–저도 저 밥 벌어먹는 일이 전부였는데 울화가 치밉니다.

–자네는 나를 처음 찾아왔을 때 마음에 비수를 차고 있었네.

–예. 그때가 생각납니다. "나와 함께 살려면 칼은 거두게"라고 말씀하셨습니다. 그때 제가 "예? 무슨 말씀이십니까?"라고 능청을 떨었지요.

*

–나와 함께 살려면 칼은 거두게.

–예? 무슨 말씀이십니까?

기사범이 홍범도에게 던진 말에 홍범도는 화들짝 놀랐다. 무슨 말인지 의미를 파악하지 못하고 되물었다.

–자네에게 살기殺氣가 있네.

–살기요?

–그렇지. 증오와 함께 누군가를 죽이려는 얼어붙은 마음이 있어.

기사범은 단호하게 잘라 말했다.

홍범도는 뭐라고 말할 수가 없었다. 옥이와 생이별을 하게 한 그놈을 잡아서 죽여버리겠다는 마음이 가득했다. 그것을 기사범이 눈치챘다.

–자네가 칼을 거두지 못하면 자네와 나는 동거할 수가 없네.

–예?

홍범도는 기사범을 따라서 산속까지 따라온 것이 할 일이 딱히 없어서이기도 하지만 기사범의 범상치 않은 풍모와 눈빛 때문이었다. 묵중하면서도 유연함이 보였다. 예사로운 사람이 아님을 직감했다. 칼을 거두지 않으면 동거할 수 없다는 말에 가슴이 콱 막히는 기분이었다.

–원한은 양날의 칼일세. 하나는 남을 겨누지만, 또 하나는 자신을 겨누지. 감정은 손잡이가 없이 날로만 만들어진 칼이라고 생각하면 되네. 조심해도 주위에 있는 사람까지 다치게 하지.

–거두도록 하겠습니다.

기사범과 홍범도는 그때를 생각하며 웃었다.

–저의 집에 한 번 가보셔야지요.

–당연하지. 동생 집을 봐야지.

–동생이라니요. 저는 스승님의 제자입니다.

–알았네. 편한 대로 하게. 내게는 그 말이 그 말일세. 세상의 일과 적당히 거리를 두면 한가하고 마음에 평화가 오네.

–한데 저는 세상의 일들과 함께할 때 희열이 생깁니다. 사는 것 같고, 살아있는 것 같습니다.

–내가 이야기하지 않았는가. 마음에 칼을 감추고 있는 사람이 바로 자네라고.

기사범이 홍범도를 만났을 때 칼을 거두어야 받아들일 수 있다고 했던 그때 일을 다시 상기시켰다.

–저는 어떻게 해야 잘 사는 겁니까?

–간단하네. 칼을 품고 살아야 하는 걸세.

–무슨 말을 그렇게 섭섭하게 말씀하십니까. 저는 안 된다는 말씀이십니까?

–그렇지. 안 되네.

–…

기사범이 단호하게 안 된다는 말에 홍범도는 할 말을 잃고 대답을 못했다.

–사람의 마음은 고쳐 쓰는 것이 아닐세. 본심은 타고 나는 것이야. 잠시 누르고 살 뿐일세. 섭섭하게 생각하지 말고 타고난 대로 사는 것이 잘 사는 걸세.

–그렇습니까?

홍범도의 목소리가 조금 누그러졌다.

–나는 세상과 등지고 살아야 하는 사람이고, 자네는 세상과 함께하고 살아야 사는 맛이 나는 사람일세.
–그런 것 같습니다.
–나는 세상 한복판에서도 은둔하고 사는 사람이니 나의 말에 일희일비할 필요가 없네. 겨우 사는 사람에게 무엇을 얻으려 하지 말게.
홍범도는 '겨우 사는 사람' 이란 말에서 묘한 신비감을 느꼈다. 특별한 사람이었다. 세상의 일과는 거리를 두고 살았다. 현실에 살면서 현실적이지 않은 사람이었다. 일상적으로 살아가는 모습은 평범하지만 내면은 다른 세계 사람 같았다. 홍범도는 그런 기사범이 좋았다. 다른 것에서 느끼는 신선함이었다.

계연수와 이관집이 〈태백일사〉를 공부하다

계연수는 친구 이관집과 함께 있는 것이 좋았다. 친구와 오랜만에 마음을 열고 편하게 생활하는 기회였다. 역사도 논의하고, 인생도 이야기하고, 농담을 주고받는 것이 즐거웠다. 계연수는 산중에서 세상과 끊어져서 살아야 할 사람이었다. 역사의 은자라는 이름 그대로 숨어서 작업을 해야 하는 사람이었다. 한양의 시끄러운 곳에서 공부를 하고 작업을 하기 어려웠다. 동행해

준 이관집이 고마웠다. 시끄러운 세상에서 뚝 떨어져 한적한 시간을 즐기고 있었다. 적응하는 것조차 어려울 만큼의 변화가 한양에서 이루어지고 있었다. 집에서 이관집과 함께 있으면 어떤 소식도 알 수가 없었다.

계연수는 한동안 이렇게 살고 싶었다. 그래야 역사공부를 제대로 할 수 있고, 집필도 가능할 것이라 생각했다. 역사공부는 이관집이 옆에 있어 도움이 되었다. 이관집은 시간만 나면 땔감을 하러 산으로 가고, 계연수는 약초를 캐러 산으로 들었다. 이래저래 산에서의 생활이 늘었다.

–왜 우리는 역사의 은자라는 책무를 맡았을까?

이관집이 계연수에게 물었다. 산에서 약초를 캐다 잠시 쉬는 시간이었다.

–말도 안 되는 생각으로 말해도 될까?

–그렇게 말하니 더 궁금하네.

계연수의 질문성 발언에 이관집이 답했다.

–선몽을 경험해 본 적이 있는가?

–해봤네.

–선몽先夢을 어떻게 생각하나?

–나도 경험했네.

–자네도 겪었군. 선몽으로 나를 찾아온 분도 계셨네. 내가 단굴암으로 기도 겸 마음을 다짐하러 갔는데 그곳에 나를 기다리고 있던 분이 계셨

네. 선몽으로 찾아와 기다린다고 하셨네.

계연수는 단굴암에서 만났던 단학도인을 떠올렸다. 단학檀鶴이라는 글자에서도 그대로 우리 선조들이 사용하는 글자가 그대로 들어가 있었다. 밤낮을 같이 보내고 사라져간 단학도인이었다. 무엇을 남긴 것도 없고, 몇 마디 이야기한 것이 전부였다. 천부경을 찾아보라는 말과 함께 사라졌다. 다른 해석이 있을 것을 암시하고 사라졌다.

–맞아. 그것이 답일 수 있네.

–선인들이 잃어버린 역사를 찾아야 한다고 동분서주, 주야장천晝夜長川 노력하는 것이 아닐까 생각하네.

–자네도 그랬군. 나도 그런 생각을 하곤 했네.

–같은 생각이었군. 무당이 대를 이어 내려오듯 역사의 은자도 대를 이어서 내려오고 있다는 생각이 들지 않는가. 고성 이씨는 말할 것도 없고, 우리 계씨 집안도 고서적을 숨겨가며 살아온 전력의 집안이었지. 그리고 내게 책을 전해준 분들도 마찬가지였네. 대를 이어서 책을 보존하고 목숨을 걸고 지켜내고 있었지.

–그렇다면 숙명일세.

계연수의 설명을 듣고 이관집이 혼자 중얼거리듯이 '그렇다면 숙명일세' 라고 말했다.

–나는 준비가 되어있네. 내 본분은 지킬 것이라고.

계연수가 다짐하듯 말했다.

–나도 우리 역사를 알리는 것이 내 타고난 숙명이라고 생각하고 있네.

이관집도 같은 마음을 말했다.

–자네는 어떻게 할 생각인가?

계연수가 이관집에게 역사의 은자 자리를 어떻게 하겠느냐고 물었다.

–나는 아직 정하지 못했네. 아이들이 있는데 누구에게 은자 자리를 물려줄 것인가를 생각하고 있긴 하네. 하지만 물려주어야 하는 내 마음이 너무 무거워서 선뜻 결정이 되지 않네.

–힘들었지?

–당연하지. 누가 알아주는 것도 아니고, 누구에게 함부로 이야기할 수도 없으면서 위험을 감수하고 산다는 것이 짐이었네.

–지금은 그래도 나라에서 관심도 없어져 가고 있네. 망하느냐가 걱정일 때라 관심도 없지만, 이제는 세상에 펼쳐야 하는데 나라가 이미 기울은 것과 다름없으니 답답하네.

–갈 길은 멀고 해는 저문다고 하더니 우리 입장이 그렇네.

–나는 앞서도 이야기했지만 〈태백일사〉에 대해 심도 있게 공부하고 해석하는 작업부터 할 작정일세. 자네는 나와 함께 머무르면서 〈태백일사〉를 함께 공부하세.

–좋네.

–오늘은 한 가지만 해볼까.

좋지.

–첫 장에 이렇게 명시되어 있네. "〈표훈천사表訓天詞〉에 이렇게 기록되어 있다. 대시大始에 상하와 동서남북 사방에 아직 암흑이 보이지 않았

다. 언제나 오직 한 광명뿐이었다. 천상 세계에 문득 삼신이 계셨으니 곧 한 분 상제님이시다. 주체는 일신이시니, 가기 따로 신이 있는 것이 아니라 작용으로 보면 삼신이시다." 어떻게 생각하나?

—놀라운 것은 천부경과 너무 닮아 있다는 점이야.

—역시 짚어내는군.

—하나 짚어서 말하기는 장황하지만 한 눈에 너무 닮아 있다는 점이야. "석삼극무진본析三極無盡本, 하나가 셋으로 갈라졌으나 근본은 끝이 없다."

—그것뿐이 아니야. 천부경에서는 사람의 본성을 본심본태양앙명本心本太陽昻明이라고 해서 "본래 마음은 밝디 밝은 태양과 같다."라고 하고 있네. 또한 용변부동본用變不動本이라고 해서 "쓰임새가 바뀌어도 그 본성本性은 변하지 않는다." 라는 부분과 같네. 신기하지.

—나는 개인적인 생각으로 첫 나라를 세운 환인은 선도수행자였을 것이 확실하다고 믿네. 그리고 선도수행의 원리와 우주의 원리에 능통한 환인이나 도움을 준 분이 있을 걸로 믿네. 우리 역사를 공부하다 보면 수행공부를 하는 것인가 착각할 때도 있고, 국가체계나 통치원리가 우주원리와 일치시켰다는 것을 누구나 느낄 걸세. 특히 천문에 밝은 분들이라는 것을 알 수 있네.

—동의하네.

—계연수의 설명에 이관집도 동의했다.

—정말 특이한 것은 우주 최초의 순간을 암흑暗黑이 아닌 '오직 한 광명

뿐' 이었다고 천명한 것일세. 미래와 긍정과 밝음이 최초 세상임을 공표한 것이 우리 민족의 첫 출발일세.

–대단하단 생각이 드네. 거기에 최초의 시간을 대시를 설명하고 있다는 점이야. 그냥 최초가 아니라 태역太易–태초太初–태시太時로 나누었지. 고대에 이미 위대한 정신을 가졌고, 그를 국가 건설에 적용시켰으니 정신적 승리라고 할 수 있네.

–나는 몇 번을 이야기하지만, 우리 환족이 문명을 창조한 민족이라는 것이 자랑스럽네. 거기에 홍익인간이라고 해서 경계를 두지 않고 널리 사람을 이롭게 하라는 건국이념이 놀라울 뿐일세.

–우리 둘이 완전 역사광이구만.

이관집의 말에 두 사람은 크게 웃었다.

–이것도 빼놓을 수 없네. 표훈천사에 대한 이야기일세.

–우리 조선조에 들어와서, 정확하게 세조 때 수거령이 내려졌을 때 들어 있던 책일세. 그때 사라진 책인데 인용이 되었으니 고맙지.

–친구와는 이야기의 흐름이 꺾일 일이 없네. 내가 이야기하기 전에 다 알고 있으니.

–그렇지 않네. 오늘도 〈태백일사〉에 대해 공부하고 있지 않나.

–그리고 표훈천사를 지은 표훈대사는 신라 십성十聖인 아도, 안함, 의상, 원효 등과 어깨를 같이 하는 한 분일세. 경덕왕 때 불국사 주지이기도 했지.

–〈태백일사〉 첫 장을 가지고 이렇게 오래 이야기하고 있으니 언제 〈태

백일사〉를 떼겠는가.

두 사람은 다시 크게 웃었다.

기사범, 홍범도의 집을 방문하다

보기 좋습니다.

기사범이 홍범도의 가족과 함께 식사를 하면서 홍범도 부인에게 말했다.

–예. 저도 꿈만 같습니다.

홍범도 부인이 답했다.

–저하고 있을 때 많이 힘들어하는 것을 보았습니다. 그리워했지요.

–저도 어떻게 살았는지 알 수가 없습니다. 황망했지만 기다렸습니다. 기다림의 끝에서 해가 떠오를 것이라 믿었습니다.

기사범이 홍범도가 자신과 함께 생활할 때 부인을 많이 그리워했다는 말에 홍범도 부인이 자신도 희망을 가지고 힘들게 기다렸다는 마음을 밝혔다.

–저는 사실 홍 형에게 많은 것을 배웠습니다.

–홍 형이라니요.

기사범이 홍범도에게 '홍 형'이라고 하자 기사범의 말을 끊고 손사래를 쳤다.

–알았네. 우리 아우에게 많이 배웠습니다.

–아니. 아우라니요. 저는 스승님의 제자입니다.

–알았다니까.

홍범도의 부인이 소리 없이 웃었다. 아들 양순이는 밥을 먹다가 무슨 일인가 싶어 쳐다만 보고 있었다.

–사내 중에 사내입니다. 마음이 곧고 변함이 없습니다. 그걸 배웠습니다.

–그건 저도 인정합니다.

기사범이 홍범도에 대해 말하자 홍범도의 부인이 짧게 대답했다.

–사실 그때 저는 환자였습니다. 마음의 병이 깊었습니다. 삶에 대한 현실적인 어려움보다는 마음이 아팠습니다. 그리고 이렇게 힘든 삶이 필요한 것인가 생각했습니다. 그때 저를 구해준 분이 스승님이십니다.

–나는 다시 이야기하지만 겨우겨우 사네. 겨우겨우 사는 사람에게 배울 것이 있는 것이 아니라 배울 준비가 되어 있었다는 것이 더 정확한 말일세.

–두 분은 서로에게 배우셨으니 저는 두 분에게 배워 부자가 되었습니다.

홍범도의 아내는 짧은 말속에 긍정과 웃음을 담는 능력을 가지고 있었다.

–한 사람이 한 사람을 받아들인다는 것은 하늘이 한 일이라고 받아들

입니다. 저는 그런 사람이 없었습니다. 아우를 만나 행복했습니다. 그리고 연대의식을 처음으로 느꼈습니다.

–지금까지만 아우로 하세요. 제가 스승님으로 모시려는 이유가 있습니다. 저도 사욕이 있어 그러니 이해해 주시기 바랍니다.

홍범도의 이야기에서 더 할 말이 있음을 감지했다. 기사범이 홍범도가 하고 싶은 말을 기다렸다.

–저는 인생의 좌표가 없었습니다. 처음으로 여자를 알았는데 그 사람을 잃고, 태어나서 누구에게도 따뜻한 말을 듣지 못하고 산 접니다. 누군가를 의지해서 살아갈 사람이 필요했습니다. 그것이 스승님이었습니다. 그것은 제가 그곳을 떠나서 더욱 느꼈습니다. 마음에 구멍이 크게 뚫린 듯 허전했습니다. 그래서 마음속으로 다짐했습니다. 스승님으로 모시고 내 마음을 다스리고, 살아가는 이정표로 삼기로 했습니다. 못난 제자지만 받아주시기 바랍니다.

홍범도의 목소리에는 힘이 들어가 있었다. 이렇게 길게 목소리에 힘을 주어 말하는 것을 처음 보았다.

–이해하네. 나도 흔들리며 사네. 다만 나는 예전에 말했듯이 내 안에 있는 모자란 나 자신을 스승으로 삼고 사네. 내가 자네의 마음까지 꺾을 필요가 없지만 내 안의 모자란 나를 스승으로 삼으면 어느 날인가 진정 스승이 되어주는 걸 느낄 걸세. 스승은 완전한 자만이 스승이 되는 것이 아니라 흔들리는 그 마음 자체를 바라보는 것만으로도 스승의 역할을 하네.

–예. 알았습니다. 그렇지만 제게는 당장 스승이 필요합니다.

홍범도는 기사범의 말에 동의하지 않았다.

–제게도 스승이십니다.

홍범도의 부인이 말했다. 순간 홍범도와 기사범이 서로 얼굴을 바라보며 크게 웃었다.

–저도 스승, 할게요.

앞뒤가 조금은 맞지 않는 말로 아들 양순이도 말했다. 다시 한번 큰 웃음이 터졌다.

하늘이 만들어준 가족이란 공동체는 북청에서도 환했다.

2. 동이족의 기원과 의미

삼신할머니와 마고할머니를 이야기하다

세상은 어지러웠고, 특히 조선은 어지러웠고 조정은 혼란스러웠지만 진정 조용히 시간을 보내고 있는 사람이 있었다. 계연수와 이관집이었다. 계연수의 수입은 약초였다. 약초를 캐고 약초를 말리고, 약초를 찌기도 했다. 한양에 있을 때 일손을 놓았다가 고향에 돌아와 산을 찾으니 산 사람으로 생기가 돌았다. 이관집도 덩달아 약초공부를 하게 되었다. 이관집이 더 신나했다. 산에서 돌아오면 역사공부에 매달렸다. 산에서도 시간이 되면 역사이야기로 꽃을 피웠다.

–나는 아직도 풀리지 않는 것이 있네.

이관집이 운을 뗐다.

–또 시작하자는 신호군.

–그렇지. 그것이 우리의 재미 아니겠나.

이관집의 말에 계연수가 말을 받자 두 사람은 소리 내어 웃었다.

–삼신할머니와 마고할머니는 어떻게 봐야 하나?

–같은 분이시지.

–그런가.

–한자의 뜻을 살펴보면 알 수 있네.

–한자의 뜻으로 마고麻姑가 삼 마麻에, 할머니 고姑 아니던가.

–그렇네. 그렇게 하면 연결이 안 되는데, 고대에는 '삼' 마麻에 '신神' 할머니 고姑였거든. 그래서 '삼신' 이 마고麻姑지.

–아하. 그렇군. 고姑가 시어머니 고, 할머니 고로 알았는데 삼 신 할머니 고라고도 하는군.

–그렇네.

–그럼. 삼신이 한자로 삼신三神이 아니라는 것인가.

–정확하게 말하면 아닐세. 그냥 우리말로 삼신이네. 하지만 묘하게 우리의 우주관과 석삼三을 사용하면 삼신의 원리가 딱 맞아 떨어지네.

–그런가?

계연수의 말에 이관집이 이해 못 하겠다는 듯 의문을 달았다.

–알고 있는 것인데. 낯설게 느껴져서 그렇네.

그래도 이관집이 이해 못 하겠다고 하자

—살펴보세. 삼신을 셋으로 본 삼신三神으로 하는 것이 있네. 천일天一, 지일地一, 태일太一은 알지 않는가.

—그렇지.

—천지인天地人을 〈태백일사〉에서는 삼신으로 설명하면서 이렇게 적었네. 천일은 만물을 낳는 조화造化로, 지일은 만물을 기르는 교화敎化, 태일은 세상을 다스리는 치화治化로 나누었네. 놀라운 건 이미 오래전에 오방으로 나누면서 색깔까지 지정했다는 점일세. 그것은 자네가 알고 있는 오방색과 일치하지.

—동은 청색, 서는 백색, 남은 적색, 북은 흑색. 그리고 가운데는 황색. 그래서 황제의 색.

—그렇지. 우리는 아직도 쌀을 최고의 곡물로 치지만 중화에서 최고의 곡식으로 치는 것이 조라는 것.

—나는 잘 모르고 있었네.

—그런가. 조는 작지만 우선 황색으로 황제를 상징하는 것과 딱 맞아 떨어지네. 거기에 가장 작은 것을 말할 때 좁쌀만 하다고 하지 않나. 조한 알이 커서 정말 많이 열리지 않는가. 부와 권력과 다산까지 상징한다고 해서 중화에서는 최고의 곡식으로 생각하네.

—참 많이도 알고 있네.

두 사람의 이야기는 종횡으로 거리낌이 없었다.

—이번에는 내가 물어보겠네.

–아는 것 물어보게.

계연수의 말에 이관집이 농담으로 받았다.

–우리나라 말이 어색해서 묻는 걸세.

–우리나라 사람이 우리말이 어색하다면 어떻게 하겠는가.

–자네도 생각해 보게.

–우리라는 말일세.

–아하. '우리 마누라' '우리 어머니' '우리 아버지' 라고 하면 이상하단 말이군.

–가만히 생각하면 이상하지.

–' 우리 아버지' 라고 하면 상대 입장에선 자신을 낳아주지도 않았는데 공동의 아버지로 생각한다는 말씀 아, 니, 던, 가!

이관집이 농담처럼 단어마다 끝에 힘을 주어 말했다.

–자네는 이상하지 않은가.

–물론. 이상하지. 혼자서 생각한 적이 있네. 이것은 순전히 내 개인적인 생각이네.

계연수의 물음에 다시 이관집이 답했다.

–좋아. 이야기해보게.

–우리라는 말에 의미가 빠진 걸세.

–의미가 빠졌다고.

–보다 정확하게 말하면 의미를 잃어버린 것이네.

계연수의 말을 이관집은 이해가 안 간다고 하지 않고 의미를 잃어버려서 그리 되었다고 말했다.

–이해가 안 가는데.

–'우리'에서 '우'는 위라는 의미였네. 한자로 상上을 말하네. 지금도 호미가 어디에 있냐고 물으면 벽에 걸려 있을 경우 '우에' 있다고 하지 않나?

–그렇지.

–'리'는 '이'에서 왔다고 생각하네. 이는 오랑캐 이夷라고 하는 이夷일세. '위에 있는 이족'이란 말일세. 우리는 하늘에서 온 천손이라는 말이지. 천손공동체를 말하는 것일세. 우리 스스로를 '이夷'라고 하지 않는가.

–그렇군.

우리는 '우이夷'로 '위에 있는 이족夷族'으로 같은 천손민족이라는 의미로 계연수는 생각할 수 있다고 했다.

–그렇다면 더욱 이해가 안 가는 것이 우리가 우리를 오랑캐라고 하는데 그 이유는 어떻게 설명할 수 있겠는가?

–분명하게 이야기하지만, 오랑캐에 대한 근거는 어디에서도 찾을 수가 없네.

–그래도 설명 가능한 것이 있다는 말 아닌가.

–있지. 중국 한자 사전에 오랑캐 이夷라고 설명하고 있지 않네. 중화인들은 이夷가 오랑캐라고 하지 않았다는 이야기일세. 그들이 만든 말이라면 그들의 사전이나 기록에 이夷를 오랑캐라고 했겠지. 이상하게 우

리 사전에만 오랑캐 이夷라고 적혀 있네.

–그 말이 사실인가?

–그렇네. 중국의 허신이라는 사람이 만든 설문해자에 나와 있는 내용은 알고 있지 않은가. 이夷는 대인大人이고, 큰활을 쏘는 민족이라고 적혀 있는 것을.

–알고 있지.

–그대로 보면 되네. 공자도 군자가 죽지 않는 나라가 구이九夷라고 하지 않았는가?

–그렇지. 오랑캐를 우리가 우리 스스로 오랑캐라고 했는데 그 의미를 잃어버린 걸세. 우리의 선대 나라의 이름도 모르지 않나. 환국을 아는 조선인이 있던가. 단국, 즉 배달국을 아는 사람이 있던가. 단군할아버지라고 하며 고조선만을 알고 있네. 그것도 무슨 신화처럼 생각하는 사람들이 있지 않은가.

–아하!

이관집이 탄식을 했다. 그럴 수도 있다는 의미였다.

–지금 우리는 솟대의 의미도 모르고, 고수레를 왜 하는지도 모르네. 성주풀이 노래를 하고, 집을 지으면서 터다짐을 하면서도 왜 하는지 아는 사람이 거의 없네. 천하대장군과 지하여장군이 무엇을 의미해서 만들었는지도 모르네. 성황당을 지나가면서 왜 돌을 올려놓는지도 모르네. 정안수의 의미는 알고 하는지도 나는 모르네. 그것이 우리의 현 상황일세.

–그럴 수도 있겠군.

–우리는 여러 곳에서 태양족임을 선언하고 있네. 천부경을 비롯해서 나라 이름에도 모두 태양이 들어있는 것은 우리가 지난날에 모여 이야기하지 않았던가.

환국桓國, 단국檀國, 한국韓國, 그리고 조선朝鮮

이란 문자에 공통적으로 태양이 들어가 있다. 환단한조桓檀韓朝에 한결같이 날일日이 들어가 있다. 우리가 태양족임을 선언하고 있는 증거다. 고조선의 옛 땅에 도읍을 했다고 천명한 요遼나라에도 해日이 들어있다. 이름에서 가장 중요하게 생각해 한 가운데 놓은 것이 해日였음을 상기해서 목소리가 높아졌다. 평소에 말이 적던 계연수가 강력하게 말했다.

밀정 감연극은 지시를 받은 말을 다시 떠올렸다. 감연극의 머릿속에서 맴도는 말이었다. 그리고 감연극은 그것을 사명으로 알았다. "조선 역사를 고취하는 놈은 일본의 대동방 평화정책을 방해하는 것이니 모두 잡아 없애야 한다"는 말이었다. 감연극은 역사학당의 상황 일부를 파악하고 있었다. 요주의 단체임을 부하들에게 명령해 감시토록 했다. 일반적으로 처단할 수 있는 단계가 아니어서 감연극은 조심스럽게 정보를 수집하고 있었다. 이곳은 조선 땅이었고, 조선인들 속에서 활동해야 했다. 언제 악마의 발톱을 드러낼지 알 수가 없었다. 마치 일본이 속국처럼 조선을 지휘하고 있었다. 조선 황제를 궁 안에 가두어 놓고 밀실에서 황제를 조정하고 있었다. 조선은 감시당하고 있었다.

이기는 역사학당에 들어오기 전 전봉준의 소식을 들었다. 감연극의 지시를 받은 밀정이 역사학당에 들어오는 인물들을 눈으로 점검하고 있었다. 감연극의 발은 넓었다.

전봉준, 충심을 말하다

나철이 밖에서 일을 보고 역사학당 안으로 들어왔다. 얼굴이 상기되어 있었다.

–얼굴이 왜 그런가?

–소식을 들으셨습니까?

–녹두장군 소식을 말하는가?

–들었네.

–생각이 많으시겠습니다.

이기가 잠시 생각에 잠겨 말이 없이 앉아 있었다.

–그렇네. 나라를 사랑한 인물 하나가 또 사라졌네.

–백성의 마음을 어루만져주고, 백성의 마음을 대변해주는 사람이 적은 세상에 큰 별 하나가 졌습니다.

이기의 말을 받아 나철이 말했다.

–안녕하십니까.

역사학당의 문을 열고 들어오는 사람이 있었다. 신명이었다. 때맞춰서 안에서 사무를 보던 이태집도 나와 합세를 했다. 대청이 시끄러워졌다.

–요즘은 안녕한 날이 드뭅니다.

–정말 그렇습니다.

신명의 인사말을 받아 나철이 대답하자 이태집이 두 사람의 말을 받아 답했다.

–서당에서 아이들을 가르치는 훈장에서 분함을 참지 못하고 조선의 백성들과 함께 일어나 녹두장군이라는 이름까지 얻으며 기세를 떨치던 전봉준 장군이 일본군에게 참패했을 때 가슴 아팠네. 잡혔다는 소식을 들었을 때는 잠을 이루지 못했지.

–현장으로 달려가셨으니 누구보다도 마음이 아팠을 것입니다.

나철이 이기를 위로했다.

–전봉준 장군이 패하고 잡혀있다는 소식을 들었을 때와 결국 사형을 당했다는 소식은 차원이 달랐네.

진정으로 이기는 누구보다도 마음이 심란했다. 전주성에서 담판을 할 때 더 강하게 한양으로 공격해 들어가자고 했어야 했는가 생각했지만 지난 일이었다.

–고부로 달려가셨다는 이야기는 전해 들었는데 녹두장군의 뜻은 무엇이었습니까?

신명이 이기에게 물었다. 저자거리에서 도는 말과 직접 전봉준을 만나 대화를 했을 때의 진심을 알고 싶었다.

–나는 전봉준 장군의 충심忠心을 보았네. 나라를 먼저 생각하고 처음에 일어난 봉기의 목적은 나라를 위해서였음을 설파할 때 전봉준 장군의 진정을 알았네. 진심으로 나라를 걱정하고 백성을 생각하는 사람이었네. 하지만 시대를 잘못 타고 나서 거기에서 그치고 말았네. 마음이 따뜻해서 마음이 순결해서 아파한 인물의 결말이었네.

세상은 마음보다 힘에 의해 흘러간다는 것이었다. 역사는 강자일 때 발언할 수 있음을 증언하고 있는 것을 바로 역사에서 확인했다. 이기는 안타까웠다. 승리해야만 목적을 이룰 수 있음을 현실이 보여주기 때문이었다. 시대가 낳은 올바른 인물을 잃은 것이 아팠다. 나라를 걱정하고 백성의 안위를 걱정했던 영웅이었다.

–이제 하실 일은 무엇입니까? 저희가 도울 수 있으면 힘이 되도록 하겠습니다.

신명이 이어서 말했다.

–이제 할 수 있는 일은 대중과 밀착해서 역사의식을 조선인의 머리에 각인시킬 방안을 찾고 있네.

지난번에 만났을 때 나철과 이태집이 이야기하다 계연수와 이관집이 한양으로 오면 다시 의견을 나누자고 했던 내용을 다시 꺼냈다.

이기는 나철을 적임자로 찍고 있었지만 혼자 할 수 있는 일이 아니었다. 공론화하면서 준비해야 할 일이라고 생각했다.

–오늘은 마음도 울적하고 하니 우리의 위대한 문화와 정신에 대해 대가인 신명 선생의 이야기를 듣고 힘을 내보는 것이 어떤가 싶은데…

굳이 한참 아래뻘인 신명에게 선생이라는 호칭까지 쓰면서 강론을 청했다. 사실 신명은 호가 없었다. 조선의 선비나 지식인이라고 하면서 호가 없는 사람이 없었다. 하지만 신명은 이름만으로도 벅차다면서 호를 가지지 않았다.

–그러면 좋습니다. 오늘은 우리의 집에 대해 말씀드리겠습니다. 우리의 집을 한옥韓屋이라고 하겠습니다.

모두 박수를 치며 환영했다.

–제가 긴급 발언을 하겠습니다.

나철이 나섰다.

–그러지 말고 오늘 저녁 강론이 있습니다. 제가 맡은 시간인데 한옥에 대한 시간으로 특강을 하는 것이 어떨까 싶습니다. 불과 두 시간 후입니다. 잠시 후면 학생들이 모일 시간입니다.

–좋네.

나철의 제안을 이기가 받아들이자 모두 찬성했다.

홍범도, 일어설 것을 준비하다

기사범이 돌아가고 나서 홍범도는 바빠졌다. 북청에도 전봉준이 사형을 당했다는 소식이 전해졌다. 홍범도의 귀에도 전해졌다. 의협심이 강한 홍범도는 울분이 있었다. 얼마 전 명성황후가 일본의 낭인들에 의해 살해당하고 시신을 불에 태워 없앴다는 이야기가 전해졌을 때도 화가 치밀었다. 전봉준이 일본군에 패하고 사형까지 당했다는 소식에 화가 치밀어 올랐다. 요즘에는 일본인들이 북청에까지 드나들었다. 날이 갈수록 수가 늘어나고 있는 것을 느낄 만큼 일본인들의 활동이 늘어나고 있었다.

홍범도가 회장으로 있는 포수회에서 현 시국에 대한 이야기가 나왔다. 정국에 관심이 없던 홍범도가 회장 자리에 있으면서 접하게 되는 시국에 대한 이야기로 관심이 커지고 있었다.

–무서운 놈들입니다. 조선의 황후를 죽이고 시신을 불태워 버렸다니!

–나도 그렇게 생각하네.

범골의 태양욱이 목소리를 높이자 범잡이 김수협이 받았다.

–죽일 놈들이지만 우리는 사냥을 해서 평범하게 사는 사람들 아닌가.

–그렇지 않습니다. 생각할수록 화가 납니다.

–저도 화가 납니다. 분풀이를 해주어야 한다는 생각을 했습니다.

화는 나지만 평범하게 살자는 홍범도의 말에 차도선과 송상봉이 들고 일어났다.

사실 홍범도도 처음 소식을 접했을 때 화가 났었다. 하지만 조용히 지나가려 했다. 기사범의 영향도 있었다. 세상 상관없이 초연하게 사는 것이 좋을 것 같았다. 거기에 처자식이 있는 가장이었다.

–방법이 있던가?

홍범도가 슬쩍 목소리가 컸던 차도선에게 물었다.

–회장님이 일어나면 저도 일어설 수 있지요.

–나도요.

차도선과 송상봉이 의견을 함께했다.

–저도 괜히 부아가 나던데요.

아무 말 없이 듣기만 하던 허근도 거들었다. 평소에는 자신의 의견을 이야기하지 않는 포수였다. 조용하고 차분한 성격이었다.

순간 홍범도의 마음이 울컥했다. 내가 너무 소극적으로 사는 것인가. 회장님이 일어서면 함께 하겠다는 말에 마음이 움직였다. 전봉준도 일어서 싸웠는데 사내대장부가 너무 약한 것 아닌가 싶었다.

–일본군이 북청을 통해서 만주로 이동하는 것을 보았다는 사람들이 많아요.

태양욱이 들은 이야기를 꺼내 설명했다.

–무슨 일로 일본군이 만주로 이동하는가?

–저야 세상모르고 사냥으로 평생을 산 사람이니 세상이 어떻게 흘러가는지 모르지요.

홍범도도 마찬가지였다. 북청의 포수회 회원들도 마찬가지였다. 사냥을 하고 평범하게 살아가는 사람들이었다. 조선이 기울어가는 것이 산골까지 전해지고 외국군이 조선 땅을 자신들의 나라처럼 다닌다는 것이 자존심 상하는 일이었다. 강화도로 들어온 배가 왕가의 무덤을 파고 규장각의 책들을 가져갔다는 말이 있을 때만 해도 남의 일처럼 바라보던 사람들이 조선의 국모를 죽여서 불태워버렸다는 말에는 흔들렸다. 전봉준이 일본군에 잡혀 죽었다는 말에 더욱 분해했다. 핍박받는 하층민들의 우상이었던 전봉준의 죽음이 더욱 사람들을 흥분하게 만들었다. 조선을 흔들던 전봉준, 녹두장군이 전라도를 휩쓸고, 관군들을 격파했고, 한양의 경군마저 무너뜨린 대단한 봉기군이 일본군에게는 일방적으로 무너졌다는 말에 일본군의 강력함을 깨달았다.

그렇더라도 조선인들은 힘이 없는 것을 안타까워했고, 나라를 걱정하는 마음으로 바뀌어갔다. 조정 대신들과 고종이나 명성황후도 원망스러웠지만 나라가 망해가자 오히려 고종과 명성황후를 측은하게 여기며 두둔해주는 분위기가 일어나고 있었다. 측은지심이 애국심으로 바뀌어 가고 있었다. 측은지심에서 애국심이 싹트기 시작했지만, 나라를 위한 방법이 무엇인가 막연하게 생각했다.

북청포수회의 정규 모임이 아니었다. 자연스럽게 모여 시국을 이야기하다 분한 마음을 표했다. 홍범도는 자신만이 분하고 화가 나는 것이 아님을 알았다. 단체장으로서 회원들의 의견을 들어야 하는 입장에서 홍범도는 생각했다. 고부 봉기 때에도 일어나면 같이 하겠다는 말을 하는 사람이 없었다. 이번에는 다른 것을 보았다.

신명, 한옥을 설하다

역사학당에서 의외로 한국인의 정신과 한옥에 대한 강의가 반응이 좋았다. 나철의 즉흥적인 제안에 따라 다시 한번 신명의 강론시간이 되었다. 한옥에 대한 강론 요청이 있었다. 조선인이 살고 있는 집에 대해 알고 싶은 열망이었다. 자신이 살고 있는 집에 대한 새로운 설명을 듣고 싶어 했다. 한옥은 한국인이 짓고, 한국인이 살고 있는 집이다. 당연히 한국인의 정신으로 만들어진 건축물이 한옥이었다. 결국, 한옥을 이야기하려면 한국의 정신을 이야기해야 했다. 역사와는 다른 방면에서의 한국인의 조명이었고, 새로운 시각으로의 역사에 접근하는 방식이었다.

크지 않은 역사학당을 가득 채웠다. 이기와 이태집, 그리고 나철이 여기저기 이야기해서 불러 모았다. 딱딱한 역사보다 흥미로운 주제였고, 역사는 과거의 일이지만 조선인의 정신과 한옥에 대한 이야기는 현재의 이야기였고 분석이어서 직접적인 관계가 있었다.

–한옥은 정신의 건축물입니다. 정신이 가장 돋보이는 건축물입니다. 이번에는 지난번에 이어서 잠깐 언급했던 정신이 만들어낸 건축물이 양극단의 '비대칭의 미'로 만들어냈다는 것에 대한 이야기와 마당으로 대표되는 빈 공간의 창조에 대해서 말씀드리겠습니다.

–쉽게 해주세요.

–어려워요.

–편하게 살고 있는 집이니 편하게 설명해 주세요.

주문들이 쏟아졌다.

–예. 그렇게 하겠습니다. 우리 조선인의 성격은 한 마디로 이야기하면 극단極端으로 설명할 수 있습니다.

–우리가 극단적이라고요?

이야기를 시작하자마자 불쑥 반문이 들어왔다.

–예. 그렇습니다. 조선인은 양극단을 가지고 있습니다. 때로는 다극단多極端을 가지고 있기도 합니다. 하나의 극단이 아니라 서로 대척점에 있는 극단을 가지고 있다는 점이 특별한 점입니다. 기억나실지 모르겠습니다. 비대칭미를 가지게 된 것에 대해서 설명하기 위해서 굳이 지난번에 말씀드렸던 내용을 다시 설명드려야겠습니다.

–맞아요. 다 잊어버렸습니다.

질문이 많았던 선비가 다시 말했다.

–조선인의 마음을 한마디로 정의하면 '극단極端' 이라고 했습니다. 기억나시지요?

–예.

모두 힘차게 대답했다.

–예를 들면 조선인은 말을 타고 대륙을 달리던 유목민이 가진 대인의 기질을 가지고 있는가 하면 꼬장꼬장하고 논리적으로 따지기 좋아하는 정착민의 선비기질을 같이 가지고 있다고 했습니다. 정서적으로는 슬픔의 한恨을 가지고 있는가 하면 기쁨의 흥興을 가지고 있다고도 했습니니

다. 또한, 빨리빨리 서두르는 조급성과 은근과 끈기로 지속하는 느긋함도 함께 가지고 있다고 했습니다. 그래서 양극단을 함께 가지고 있습니다. 비대칭미를 가지게 된 것은 바로 양극단에서 출발합니다. 양극단이 서로 대치되는 것으로 이루어졌다고 했지요?

–예.

신명의 물음에 역시 대답이 힘찼다. 역사학당 초기부터 강의를 듣던 사람들의 목소리가 컸다.

–그래서 우리의 경우는 한옥의 중심이라고 할 수 있는 대청에서 마당을 보고 앉아 좌우의 건축형태를 보면 다르게 지어졌습니다. 대개의 경우 오른쪽은 안방과 부엌, 왼쪽은 건넌방이라고 해서 작습니다. 비대칭입니다.

–비대칭 말고는 다른 면은 없나요?

다시 뒤편에서 조용히 강론에 참여했던 선비가 물었다. 관심이 많은 선비였다.

–다른 면도 있습니다. 단순미와 자연미입니다. 먼저 단순미에 대해 말씀드리겠습니다. 단순미는 기술이나 미학에 떨어질 경우에 나타나는 단순과는 차별됩니다. 고도의 기술과 뛰어난 미학을 올라선 단순입니다. 그래서 더욱 깊은 아름다움을 만들고 종국에는 질리지 않는 아름다움을 만들어냅니다.

–대표적인 것을 알려주셨으면 합니다.

–저는 금동미륵반가사유상을 꼽습니다. 하나 더 꼽으라면 달항아리입

니다. 이번에는 자연미에 대한 이야기입니다. 우리의 자연미는 천연덕스러움이라고 할 수 있습니다. 자연스러우면서도 해학과 풍자가 들어있는 것들입니다. 한옥도 자연스러움의 절정이라고 할 수 있습니다. 산과 골 사이에 구릉진 곳을 선택해서 자리를 잡습니다. 산과 들이 만나는 곳에 마을이 형성되는 것이 일례입니다.

–흔히 접할 수 있는 것을 예로 들어주시지요.

–일상적으로 사용하는 것에는 막사발이 있습니다. 막 만들어 막사발이고, 막 사용해 막사발입니다. 모양도 조금씩 다르고, 유약을 입힌 것도 도공의 재량에 따라 적당했다 넘쳤다 모자랐다 하는데 한계선을 지켜서 그릇으로서의 용도에는 전혀 문제를 주지 않습니다. 이것이 우리의 미학입니다.

대화를 주고받듯 강론을 해서 강론의 분위기가 부드러웠다.

–기술이 부족해서 그렇게 만드는 것이 아니라는 말씀이시지요?

–그렇습니다. 우리는 큰 틀을 정해주고는 사소한 것에는 재량을 넘겨주는 것이 일반화되어 있습니다. 주초 아시지요?

–예. 기둥을 받치는 돌입니다.

–예. 그렇습니다. 주초 중에 모양도 크기도 다른 자연석 그대로 가져다 놓는 덤벙주초가 있습니다. 우리는 잘 건축된 한옥에도 덤벙주초를 가져다 놓곤 합니다. 이것이 우리의 마음의 여유입니다.

역사학당의 학생들과 강의자의 소통이 자연스럽고 편했다. 역사를 담당하는 계연수를 중심으로 이관집 이태집 형제와 나철이 있었다. 그리고 조선학에 대해서는 신명이 가끔 강론에 참여했다. 역사공부와는 다른 관점에서의 조선이었다. 갑작스레 참가하게 된 신명은 혼자서 연구하는 사람이었다. 스승도 없고, 제자도 필요로 하지 않는 자유로운 사람이었다. 소속되는 것을 싫어해서 학당 운영이나 일정에도 참여하지 않고 원하면 강론을 해주곤 했다. 너무나 일상적으로 생활하고 있는 것들에서 조선인의 비범함과 특성이 있다는 것을 찾아내는 능력이 뛰어났다. 벼슬에 관심이 없고, 예의나 격식에 무심했다. 조선이 국시로 정한 유학에 대해서는 비판적이었다. 그렇다고 유학에 대해 비판하지는 않았다. 사실 중요한 건 운용의 문제라는 인식을 가지고 있었다. 칼로 조리를 하기도 하지만 사냥할 때 사용하기도 하고, 전쟁용으로 사용하기도 하는 것처럼.

–우리 한옥은 남방문화인 마루와 북방문화인 온돌을 독립적으로 공존하게 한다고 했습니다. 남방문화인 마루는 높다는 뜻입니다. 코에서 높은 곳을 콧마루, 들에서 높은 곳을 들마루, 산에서 높은 곳을 산마루, 집에서 높은 곳을 어디라고 하지요?

잠깐 정적이 흐르더니 이내 답을 외쳤다.

–용마루!

–맞습니다. 용마루입니다.

–마루문화는 세 가지 장점을 위해 받아들여졌습니다. 첫째는 습기를 피하기 위해서입니다. 둘째는 동물로부터의 공격을 피하기 위해서입니다. 셋째는 적의 공격으로부터 공격을 감시하기 위한 방법으로 마루문

화가 자리 잡았습니다. 가장 원시적인 모습이 원두막이라고 할 수 있습니다. 여러분 참외 서리 갔다가 잡히신 적 있으시지요?

–예.

대답해놓고는 모두 웃었다.

서리를 안 가 본 사람이 거의 없었다. 참외뿐 아니라 먹을 것이 없어서 밤이면 참외 수박 또는 무 서리까지 다녔던 기억을 떠올렸다.

–이번에는 북방문화의 산물인 온돌입니다. 온돌은 '구운 돌' 이라는 말에서 나온 말입니다. 돌을 굽잖아요. 우리 온돌의 특성은 불을 때는 공간과 난방공간의 분리입니다. 난방공간이 쾌적한 것이 장점입니다. 불을 때는 곳에서 취사를 하고 남은 열로 방을 덥힌다는 점에서 열효율이 뛰어납니다.

–청나라에는 없나요?

–우리와 같은 역사를 가졌던 사람들에게는 남아있습니다. 청나라 중에서도 동북방향 사람들에게서만 나타납니다. 일본은 쪽구들이라고 해서 일부분만 구들로 되어있고 우리의 경우는 방 전체가 온돌로 되어 있는 통구들입니다.

신명의 열강으로 분위기가 올라갈 즈음 밖에서 업무를 보던 나철이 들어와 계연수에게로 다가갔다. 나철이 계연수를 데리고 나갔다. 나철의 얼굴이 예사롭지 않아 보였다. 계연수는 오히려 영문도 모르고 따라 나갔다. 이관집과 이태집도 무언가 느낌이 있다고 느껴서 따라 나갔다.

신명은 강론을 계속했다.

–한옥이 정신의 건축물이라고 말씀드린 바 있습니다. 정신을 설명할 수 있는 것 중에 대표적인 것이 마당이라고 할 수 있습니다. 마당은 자연과 인간이 만나는 중간지대라고 할 수 있습니다. 인공적인 건축물로서의 한옥과 산과 들, 그리고 물인 자연이 만나는 곳이 마당이라고 할 수 있습니다. 한옥의 특성은 건축물로서는 기둥과 보 구조의 목재로 사용한 건축물로 행랑채, 사랑채, 안채, 그리고 사당의 4개의 공간으로 이루어진 기와집이라고 할 수 있습니다. 하지만 정신적인 면으로는 마당이 가진 특성이 한옥의 정체성을 대변한다고 할 수 있습니다.

–마당은 어느 나라에나 있는 것 아닌가요?

누군가 툭 말을 던졌다.

–마당은 있지만, 우리처럼 텅 비워놓은 마당을 가진 나라는 유례가 드뭅니다. 중국이나 일본의 경우는 들어가면서 바로 실내입니다. 다른 나라의 경우도 마찬가지입니다. 마당이라고 하지만 마당에 잔디를 심거나 나무를 심었고, 조형물을 가져다 꾸몄습니다. 우리의 마당은 그냥 텅 빈 그대로입니다. 비어있어서 오히려 사용할 수 있는 공간입니다.

–맞아요. 마당에서 모든 것이 이루어지지요.

질문이 많았던 선비였다.

홍범도, 일본군에게 모욕을 당하다

홍범도와 김수협이 산에서 사냥을 하고 내려와 비교적 넓은 길을 걷고 있었다. 사냥이 끝나 마음 편하게 긴장이 풀어져 산을 내려오고 있는 중이었다.

산길의 한 가운데를 두 사람이 걸어 내려오다 일본군을 만났다. 10여 명이 되는 무리였다. 완전무장을 하고 있었다. 전혀 예상치 못한 상황이었다.

—서라!

일본군이 총을 들이댔다.

홍범도와 김수협은 순간 멈췄다. 홍범도와 김수협의 몸을 수색했다. 몇 명은 총을 들이대고 있었다. 반항하면 쏘아 버리겠다는 엄포였다. 자존심이 확 올라왔다. 내 나라에서 타국의 군인에게 몸수색을 당하는 모욕을 당하다니. 세워놓고 총을 빼앗은 다음에 몸을 뒤졌다. 소지품을 확인했다. 의협심이 강한 두 사람은 얼굴이 붉어졌다. 두 사람의 감정과는 아무 상관 없이 마구 대했다. 사냥꾼임을 확인하고는 보내 주었다.

—바로 이 자식들이군요.

며칠 전에 이야기하며 열을 올렸던 일본군을 지칭하는 말이었다. 조선의 국모를 죽이고 그것도 모자라 불태워 없앴다는 잔인무도한 놈들이라는 말이었다. 그리고 고부 봉기에서 일어난 전봉준의 농민들을 죽인 놈들이 바로 이들이라는 것이었다.

김수협과 달리 홍범도는 마음을 다잡고 있었다. 섣불리 행동했다가 목숨을 잃을 수 있고, 개죽음을 당할 수 있을 것을 염려했다.

–형님. 일어나시지요.

범잡이 김수협이 홍범도의 마음을 흔들었다. 담력뿐만이 아니라 몸도 날렵한 김수협이었다. 한 번 일을 저질러보자는 의미였다. 일본군 10명 정도는 쓸어버릴 수 있다는 의미도 있었다.

한데 10여 명의 일본군을 이어서 대부대가 올라오고 있었다. 10여 명은 전위부대고 뒤에 따라오는 부대는 본진이었다. 10여 명의 일본군에게 다시 붙잡혀 시달리다 산으로 들어갈 때 본진에게 다시 붙잡혔다. 우두머리인 듯한 군인에 의해 심문을 받았다. 이번에는 안내하는 조선인이 있었다.

–저 자가 어떤 자인지 확인하라.

우두머리인 듯한 군인에 의해 검문이 다시 시작되었다.

–앞의 부대에서 검문을 했으니 우리는 문제가 없소.

김수협이 말했다.

조선인이 번역을 해주었음에도 다시 확인하라고 지시했다. 이번에는 속옷까지 확인했다.

홍범도와 김수협은 더욱 화가 치밀었다.

본진은 대부대였다. 대포까지 가지고 이동하고 있었다. 다시 한번 사냥꾼인 것을 확인받고 풀려났다. 몸수색을 다시 당하면서 나라가 약하면 이렇구나 싶었다. 우리 조선인이 일본군을 검문하고 심문하는 것이 옳은 일인데 거꾸로 외국군이 주인을 검문하고 심문하는 꼴이었다. 일본에 들어간 조선인을 검문하듯 일본군은 오만하고 방자했다. 그냥 넘어갈 수 있는 일이 아니었다. 그럼에도 홍범도와 김수협은 힘이 없었다.

–형님. 그래도 참으실 겁니까?

다시 김수협이 참고 있는 홍범도의 마음에 불을 질렀다.

–좋네. 하지만 오늘은 아닐세. 준비되지 않은 상황에서 일을 벌이는 것은 위험하네.

–좋습니다. 후일을 도모하시지요.

–그러세.

한국인의 집, 한옥을 말하다

역사학당에는 많은 지식인들이 참여했다. 자신의 정체를 드러내지 않은 사람들이 강론을 듣고 있었다. 홍범도도 소리 없이 참여했다. 지금까지 조선에 못 느꼈던 것을 발견하고 있었다. 안동의 임청각 주인인 이상룡도 자신을 숨기고 듣고 있었다. 한양에 일이 있어 역사학당에 들렀다가 강론에 계속 참여하고 있었다. 이외에도 조선의 선비들, 한양의 지식인들이 참여하고 있었다. 자신의 하고 있는 일을 말하지 않고 조선의 전통 역사에 대해 접하고 있었다.

그동안 유교에 침몰되어 있던 조선에 지금까지와는 다른 역사공부였다. 조선은 독립국이라는 자각이 시작되기도 했고, 느슨한 단속으로 인한 고대 역사에 대한 강론이 문제되지 않고 있었다.

조선은 무섭게 변하고 있었다. 의식은 물론 법과 제도 관습이 무너지고, 새로운 문물이 들어오기 시작하면서 우리는 변방이었다는 것을 깨닫기 시작했다. 조선뿐만이 아니라 청나라도 같은 변방이었음을 깨달았다. 청나라는 조선이 문물을 받아들이는 나라였음에도 청나라도 변방이었음을 확인하는 시기였다. 경천동지할 변화의 소용돌이 속에서 우리 것을 경시하는 풍조와 반대로 내 것에 대한 갈증이 생겨나고 있었다. 역사학당에 한양 사람들이 관심을 보이는 이유였다. 우리의 것으로 다시 새롭게 일어나자는 연대의식이 꿈틀대고 있었다.

역사학당은 이기가 중심축이 되어 있었고, 운영은 나철이 맡았다. 강론자로는 계연수, 이관집, 그리고 친동생인 이태집이 맡았다. 신명은 역사학당에서 별난 존재였다. 역사와는 다소 거리를 둔 조선인의 정신과 기질, 그리고 문화를 이야기하고 있었다. 누구도 생각하지 못한 조선의 문화를 새롭게 해석했다.

–마당에서 우리의 행위는 이루어집니다. 마당에서 농업을 하고 있는 우리의 경우는 마당이 모든 노동의 중심 공간입니다. 우리의 마당이 특별한 것은 집마다 마당을 별도로 가지고 있다는 점입니다. 행랑마당, 사랑마당, 안마당, 그리고 행랑채, 사랑채, 안채, 사당을 둘러싼 담에 대문이 있는데 대문 앞에 다시 마당이 있습니다. 가장 큰 마당은 행랑

채와 사랑채 사이에 두는 것이 일반적입니다. 여기에서 봄에는 파종을 준비하고 가을에는 농산물을 추수하는 공간입니다. 그리고 관혼상제가 모두 큰 마당에서 이루어집니다.

–우리 한옥에는 마당이 없으면 한옥이라고 할 수 없군요.

다시 질문이 많았던 선비였다.

–그럴 수도 있습니다. 사람이 태어나서 꼭 치러야 할 통과의례가 있습니다. 우리의 경우는 관혼상제冠婚喪祭로 보았습니다. 관冠은 성인식입니다. 남자는 열다섯 살에서 스무 살, 여자는 대개 열다섯 무렵에 행하며 관례라고 합니다. 여자의 경우는 계례라고 합니다. 첫 단계는 머리를 빗어 상투를 틀어 올리고 옷을 갈아입는 가례입니다. 여자는 머리를 빗고 비녀를 꽂습니다. 다음엔 술로써 예를 행하는 초례를 행하고, 마지막으로 성년이 된 사람에게 성인이 되었다는 표시로 빈객이 자字를 지어주는 자관의례를 행합니다.

–여자에게도 자가 지어주나요?

–여자의 경우에도 빈객으로 초청된 부인이 자字를 지어줍니다. 관례가 끝나면 관계자들은 사당에 가서 조상에게 성년이 되었음을 알립니다. 엄숙하게 치러졌고, 성년식을 치르고 나면 주위에서도 대접이 달라졌습니다. 우선 남자는 상투를 올리고 갓을 쓰며, 여자는 쪽을 지어 비녀를 꽂는 등 겉모습부터가 완연히 달라져 진짜 성인이 된 것입니다. 성인식뿐만이 아니라 결혼식도 마당에서 치러졌고, 초상과 제사도 마당에서 치러졌습니다. 규모가 작은 행사의 경우에는 실내에서, 마당 역할

을 하는 대청에서 이루어집니다. 마당은 한옥에서 중요한 공간입니다.

–한옥에서 마당은 절대적인 공간이군요?

마찬가지로 질문이 많았던 선비가 말했다. 강론하는 강사와 상대를 이루고 있었다.

–예. 그렇습니다. 한옥에서는 마당문화가 중심입니다. 마당이 비어있는 마당이어서 들어서지 못한 것이 있는데 정원문화입니다. 한옥에서 정원문화는 약합니다. 정원이 들어설 곳은 뒷마당이 일반적입니다. 한옥에서 정원이 발달하지 못한 것은 자연을 직접 받아들이는 특성을 가지고 있어서입니다. 앞서 말씀드린 대로 방은 작게 문은 크게, 집은 작게 마당은 크게 하고 담을 낮췄으니 자연이 늘 넘실거리는 집입니다. 주위가 자연이고 눈만 뜨면 보이는 것이 산이고 들이고 강이니 별도의 정원을 필요로 하지 않은 점이 있습니다. 더구나 한옥은 모두 단층입니다.

–누각이 있지 않습니까?

–우리의 한옥에는 2층이 거의 없습니다. 2층 이상의 건축물은 아주 예외적인 일입니다. 물론 속리산 법주사의 팔상전은 5층, 신라시대의 황룡사가 9층이었고, 백제의 미륵사가 9층이었을 것으로 추정되는데 이것은 탑모양의 집이라고 할 수 있습니다. 그래서 다층이 된 사례입니다. 하지만 민가에서나 궁중에서도 다층집은 거의 없습니다. 경복궁 근정전, 창덕궁 인정전, 창경궁 명정전, 덕수궁 중화전, 경희궁 숭정전도 밖에서 보면 다층이지만 안에서 보면 뻥 뚫린 단층

구조입니다.

–왜 단층을 고집했을까요?

–하늘 아래 사람이 있을 뿐입니다. 사람 위에 사람 있고, 사람 밑에 사람이 있는 것을 금기시했습니다.

마당에 대한 이야기와 한옥의 단층 구조인 것을 설명을 끝으로 신명은 강론을 마무리했다.

–질문 한두 개만 받겠습니다.

강한 눈빛으로 강론을 경청하던 선비가 손을 들고 물었다.

–우리 문화를 한마디로 하면 극단이라고 했습니다. 서로 다른 극단끼리 만나면 충돌하지 않을까요?

–상당히 심층적인 질문을 하셨습니다.

선비의 질문은 날카로웠다. 신명도 역사학당에서 조선인의 정체성을 이야기하면서 이렇게 중심을 지르는 질문을 받기는 처음이었다.

–한과 흥은 반대입니다. 서두름과 느긋함도 반대 기질입니다. 사람으로서는 가질 수 있는 감정이지만 민족적인 기질로서 서로 다른 극단을 가지기는 어렵다고 봅니다. 그럼에도 조선인은 극단과 극단을 함께 가진 민족으로 봅니다. 당연히 내부충돌을 하게 되어 있습니다. 그래서 극단과 극단을 충돌을 완화하는 장치가 한옥에도 있습니다. 집은 안이고 자연은 외부입니다. 중간지점이 마당입니다. 마당이 충돌을 완화하는 공간입니다. 집과 마당 사이에는 봉당이 있습니다. 안방과 건넌방 사이에는 대청이 있습니다. 모두 중간지대가 있습니다.

-그러면 정신적인 면에서도 있을까요?

역시 질문이 날카로웠다.

-보통 예리한 게 아니십니다.

신명이 자신의 느낌을 이야기하자 모두 웃었다.

-정신적인 면에도 분명히 있습니다. 그것이 바로 정精입니다. 정의 문화라고 할 수 있습니다. 서로 다른 극단을 받아들이기 위한 심정적인 것이 바로 정입니다. 정에는 서로 다른 극단들이 다 들어있습니다. 예를 들어볼까요?

아무도 답을 하지 못했다. 질문을 한 선비도 예를 들지 못했다.

-어렵게 생각하셔서 그렇습니다. 쉽게 생각해 보세요.

신명이 쉽게 생각해보라고 했다. 정에는 서로 다른 극단들이 다 들어있다는 예를 생각해 내지 못했다.

-제가 말하겠습니다. 미운 정 고운 정, 드는 정 나는 정, 온정 냉정, 속정 겉정 등 서로 다른 감정들이 쌍을 이루며 정이란 단어에 들어있습니다.

-아하.

너무나 당연하고 쉬운 것을 말하지 못한 것에 대한 반응이었다.

-너무나 당연하게 생각해서 자신의 정체를 바로 보지 못해서입니다. 여러분 놀랍지 않나요?

-놀랍습니다.

모두가 인정했다.

–정이란 말 하나 안에 참 많은 것이 들어있습니다. 그러면서 '정이 있어야 한다' 고 말하기도 합니다. 어떤 정을 말하는 것이지요?

신명의 말에 모두 웃었다.

–미운 정, 아니면 냉정. 답하기 어렵습니다. 우리는 복잡하고 미묘한 것을 정이란 단어 안에 다 담았습니다. 그것이 바로 정입니다. 전라도에서 비슷한 단어가 있지요?

–예. '거시기' 요.

–그렇습니다. 우리의 정신적인 면에도 극단의 충돌을 완충시키는 장치가 바로 정의 문화입니다.

산에서 백발노인을 만나다

계연수와 이관집은 학구파였다. 공부에 매달리는 것이 지루하지 않았다. 〈태백일사〉라는 귀한 책을 만나고 나서 연구하는 것이 즐거웠다. 이관집이 더 열심이었다. 서로의 부족한 점을 채울 수 있는 기회이기도 했고, 난해한 문구를 해석하는 데 서로가 도움이 되었다. 역사가 아니라 철학과 사상이라는 것을 다시 한번 느끼고 있었다. 지금까지 보아온 어떤 역사책보다도 철학적이었다. 동양사상의 핵심을 이해해야 강독이 가능한 책이었다.

〈삼신오제三神五帝〉 부분은 더욱 난해하고 동양사상을 그대로 옮겨 놓은 듯했다. 나라를 세운 원리와 다스림의 원리가 여기에서 기인했음을 보여주는 증거이기도 했다. 선도의 대가가 참여한 건국이었고, 정치운영 체제를 그대로 보여주고 있는 부분이었다.

약초를 우물물로 씻어서 채반에 말리기 위해 널고 있었다. 계연수는 씻고 이관집은 말리기 위해 널었다.

–만물의 존재 원리를 개벽, 진화, 순환으로 보았는데 특별한 것은 죽음을 근본으로 다루고 있다는 점일세.

–그 부분에 대해서는 설명이 필요하네. 이해가 쉽지 않은데.

–"세상에 머무름이 생명이요, 하늘로 돌아감이 죽음이다. 죽음은 영원한 생명의 근원이다."라고 적고 있네. 다시 말하면 삶과 죽음이 다르지 않아 결국은 두 세계를 묶어 하나의 존재로 본 것이네.

–하늘과 땅이 인간과 더불어 삼신일체가 되듯 삶과 죽음도 생명 있는 존재를 통해 삼신일체로 본 것이 아닐까?

계연수가 약초를 씻기 위해 함지박의 물을 비우며 이야기하고 이관집은 쉬지 않고 약초를 펴서 널면서 이야기를 계속했다. 지치지 않는 역사꾼들이었다.

두 사람은 일을 마무리해놓고 다시 산으로 들었다. 이번에는 제법 깊은 곳으로 들었다. 이관집도 약초와 산나물에 대해 많은 것을 배웠다. 하루하루가 달랐다. 두 사람은 산으로 들 때는 함께 갔어도 자연스럽게 흩어졌다 다시 만나곤 했다.

―이보게 젊은이!

산 깊은 곳에서 부르는 소리가 들렸다. 소리가 나는 쪽으로 쳐다보았으나 사람이 보이지 않았다. 나무와 풀이 가득했다. 잘못 들었나 해서 다시 발을 띄었다.

―젊은이!

다시 소리가 들렸다. 이명인가 싶어 귀를 손으로 문질러보았다. 정상이었다.

―위로 올라오게.

이번에는 확실하게 방향과 소리가 나는 곳을 알 수 있었다.

―누구십니까?

―올라오게.

계연수는 소리를 따라 자신도 모르게 옮기고 있었다. 숲을 헤치고 능선으로 오르자 백발노인이 평평한 바위 위에 앉아 있었다.

―무엇이 그리 바빠 서두르는가?

―바쁜 일이 있어서가 아닙니다. 어두워지면 길을 잃을까 해서입니다.

―아무리 급해도 잠시 앉아보게나.

차분한 목소리에 생기가 넘쳤다.

―무엇 하는 사람인가?

―약초를 캡니다.

―또 다른 일은 무엇을 하는가?

잠시 망설였다. 역사공부를 한다고 말하기가 조심스러웠다. 백발노인이 마치 다 알고 물어보는 듯해서 속일 수가 없었다.

–역사에 관심이 있습니다. 망설이다가 대답했다.

–망설일 필요 없네. 편하게 얘기하게.

–아. 예.

계연수는 너무 편하고 담담하게 말해서 자신을 다 알고 있는 사람 같았다. 다시 한번 노인을 쳐다보았다. 마음이 편안하고 여유로워 보였다.

–무엇이 가장 알고 싶은가?

노인의 말에 계연수는 당황스러우면서도 마음이 놓였다. 그러면서 이것이 도대체 무슨 상황인가 싶었다.

약초를 캐서 산을 내려가는데 불러 세운 노인. 무엇을 하냐는 물음에 약초를 캤다고 하니 다른 하는 일을 묻고 역사공부를 한다고 하니 궁금한 것을 물어보라는 노인의 생뚱맞은 말에 어리둥절했다. 특별한 것은 노인에 대한 거부반응이 없이 도리어 마음이 편해지고 있다는 점이었다. 꼭 만나야 할 사람을 만난 듯 마음에 평화가 왔다.

–무엇하시는 분이십니까?

계연수는 자신도 모르게 노인의 정체를 물었다.

–나는 지나가는 사람일세.

–예! 지나가는 사람이요?

–그렇다네.

계연수는 말문이 막혔다. 지나가는 사람이라는 말이 나오리라고는 생각하지 못했다. 노인의 얼굴은 맑았고 침착했다. 마음의 정착이 이루어진 사람이었다. 넉넉하고 밝았다.

사실 질문을 떠올리기보다 노인을 만난 상황이 신기했다. 그리고 무슨 상황인지 마음이 정리되지 않았다. 계연수는 지금 내려가지 않으면 어둠이 찾아와 힘들어질 것이 두려웠는데 지금은 두려움이 사라지고 편했다. 그리고 알고 싶었던 것을 생각해 보았다. 근원적인 것을 알고 싶었다.

–홍익인간의 의미를 알고 싶습니다.

–다 알고 있는 내용 아닌가?

–널리 사람을 이롭게 하라는 말씀을 하시는 겁니까?

–그렇지. 더 알고 싶은 것이 있는가?

–제가 모르는 다른 것이 있을 것 같습니다.

–이미 다른 생각을 하고 있었군.

–널리 사람을 이롭게 하라는 의미가 맞을까 의문을 가지고 있었습니다.

계연수는 모두가 이야기하고 있는 홍익인간은 널리 사람을 이롭게 하는 의미 외에 더 깊은 의미가 있을 것 같았다. 여러 번 생각해 보았지만, 확신을 가질 수 없었다.

–먼저 인간에 대해 이야기해야 이해가 쉬울 걸세. 인간이란 글에서, 인人은 민民과 구별해서 보아야 하네. 인은 수행을 하는 사람을 말하고, 민은 수행을 하지 않는 사람일세. 이것이 후일 인은 왕이나 군장을 지칭하는 것으로 변하고, 민은 수행을 하지 않은 사람에서 일반 백성으로 변한 걸세.

놀라웠다. 명쾌하면서도 확신에 찬 목소리로 너무나 당연한 걸 이야기 하듯 말했다. 계연수가 막연하게 생각했던 것을 확인시켜 주었다. 진정 알고 싶었던 것을 짚어 알려주었다.

–다음으로 홍익의 의미인데 홍弘은 크다는 의미고, 익益은 보탠다, 더 한다는 의미일세. 물론 여러 다른 뜻이 있네. 다시 말하면 홍익은 수행자로서 더 크게 매진한다는 의미일세. 인간은 수행하는 사람이라고 하지 않았나. 그러니 홍익인간을 풀면 크게 노력해 완성된 수행자가 되라는 의미일세.

–재세이화의 의미는 무엇입니까?

–재세在世는 하늘에 있는 세상을 땅에 옮겨 놓은 것을 말하네. 이화理化는 하늘의 이치대로 되도록 하라는 의미일세. 다시 설명하면 환족의 고향인 천상의 세계를 지상에 그대로 만들어서, 하늘의 원리대로 운영되도록 만들라는 의미일세. 천지인의 원리를 담은 천부경의 의미와 상통하고, 천손민족으로서 천상과 지상의 나라를 동일시한 것에서 찾아야 하네.

–그렇다면 널리 사람을 이롭게 하라는 홍익인간과 크게 노력해 완성된 수행자가 되라는 의미와 서로 다른 설명을 어떻게 받아들여야 합니까?

–간단하네.

–간단하다고요?

다른 것을 어떻게 받아들여야 하느냐는 질문에 대한 답이 간단하다는 말에 말문이 막혔다.

–둘 다 맞네.

–그런 말씀이 어디 있습니까?

–여기 있지.

둘 다 맞다고 너무나 천연스럽게 답을 하자 계연수는 어처구니가 없었다.

–어처구니없어야 할 이유가 없네.

마음을 눈치챘는지 노인이 말했다. 당연하다는 표정으로 둘 다 맞다는 말에 계연수는 더 이상 물을 수가 없었다.

–본래 의미는 세상이 변하면서 따라 변하는 것일세. 변하는 것이 당연한 걸세. 예를 들어 설명하겠네. 아이에게 거짓말을 하면 안 된다고 가르치지만 나이가 들면 적당한 거짓말은 해야 하네. 나이가 들면서 거짓말의 효용성을 알게 되지. 내 자식이 최고가 아닌 것을 잘 알지만 네가 최고라고 하는 것이나 여자에게 이쁘다는 거짓말을 하는 원리가 같지. 못생긴 여자에게 "참 못생기셨습니다"라고 이야기해보게. 뺨 한 대 맞을 수도 있네.

노인의 예상 못 한 말에 계연수는 자신도 모르게 혼자 웃었다.

–형편에 따라 변하는 것을 받아들여야 하네. 처음 나라를 세울 때는 국토가 지금의 군 단위 정도가 전부였겠지. 그때 나라를 다스리는 것과 지금 조선이나 청나라처럼 큰 나라를 다스릴 때가 같을 수가 없네. 건국이념도 통치이념도 달라져야 하는 걸세. 그리고 해석이 다양할수록 나쁜 것이 아니라 좋은 걸세. 처음 만든 사람의 의도보다 더 좋은 해석이 나오는 걸 마다하면 안 되네.

—아하.

계연수는 큰 걸 하나 배웠다.

잠시 침묵이 흘렀다. 침묵도 어색하지 않았다.

—나라를 세운 사람들이 누굽니까?

—답이라고 말할 수는 없네. 공부를 해보니 여기에 다다랐네. 그것을 이야기해 줄 테니 받아들일 만큼만 받아들이게.

계연수는 무슨 의미인지 알았다. 노인이 공부한 단계에서 바라본 생각이라는 의미였다.

—우리나라 최초 건국자들의 이름은 그리 중요하지 않네. 이름이야 붙이기 나름 아닌가.

—예. 그렇습니다.

—첫째 최초의 건국자들은 분명 도가에 도통한 사람들로 참선 수행자였네. 둘째 천문에 밝은 분이었네. 별의 운행 원리를 알았다는 이야길세. 셋째 농사법을 알고 있었네. 정착을 했다는 이야기일세.

—천문문화를 알았다는 것은 무엇을 말합니까?

—하늘의 별이 운행되는 원리를 알았으니 그것을 건국이념이나 통치이념으로 삼았지. 그리고 의식주가 미개를 벗어나 문화로 발전했다는 것일세. 베옷을 해 입고, 음식을 익혀먹고, 집을 지을 줄 알았다는 것이지.

—건국 당시에 옷을 만들어 입고, 불을 이용했고, 건축법을 알고 있었다는 말씀이시지요?

–그렇네. 옷을 해 입었다는 것은 우리 시조를 마고할머니로 한 것에서 유추할 수 있네. 삼 마麻자를 쓰고 있다는 점에서 찾을 수 있네. 최초의 옷은 삼베옷이었을 가능성이 크네. 알몸의 인간에게 옷은 축복이었겠지.

벌써 날이 저물어가고 있었다. 서두르지 않으면 길에서 자야 할 판이었다.

–같이 온 일행이 있습니다.

–걱정하지 말고 잠시만 기다리게. 곧 올 걸세.

–예?

노인의 말에 계연수는 얼음이 되었다.

–걱정하지 말게. 곧 온다고 하지 않았나.

–아, 예.

정말 잠시 후에 이관집이 올라왔다. 계연수와 노인이 함께 앉아 있는 것을 보고는 노인에게 목례를 했다.

–여기 있었군. 이리 올라오면 아래가 다 보이고, 만날 것 같아서.

다른 때 같았으면 서로 불러 만나기도 했었다.

–나를 따라오게.

백발노인이 일어서 성큼성큼 길을 나섰다. 젊은이보다 몸이 가볍고 날랬다.

홍범도의 포수회, 항일운동으로 방향을 틀다

형님. 마음의 결정을 하셨나요?

김수협이 다짜고짜 물었다. 김수협은 어떤 때는 회장님이라고 불렀다가 어떤 때는 형님이라고 불렀다. 자신의 마음이 내키는 대로 불렀다. 홍범도도 어떻게 부르든 호칭에 상관하지 않았다.

–내가 참는 것이 옳지 않다고 생각했네.

–맞아요. 불의를 보고 있을 분이 아닙니다.

–오늘 제가 마음을 떠볼 테니 형님은 무게만 잡고 계시면 됩니다.

김수협이 앞장서서 북청 포수회를 반일단체로 만들어보려고 했다. 홍범도도 이미 마음이 기울어 있었다. 참지 말아야 할 때 참는 것은 치욕이라고 생각했다. 다른 나라 사람으로부터 받는 치욕은 더 강하게 느껴지는 것을 체험한 바 있었다. 다른 때 같았으면 몸수색을 받았다고 해도 몸수색을 한 사람에게만 반발했을 텐데, 일본군에게 몸수색을 받았을 때는 치욕을 느꼈다. 그리고 나라가 없으면 이보다 몇 배 더 굴욕적일 것이라는 생각이 들었다. 북청 포수회의 권익보다 나라의 일이 먼저였다.

–우리 북청 포수회도 이제는 나라를 위한 일에 참여해야 한다고 생각합니다. 저와 회장님이 며칠 전 일본군으로부터 모욕적인 일을 당했습니다.

김수협이 지난번 일본군에게 당한 모욕적인 일을 설명했다.

—참는 것이 부끄러울 때가 있습니다. 우리의 땅에서 청나라와 일본이 전쟁을 했습니다. 우리는 그저 당하고 있었습니다. 우리의 국모가 살해 당했습니다. 그리고 시신은 태워버렸습니다. 일본군은 고부 봉기를 기회로 삼아 우리 조선에 들어와 만행을 저지르고 있습니다. 여러분, 참아야 한다고 생각하십니까?

김수협은 언변이 있었다. 당당하게 말했다.

—우리도 나서야 한다고 생각합니다.

범골의 태양욱이 말했다.

—저도 동의합니다.

냉골 사는 차도선도 말했다.

다른 사람도 동의했다.

—우리 힘이 미약하고 부족하지만, 반일성명을 내고 국권회복을 선언하고자 합니다. 여러분 어떻게 생각하십니까.

모두 옳다고 박수를 보냈다.

—참여는 개인적으로 결정했으면 합니다.

밤말 사는 이재인이었다. 반일을 선언하고 국권회복을 선언하는 일은 개인적으로 하는 것이 좋겠다는 발언이었다.

—여러분 생각은 어떠십니까?

—좋습니다.

만장일치로 통과되었다.

홍범도는 진행되는 것을 말없이 바라보고 있었다. 결국, 짐은 홍범도의 몫이었다. 어쩌면 준비되어 있었던 것은 아닌가 싶기도 했다. 계연수를 만난 것도, 한양의 역사학당을 찾아간 것도 홍범도 자신이 갈 길로 가는 준비단계가 아니었나 싶었다. 첫 출발인 일본군과의 조우가 단초가 되었다. 처음엔 결연하지 않았지만, 점점 나라를 생각하는 마음이 커졌다.

−일은 시작되었습니다.

회의를 마치고 나오면서 김수협이 홍범도에게 말했다.

−나는 결코 애국자 집안도 아니고, 역사를 아는 사람도 아니네. 하지만 마음이 시키는 일을 해야 한다고 다짐했네. 나는 결코 조선이란 나라에 애착이 있었던 사람이 아니네.

−결국은 조선을 위해 일어서셨습니다.

−그렇네. 인생길은 코앞도 모른다고 하더니 내가 그렇게 되었네. 우선은 분해서 일어서는 것일세. 내 조국인 조선을 위하여 일어나는 것이 아니라 반일과 우리의 땅에 사는 선량한 사람들을 위해 일어나는 걸세.

−저도 그렇습니다. 분기를 참지 못하고 일어서는 것입니다.

사람을 위하여 일하는 것이 사는 맛이다

뜻밖의 장소에서 세 사람이 묵었다. 백발노인이 안내하는 길로 가자 예상치 못한 집이 나왔다. 초막이었다. 그리 크지는 않았지만 잘 가꾸어진 아담한 집이었다.

–오호. 어서 오시게.

백발노인이 기척을 보이자 집안에서 역시 백발노인이 나왔다. 백발노인이 백발노인을 맞으며 말했다. 반기는 기색이 오랜만의 만남이었다.

–어찌 바람이 이리로 불었는가.

–보고 싶어서 왔지.

–고맙네.

주인인 백발노인이 고맙다면서 계연수와 이관집을 바라보았다. 누구인가를 눈으로 묻고 있었다.

–누군가 싶겠지. 산에서 만난 젊은 사람일세.

–어서 오시게.

갑자기 들러 준비된 것이 없었다. 주인인 백발노인이 서둘러 먹을 것을 준비했다.

–산중에서는 먹을 것을 준비하는 것이 큰일이네.

–일거리를 주었군.

길을 안내한 백발노인과 주인인 백발노인이 말을 주고받았다.

–사람을 위하여 일하는 것이 사는 맛 아니겠나.

–사는 맛을 아니 가장 잘 사는 것 아니겠나.

–나도 그렇게 생각하네. 사는 맛을 누리는 것이 잘 사는 것 맞네.

–그대가 신선일세.

주고받는 말이 신선했다.

밥상을 물리고 숭늉 한 사발씩을 받고 앉았다.

–이 양반은 생거도사일세. 신선이 다 되었지.

–무슨 말씀을 하시는가. 사는 걸 겨우 배웠네.

–왜 생거도사인지 물어보게.

길을 안내한 노인이 주인이 생거도사라면서 이름의 사연을 물어보라는 것이었다.

–생거란 뜻이 무슨 뜻입니까?

–날생生에 살거居일세. 단순무식한 이름이지. 생으로 살자는 의미였네. 날것으로 살아보자는 의미이기도 하고.

–확 다가옵니다.

이관집이 묻고 이관집이 생거도사의 말을 받았다.

–저 친구 이름도 재미있네. 나는 모르는 세계지만.

–호가 어떻게 되십니까?

–호랄 것은 없고, 단목이라하네.

–단목이라면 박달나무 단檀에 나무 목木입니까?

–그렇네.

–아하. 그러셨군요.

계연수가 예상한 대로 우리의 고대사를 전하는 분이었다. 우리의 정신과 역사에 관심이 있는 사람들의 경우 일정한 징표가 있었다. 단목도 마찬가지다. 단檀은 박달나무 단檀으로 우리 민족의 신목神木이었다. 우리의 흰옷을 입고 사는 것과도 연관성이 있다. 박달나무의 흰색과 백의민족의 흰옷은 같은 흐름을 가진 의미를 가지고 있었다.

–젊은이들은 무엇을 하는 사람들인가?

–비사秘史에 관심이 있는 사람들입니다.

–비사라면 숨겨진 이야기를 말하는가. 단목도사처럼.

–예. 그렇습니다.

생거도사는 막힘없이 흔쾌했다. 목소리나 행동거지가 거침이 없고 시원스러웠다.

–아는 것이 있으면 다 알려주시게. 이제 우리의 시간은 얼마 남지 않았네.

생거도사가 단목도사에게 제안했다.

–나보다 더 많이 아는 젊은이들일세.

–그렇지 않습니다.

단목도사의 말에 이관집이 그렇지 않다고 부정했다.

–무엇이 궁금한가?

어제 단목도사가 계연수에게 물었던 것처럼 다시 물었다.

–오해하지 말게. 내가 많이 알아서가 아니라 내가 가진 것을 넘겨주어야 할 사람이야. 더 아는 것이 중요한 것이 아니라 내가 가진 것만이라

도 알려주고 떠나야 할 때가 다가오고 있네.

단목도사는 자신의 말을 굳이 설명했다.

–인간에 대한 해석으로 원래 인人은 수행자를 말하고, 민民은 수행을 하지 않은 사람으로 백성인 민民이라고 하셨는데, 인人은 어떤 존재인지 알고 싶습니다.

–수행자란 의미가 아닌 본래 인人이란 의미를 물어보는 것인가?

–그렇습니다. 이런 내용은 어디에도 없지만 결국은 전체를 파악해보면 알게 되네.

–그것이 알고 싶습니다.

단목도사의 말이 끝나기 무섭게 계연수가 이어 말했다. 단목도사가 잠시 생각하다 말했다.

–인이란 글자를 살펴보면 이해가 되네. 인人은 두 사람이 기대어 있는 모습이라고 하는데 그렇지 않네. 그런 의미도 있을 수 있지만, 처음에 한자가 만들어질 때의 의도를 이해해야 하네.

계연수와 이관집의 눈이 반짝였다. 한 마디라도 놓치지 않으려는 마음이 보였다.

–인人은 두 개가 삐쳐진 글자일세. 하나는 하늘에서 지상으로 내려오는 것을 표현한 삐침 별丿일세. 또 하나는 불똥 주丶라는 부수일세. 불똥 주丶는 지상에서 하늘로 올라가는 것을 표현한 부수일세. 불꽃이 위로 올라가듯이 말일세. 이해가 되나?

–예.

단목도사가 계연수와 이관집 두 사람을 보고 묻자 두 사람이 함께 대답했다.

–종합하면 하늘에서 내려온 존재가 죽으면 다시 하늘로 올라가는 것을 상징한 것이 인人일세. '인은 하늘에서 내려왔다'는 것을 강조한 것이야. 천손민족인 것을 표현한 글자지.

–아하. 그렇습니까?

–그렇네. 인人과 반대인 글자가 있네.

계연수와 이관집이 생각하다 계연수가 먼저 대답했다.

–들 입入, 아닙니까?

–그렇지. 입入일세. 인人과 입入은 반대로 만들어져 있네. 무엇이 반대인가?

–인은 하늘에서 내려온 것을 강조해서 삐침 별丿을 위에 크게 했고, 입入은 지상에서 하늘로 올라가는 것을 강조해서 별똥 주丶를 위에 크게 만들었습니다.

–정확하게 보았네. 입入은 하늘로 올라가는 것을 형상화한 것일세. 입적入寂이라고 해서 적막으로 들어갔다는 것은 죽었다는 의미이네. 입멸入滅도 마찬가지일세. 고향으로 돌아오든가, 집으로 돌아오는 것이 그래서 입入일세. 천손민족에게는 북극성으로 돌아가는 것이겠지.

–아하. 그렇군요.

옆에 있던 이관집도 머리를 끄덕였다.

–그렇다면 인人이라는 의미는 수행을 해서 도통한 사람으로 천손이라

는 의미까지 함께 들어있네. 그것이 일반 사람이라는 의미로 변한 것일세. 최초의 의미로 인人은 천손이면서 수행자라고 할 수 있지.

–허. 신기하구만. 언제 그런 것을 다 알고 있었나.

생거도사가 단목도사를 바라보며 한마디 했다.

–흰 백白에 대해서도 알고 싶습니다.

–〈태백일사太白逸史〉할 때 그 '백白' 자를 말하는가?

이관집이 계연수에게 물었다.

–그렇네.

계연수가 짧게 답했다. 계연수는 놀랐다. 〈태백일사〉를 알고 있다니.

–무엇이 알고 싶은가.

단목대사가 계연수를 바라보며 물었다.

–제가 스승으로부터 배운 것은 백白자는 '해가 들어온다' 는 의미를 가지고 있다고 배웠습니다. 백白자를 '들입入에 날일日' 이라고 하셨습니다.

–다른 의미가 있는가 궁금합니다.

–좀 전에 이야기한 적이 있듯이 다른 해석이 있을 수 있다고 했네.

–예. 그러셨습니다.

–내가 생각하는 '백白' 은 들입入이 아니라, 삐침별丿에 날일日일세. 들입入은 올라가는 것에 중점을 둔 글자이고, 사람인人은 하늘에서 내려온 존재라는 의미가 크다고 했네. 나는 '해日가 하늘에서 내려온 것丿을 형상화한 것이 백白이라고 보네. 내려와 내 안에 있으니 입入도 맞

다고 할 수 있네.

단목도사는 자신의 생각을 강요하지 않았다. 선택은 알아서 하라는 의미였다.

–오늘 아주 기본적이면서 중요한 것을 배웠습니다.

이관집이 정중하게 단목도사에게 고마움을 전했다.

–아직도 이해가 되지 않는 부분이 있습니다.

–말해보게.

–사람의 몸을 어떻게 보아야 합니까?

–무슨 의미인가?

–우리의 몸과 영혼의 관계를 알고 싶습니다.

불과 어제 이관집과 이야기했던 내용이었다. "세상에 머무름이 생명이요, 하늘로 돌아감이 죽음이다. 죽음은 영원한 생명의 근원이다."라고 〈태백일사〉에 적혀 있었다. 삶과 죽음이 다르지 않아 결국은 두 세계를 묶어 하나의 존재로 보았다. 더 확실한 답을 알고 싶었다. 이관집도 마찬가지였다.

–우리 민족은 그렇게 보았지. 그래서 우리의 종교는 내 안에 있는 신神을 알아채는 것이 중요한 일이지. 신이 외부로부터 오는 것이 아니라 내 안에 있는 영성을 자각하는 순간 새로운 삶의 지평이 펼쳐진다고 보면 되네.

–느끼고 있습니다.

이관집이 단목도사의 이야기를 이해하고 있었다. 이관집은 선 수행을 오랜 기간 동안 해서 잘 알고 있었다. 이기가 설명한 적이 있었다.
–안 해 봤으면 해보게. 놀라운 세계가 내 안에 있음을 스스로 느끼게 될 걸세.
–예. 고맙습니다.
–그것을 깨달으면 우리의 역사도 제대로 이해하게 되네.
–예. 알려주셔서 감사합니다.
이관집과 계연수가 진정 감사의 말을 전했다.
–저는 천부경天符經할 때 천天의 의미를 알고 싶습니다.
이관집이 여운이 있는 말을 남겼다.

태호복희, 염제신농, 그리고 치우천황을 논하다

신명의 강의가 끝나고 역사학당의 식구들만 남았다. 이기를 비롯한 나철과 이태집이었다. 세 사람이 모여 있을 때 뜻밖의 손님이 찾아왔다. 이상룡이었다. 이상룡이 역사학당으로 들어가는 모습을 유심히 살펴보고 있는 날카로운 시선이 있었다. 감연극이었다.
청일전쟁에서 일본의 조선 간섭과 난폭한 행동은 도를 넘고 있었다.

반면 조선인들의 가슴은 분노로 끓고 있었다. 명성황후 시해사건은 감정을 폭발시켰고, 전봉준의 죽음은 희망의 불씨가 꺼진 것으로 받아들였다. 조선은 묘한 감정 상황을 맞이하고 있었다. 세상이 눈이 휘둥그레할 정도로 변해가고 있는 것이 신기했고, 국왕이나 국모로 알고 있던 지고한 존재의 몰락을 경험하고 있었다. 그리고 조선의 나약함을 깨닫고 안타까웠다. 정확하게 진로를 찾을 수가 없었다. 우왕좌왕, 갈팡질팡하고 있다는 표현이 옳은 표현이었다. 자신의 좌표를 설정하기 어려웠다. 문명국이라고 여기고 대국이라고 생각했던 청이 일본에 무너지는 모습을 보고 놀랐다. 조선의 국왕과 국모가 좋아서가 아니라 측은지심이 있었다. 일본은 조선에서 강자로 부상하고 있었다.

역사학당을 바라보는 일본 밀정 감연극의 눈매가 빛났다.

–오늘은 이씨 종친회 날이 되었네.

이기가 이상룡을 반갑게 맞이하며 말했다. 나철을 제외하고 모두 이씨였다. 이기와 이상룡은 같은 고성 이씨였고, 이태집은 칠성 이씨였다.

–형님. 반갑습니다.

이태집이 반갑게 이상룡을 맞았다.

–종친회를 하시는 김에 오늘 역사를 도모해 보시지요.

–그것도 좋네.

나철의 제안에 이기가 적극 찬성했다.

–한데 어지러운 세상에 자네는 어쩐 일인가?

–제가 역사학당에 찾아온 것은 너무 자연스러운 일이지만 저는 이제 일어날 것입니다. 한 번이라도 더 내 나라가 대단한 나라라는 것을 확인하고 싶어 왔습니다. 역사가 있고, 자존이 있고, 문명이 출발한 나라라는 것을 확인받고 싶어 왔습니다.

–잘 왔네. 누구와 싸우더라도 명분이 있어야 싸울 것 아니겠는가.

–옳습니다. 내 나라를 지켜야 할 명분이 있어야 합니다.

이기의 응원의 말에 이상룡은 힘을 얻은 듯 목소리가 밝아졌다.

–저마다의 몫이 있을 걸세. 여기 있는 사람들은 우리 환민족의 역사와 정신을 전파하는 일에 매진하고, 자네는 일본과 맞서 싸우면 되네. 한데 어떻게 할 생각인가?

이기의 말에는 걱정이 담겨 있었다.

–저는 일어설 것입니다. 그러나 그냥 일어서서는 아무 의미가 없습니다. 우리의 정신과 역사를 알아야 뭉칠 수 있습니다. 그래서 우선 이곳에서 얼마동안 묵으면서 공부하고 생각해 볼 것입니다.

–형님. 잘 생각하셨습니다. 조선인이라면 우리나라가 커서가 아니라 정신이 큰 나라를 우리가 만들고 동북아를 비롯한 인류에게 문화를 전달했다는 것을 알아야 합니다.

이태집이 말했다.

–무엇을 가장 알고 싶은가?

–우리가 문명 창조국이라고 여기서 배웠습니다. 한데 구체적으로 우리가 만들어낸 것이 무엇인가 알고 싶습니다.

이기의 물음에 이상룡이 대답했다. 문명창조국이라고 하는데 어떤 문명을 말하는 것인지 알고 싶었다. 나철은 침묵으로 분위기를 바라보고 있었다. 전체 상황을 면밀하게 분석하고 공부하는 사람은 나철이었다. 나철은 역사학당에서 일어나고 공부하는 것에 힘을 받아 나날이 즐거웠다.

–참 어렵네. 하루 이틀에 될 일이 아닌 것은 알지 않는가.

–예. 압니다. 그래도 역사의 갈증을 풀 곳은 이곳뿐입니다.

–문화창조자로 손꼽히는 분들이 태어난 곳이 어느 나라인가를 확인해 볼 필요가 있네.

–누구를 말씀하십니까?

–동양 문명의 창시자는 누가 뭐라고 해도 태호복희, 염제신농, 그리고 치우천황이라고 할 수 있네. 이분들이 모두 단국사람들이라는 것일세.

–태호복희와 염제신농은 중화인이 아닙니까?

–그러니 살펴보세. 중화인들이 자신들의 선조라고 이야기하지만, 앞뒤가 안 맞네. 계보를 살펴보면 아네. 중화인들이 설명하는 것은 너무 복잡하고 서로 맞지 않네. 우리는 단순하고 정확하게 기록하고 있지.

이상룡의 반문에 이기가 설명했다. 그리고 다시 이야기를 이어갔다.

–중화인들의 기록이 서로 다르고 맞지 않네. 그래서 우리의 기록으로 설명하겠네.

–우리의 기록이라고 하셨습니까?

–그렇네.

이상룡의 물음에 이기가 짧게 말했다.

–세 분이 태어난 나라는 바로 단국일세. 배달국이라고 하는 것이 더 쉬울 걸세. 우리가 배달의 후손이라고 하는 배달민족의 배달일세. 우리의 기록에는 명확하네. 태호복희씨는 5세 환웅천황인 태우의太虞儀 천황의 12명의 아들 가운데 막내가 태호太昊라 했는데 그가 바로 복희伏羲일세. 복희는 신시神市에서 출생해 우사雨師직을 물려받았네.

염제신농은 제8대 안부련환웅의 신하인 소전少典의 아들이네. 안부련환웅의 명을 받아 강수姜水에서 병력을 감독하던 인물이 소전일세. 그리고 치우천황은 14대 자오지慈烏支 환웅천황이 바로 치우천황이네. 치우蚩尤란 세속의 말로 '우뢰와 비를 크게 지어 산천을 바꾼다'는 뜻일세.

–그러면 태호복희씨가 5대 환웅의 아들로 가장 먼저이고 다음이 8대 환웅의 신하인 소전의 아들이 염제신농씨, 그리고 14대 천황이 치우천황입니까?

–그렇지.

이상룡의 목소리에 생기가 돌았다.

–말씀하신 중에 태호복희씨에게 내려진 우사雨師라는 벼슬이 건국할 때 나오는 풍백 우사 운사를 말합니까?

–그렇지.

–세 분은 모두 배달국의 사람들로 모두 다른 시기에 사셨고, 다른 신분이시군요.

-그렇지. 태호복희씨는 지금으로 보면 태자 또는 왕자가 되겠고, 염제 신농씨는 신하였고, 치우천황은 그대로 천황이셨다고 할 수 있네.

-제가 역사를 만나기 전에는 단군할아버지라는 말과 심신할머니가 전부였습니다. 알고 보니 환국과 단국, 그리고 고조선이라는 나라가 명백히 있었는데 이제야 제가 제 자리를 찾아가는 기분입니다.

-우리는 역사의 종주국이자 문명출발의 종가집이라고 할 수 있네.

-그렇군요. 저는 지금 의병운동을 시작하려고 합니다. 한데 역사와 조선에 대한 자긍심이 있어야 싸울 힘도 나온다는 걸 깨닫고 있습니다. 지금 내가 살고 있는 나라가 수치스럽다면 나라를 지킬 이유가 없어집니다.

-알아야 하네. 그리고 그것을 세상에 알려 세상이 하나가 되는 논리를 만들어야 하네. 그것이 우리의 책무일세.

-어떻게 하나가 되는 것입니까?

-최초의 나라가 있었고, 거기에서 출발한 것이 세계의 나라들이고, 최초의 세계문명이 한곳에서 출발해 전파되었으니 모든 나라가 하나고, 모든 문명이 하나로 돌아가는 것일세.

-나라를 지켜야 할 명분이 필요합니다. 그리고 저는 출발할 것입니다. 의병을 조직하고 싸울 것입니다. 지금 제게 필요한 것은 역사를 배우는 시간입니다.

이상룡의 목소리에는 패기가 넘쳤다.

-이곳에서 하나라도 더 깨우치고 가게. 여기 두 사람에게도 힘을 얻고.

나철과 이태집을 가리키며 이기가 말했다.

―다음에는 태호복희씨부터 공부해 보세.

홍범도, 처음으로 일본군을 처단하다

세상에서 무서운 것이 먹고 입는 것이었다. 목구멍이 포도청이라는 말이 괜히 생긴 것이 아니었다. 하루하루의 생계가 급한 사람들이었다. 먹고 살기 위해 포도청으로 끌려갈 것을 감수하고 도둑질도 할 수 있다는 말이었다. 먹고 살기 위해 도둑질 같은 죄를 지을 수밖에 없다는 절박함이 있었다. 홍범도와 김수협은 사냥이 직업이었다.

홍범도와 김수협은 사냥을 하고 내려오고 있었다. 둘은 유난히 마음이 맞아 함께 사냥을 했다. 홍범도와 김수협이 자주 다니는 곳이었다.

―형님. 저는 화병이 생겼어요.

―무슨 일이 있기에?

김수협의 화병 이야기에 홍범도가 물었다.

―일본놈들의 행위가 그렇습니다.

―병까지 나서야 되겠나. 행동으로 보여주면 되지.

―그렇지요.

—조선에 대해 특별히 생각해보지 않고 살다가 애국자가 난 셈이군.

홍범도의 말에 김수협이 웃었다.

—저도 그렇게 생각해요. 제가 언제 나라를 생각해본 적이 있었나요? 저도 살기 바빴고 미운 조선이었는데 나라의 왕이 일본놈들에 의해 감금당하고, 국모가 일본인들에 죽고, 전봉준이 일본놈들에 의해 죽임을 당했다는 소식을 접하는 순간 분기가 치밀었습니다.

—마찬가지일세.

조선인들의 마음의 풍향계가 바뀌고 있었다. 탐관과 오리들을 척결하고 조정대신들의 무능을 탓하고 조선을 원망하던 것이 일본에 대한 적개심으로 변하고 있었다. 전봉준이 탐관오리의 만행에서 출발했지만 재봉기했을 때는 의병으로서 일어섰다. 외세를 물리치는 것으로 일어섰다. 전봉준의 패배와 죽음은 조선인들을 깨어나게 하고 있었다. 나라에 대한 원망보다 나라를 먼저 지켜내야 한다는 생각이 앞섰다.

홍범도와 김수협이 지난번에 일본군에게 당한 길에서 발자국 소리를 들었다. 홍범도나 김수협은 사냥꾼이었다. 소리에 민감했다. 지금 들리는 소리는 예사롭지 않았다. 발자국 소리가 신기하게도 박자가 맞았다. 정확한 보폭에 일정한 소리가 나 일반 조선인들의 발자국 소리와는 확연히 달랐다.

—놈들이 맞습니다.

—그렇지!

낮은 목소리로 김수협이 말하자 홍범도가 받았다.

말이 떨어지기 무섭게 일본군이 나타났다.
—튀자!
홍범도의 말에 두 사람은 동시에 몸을 숨기며 뛰었다. 동시에 일본군이 “멈춰!”라며 다가왔다.
거리가 더 벌어졌다. 일본군이 사격을 했다. 홍범도와 김수협을 따라잡기에는 일본군의 몸놀림이나 속도가 부족했다. 두 사람은 사냥으로 단련된 사람이었다. 조선 최고의 범잡이 사냥꾼들이었다.
홍범도와 김수협은 서로 눈빛으로 마음을 전했다. 동시에 숲으로 들면서 사격 자세를 갖췄다. 그들은 4명이었다. 동시에 홍범도와 김수협의 총구에서 발사되는 총알이 두 사람을 쓰러뜨렸다. 그리고 잠시 후에 몸을 숨기는 두 일본군을 쓰러뜨렸다. 정확했다. 두 명씩 쓰러뜨렸다. 명포수의 실력이 그대로 드러나는 순간이었다. 순간의 일이었다. 뒤따라오는 일본군이 있는가 살폈다. 더 이상은 없었다.
멈추라는 정지신호를 어기고 달아난다고 양민을 향해 사격을 하는 일본군을 그대로 둘 수 없었다. 생명이 걸린 문제이기도 했지만, 조선인을 향해 총을 발사하는 무례함이 놀라웠다.
홍범도와 김수협은 총과 실탄을 챙겼다. 조선의 포수들이 가지고 있는 총과는 비교가 되지 않았다. 쏘면 자동 장전이 되는 총이었다. 속도도 빠르고 정확도도 좋았다.
—결국, 일을 냈군.
—그렇네요.

홍범도의 말에 김수협이 답했다.

–이제 어떻게 하지요?

–방법은 하나.

홍범도가 말을 꺼내자 다음 말이 나오기도 전에 김수협이 물었다.

–뭐지요?

–함께 일어서는 거야.

–아하. 그렇군요.

홍범도의 말을 바로 알아들은 김수협이 말했다.

3. 하늘과 환족의 의미

하늘天의 의미를 말하다

단목도사와 생거도사와의 대화가 이어졌다.
계연수가 단목도사에게 물었던 하늘 천에 대하여 이야기하고 있었다.

–천부경天符經은 우선 하늘의 뜻과 지상의 뜻을 같게 하려는 의도에서 만들어졌다고 할 수 있네. 천부경에서 중요한 것은 천天이고, 부符라는 것은 알고 있을 걸세. 천부경에서 천의 의미를 잘 설명하고 있지. 그것을 물은 것이 아닌가?

–옳습니다.

–그렇다면 부符부터 짚고 넘어가야 할 듯하네. 부에 대한 설명은 고구려 역사에서 잘 설명해 주고 있네. 고주몽과 유리의 이야기를 알고 있지 않은가?

–예. 압니다. 바로 그것일세.

계연수와 이관집은 단목도사가 무엇을 이야기하려고 하는지 알았다.

주몽왕이 동부여에 있을 때 부인 예禮씨를 아내로 삼아 임신하였다. 왕이 떠난 후에 유리類利를 낳았다. 유리가 탄환을 잘 쏘았다. 물 긷는 부인의 동이를 잘못 맞추었다. 화가 난 부인이 아비가 없는 탓이라고 욕하였다. 유리가 돌아와 자기 어머니에게 나는 왜 아버지가 없냐고 따졌다. 부인 예씨는 아들에게 주몽이 남기고 떠나간 부러진 칼을 주며 말했다. "너의 아버지는 고구려의 왕이다. 너의 아버지가 남쪽으로 갈 때 이 어미에게 말했다. '유물遺物을 '일곱 고개七嶺' '일곱 골짜기七谷' 돌 위의 소나무 아래 감춰 뒀으니, 이것을 찾아내는 자가 바로 내 아이다.' 라고 하였다."라고 알려주었다.

유리가 아버지를 찾아갔다. 칠각 주춧돌이 있는 것을 보고 스스로 풀이하기를 "일곱 고개라는 것은 일곱 모서리이고, 돌 위의 소나무라는 것은 기둥이다." 하고 부러진 칼을 찾아내었다. 졸본卒本에 이르러 왕에게 바쳤다. 왕이 감추어 두었던 칼을 꺼내 맞추자 과연 맞았다. 주몽이 유리를 드디어 태자로 삼았다.

–부러진 주몽의 칼과 유리의 칼이 딱 맞아떨어지는 것을 말씀하시는 거지요.

–그렇네. 하늘의 뜻 그대로를 지상에 만드는 것이 우리 민족의 숙원이고 영원한 희망일세. 우리는 늘 이상 세계를 만들려는 꿈을 버린 적이 없었네.

–예. 그렇군요.

–그러면 이제는 하늘에 대하여 알아보세. 하늘의 뜻이 무엇인가를 한자에서 찾아보세.

–한자라고 하셨습니까?

–그렇네.

이관집이 의미를 물었다.

–한자에 많은 뜻이 담겨있는 것은 알지 않는가?

–예. 알고 있습니다.

–그러니 살펴보자는 것일세. 하늘 천天은 천지인天地人을 다 담은 글자네.

–!

이관집이 머리를 끄덕이며 인정했다.

–살펴보세.

단목도사는 편안한 마음으로 설명했다.

–두 이二가 하늘과 땅을 말하는 것은 알고 있지 않은가?

–예. 알고 있습니다.

–하늘 아래에 땅을 꿰뚫고 있는 '사람 인人'을 넣었네. 그것이 천天일세. 음양 중에서 음陰에 중심을 둔 하늘일세.

계연수와 이관집은 집중하고 단목도사의 말을 듣고 있었다. 천天이 음양 중에서 '음陰에 중심을 둔 하늘' 이라는 풀이는 처음으로 듣는 내용이었다.

생거도사는 눈 하나 깜박이지 않고 세 사람을 주시하고 앉아 미동도 하지 않았다. 마치 사람 형상으로 만든 조각 같았다.

계연수와 이관집은 흥미로운 해석에 마음이 끌렸다.

—천지인, 즉 '하늘땅사람' 이라는 삼재三材를 가지고 만든 글자를 보면 하늘을 이해할 수 있네.

단목도사의 말에 계연수와 이관집은 이미 마음을 빼앗기고 있었다. 역사 공부와는 다른 면이 있었다. 우리 민족의 근원을 파고드는 이론이었다.

—첫째 하늘과 땅, 그리고 사람으로 만들어진 글자가 '인仁' 일세. 하늘과 땅을 상징하는 '이二' 와 '사람 인人' 이 만난 글자라네. 사람이 어떻게 살아야 하는가를 알려주고 있네. 내가 원하는 바를 남에게 해주라는 의미이지. 그것이 인仁일세.

—아하, 그렇군요.

—둘째는 두 이二에 사람이 밑에 있는 글자일세. 무엇이 있는가?

한자공부는 누구보다 많이 한 두 사람이었다. 계연수와 이관집은 생각했다.

—으뜸 원元자가 있습니다.

—그렇네. 하늘과 땅 밑에 어진 사람 '인儿' 이 있네. 사람이 무릎을 꿇고

있는 자세일세.

-한데 무릎을 꿇고 있는 모습인데 으뜸이라는 의미가 되었을까요?

이관집이 물었다.

-날카롭구만. 글자의 아래에 붙어서 위에 있는 것을 받든다는 의미일세.

-아하, 그렇군요. 하늘과 땅을 받든다는 의미이니 그것을 정도로 본 것이군요.

-그렇네. 하늘의 뜻이 지상에 그대로 옮겨져야 하는 것이 우리 민족의 이상이니 그것을 무릎을 꿇고 받드는 모습이라고 보면 되네. 그러니 으뜸으로 여긴 것이라고 할 수 있네.

단목도사가 말을 마치고 이어서 다시 찾을 것을 주문했다.

-또 있네.

두 사람은 생각해 보았으나 떠오르지 않았다.

-셋째는 없을 무无가 있네. 하늘 천天과 유사한데 의미는 없다는 무无일세. 여기에서의 무无는 비어있는 것이 아니라 비어있되 비어있지 않은 것을 말하네. 하늘이 그렇다고 생각하지 않나?

-동의합니다.

계연수와 이관집이 함께 대답했다.

-하늘에는 무한한 공간에 끝없는 시간이 존재하네. 그리고 빛을 비롯한 많은 것들이 들어있네. 그것이 무일세. 곧 우리에게 있어 하늘은 비어있되 가득 찬 것으로 보았네.

-넷째로 하늘과 땅을 꿰뚫은 부夫가 있네. 한자는 우리의 철학과 사상,

그리고 국가이념을 그대로 담고 있네. 하늘보다도 더 높게 뚫고 올라간 모습일세.

–그렇습니다.

역시 이관집이 시원하게 대답했다.

–부夫는 하늘과 땅을 꿰뚫고 올라간 존재를 말하네. 그래서 천天과 무无가 하늘 밑에 사람이 자리를 잡은 음의 모양이라면 부夫는 하늘과 땅을 뚫고 올라온 양의 글자일세. 그래서 힘이 넘치고 활달하네. 사람에 중심을 둔 글자일세. 그래서 사람 중에 사람다운 완성을 이룬 대장부大丈夫라고 할 때 사용하네. 가장 대장부다운 사람을 고대에는 선인仙人이라고 하네. 선仙은 '산 사람' 이나 '산 아이' 라고 할 수 있네. 사나이는 지금도 사용하고 있네. 뜻이 달라졌지. 원래 '산아이' 가 사나이가 된 걸세. 일본인들의 사무라이라는 말도 신선을 말하는 것이 무사라는 의미로 변하고 말았지.

–그렇군요.

–그렇네. 고대에는 아이할 때 '아' 자가 앞이라는 의미였고, 아이는 앞에 있는 사람을 말하네. 어린 아이할 때 아兒자와는 다르네. 아버지, 아저씨, 아주머니 할 때 '아' 라고 보면 되네. 한자가 아니라 순우리말일세.

오늘의 이야기는 다른 곳에서 들어보기 어려운 이야기였다.

–정리하면 하늘이라는 의미는 이렇네. 하늘의 뜻은, 하늘의 뜻을 지상에 옮겨 놓는 것일세. 하늘의 뜻은 무无에 있네. 음양으로 나누지 않

고, 남녀로 나누지 않고, 상하로 층을 두지 말고, 귀천으로 분별하지 말라는 것일세. 그것이 하늘의 마음을 실천하는 것이 바로 내가 하고 싶은 일을 너에게 해주고, 너가 하기 싫은 일을 내가 하지 않는 것일세. 아주 쉽고 명쾌하지.

단목도사의 말에 힘이 들어갔다. 하지만 목소리는 여전히 차분하고 흐르는 물처럼 유창했다.

–하늘의 마음을 받아들인 사람이 바로 부夫라네. 부夫가 곧 선인仙人이고 신선이라고 이야기했지. 신선사상이 곧 우리의 이상적인 사람이라고 할 수 있네.

–천지인을 깨달은 사람이 신선이고 으뜸 되는 사람이라고 할 수 있군요.

–그렇지.

고대사에 대해 정통한 단목도사와의 이야기는 지칠 줄 모르고 이어졌다. 날것으로 살고 있는 생거도사와 단목도사의 생각하는 세계는 너무 달랐다. 그럼에도 잘 어울리는 면이 있었다.

단목도사가 다른 이야기로 말을 바꾸었다. 생거도사를 위한 배려 같았다.

–이 사람은 이름 그대로 날것만 먹고 사네.

–그게 가능하십니까?

–누구나 가능하지. 방법을 알려줄까?

–예.

생거도사의 말에 계연수와 이관집이 함께 대답했다.

–날것만 먹으면 되네.

날것만 먹고 사는 방법을 알려 달라는 말에 날것만 먹으면 된다는 말에 어이없어하는 두 사람을 보고 단목도사가 크게 웃었다.

–햐, 신기한 사람들일세. 알려줘도 뭐라고 하네.

계연수와 이관집이 생거도사를 쳐다보자 생거도사가 다시 이야기했다.

–내가 틀린 말 했나?

–틀리지는 않지만 그건 누구나 압니다.

–정말 중요한 걸 모르는군. 알면서 왜 안 하나, 시늉이라도 해 볼 것이지.

–…

–생각해 보게. 아는 것이 중요하지만 실행하는 것을 따라올 수는 없네. 강물은 낮은 곳으로 흐르는 버릇 하나로 바다를 만들었지. 물은 다시 하늘로 오르는 능력 하나로 구름을 만들어 세상의 생명들을 기르네.

–…

–별것 아닌 것 하나 실천하는 걸로 세상의 큰 것을 이루는 것일세. 나무는 태어나서 죽는 날까지 성장하지.

–…

다시 두 사람은 말이 없이 생거도사를 바라보았다. 나무는 태어나서 죽는 날까지 성장한다는 말이 가슴에 머물렀다.

–중요하지 않은 걸로 우겼으니 죽어 마땅하나 내 집임을 감안해서 용서하시게.

생거도사가 농담을 담아 말했다
두 사람은 짧은 시간 생거도사에 대한 인식이 바뀌었다. 예사롭지 않은 사람이었다.
계연수와 이관집은 색다른 경험을 하고 있었다. 특히 계연수가 그랬다. 우연히 만났지만 만나서 이루어지고 있는 일이 일상적이지 않았다. 산에서 처음 만날 때 기다렸다는 듯이 단목도사가 계연수를 맞이했고, 내려갈 걱정을 하며 같이 동행한 이관집을 걱정하자 곧 올 것이니 걱정하지 말라는 말과 함께 바로 이관집이 찾아왔다. 예사롭지 않은 일들이었다.
그리고 지금은 생거도사의 거처에 머물면서 선문답 같은 이야기를 듣고 있었다. 특히 단목도사의 이야기는 역사책에도 기록되어 있지 않은 귀한 것들이었다. 사람인人이 하늘에서 와서 하늘로 돌아가는 존재임을 표현한 글자라는 것에 놀라웠다. 새로운 세계에 와 있는 듯한 느낌이었다.
–사람에겐 신성이 있네. 누구에게나 있네. 특별한 것이 아닐세. 그리고 사람에게만 있는 것이 아니라 모든 존재에게 있네. 무슨 이야기냐 하면 정도의 차이는 있을 수 있지만 분명한 것은 신성은 모든 존재에게 있다는 것일세. 신성은 존재의 본성이기도 하네.
어려운 말이었다. '신성이 존재의 본성' 이라고 했다.
–아주 쉽네.
어렵다고 느끼고 있는데 존재의 본성이란 말의 의미가 아주 쉽다고 천연덕스럽게 생거도사가 말했다.

–실험해 보면 아네. 음식도 욕을 하면 쉽게 썩고, 칭찬을 하면 그래도 견디다 썩네. 내성이 생기는 것이지. 배추를 길러보았네. 하나는 칭찬을 해주고, 하나는 아무것도 안 해 주었지. 자라는 것이 달라. 시험 해 보게.

생거도사는 실험을 해보라며 자신 있게 말했다.

–하물며 사람은 더 하지. 사람은 칭찬으로 크는 존재일세.

생거도사의 말은 거침이 없었다. 단목도사는 아무 말도 없이 세 사람을 바라보고 있었다.

–깊은 산속에서 무슨 재미로 사십니까?

이관집이 생거도사에게 생뚱맞게 물었다.

–심심한 재미로 살지.

–아무 일도 안 하십니까?

–할 일은 많네. 끝도 없네.

–무슨 일이 그리 많으십니까?

–먹고 사는 일을 혼자 하는 것이 예사롭지 않네. 알지 않은가?

생거도사가 이관집에게 되물었다.

–그렇지만 굳이 혼자 사시는 이유가 있지 않으십니까?

–심심한 재미로 산다니까.

생거도사가 정색을 하고 답했다.

–사내로 태어나 무언가 할 일이 있어야 하는 것 아닙니까.

이관집이 생거도사의 마음을 살짝 긁으려 의도적으로 말했다. 먹고 사는 일로만 인생을 허비하는 것에 대한 반론이었다.

–이번 생은 살아가는 일로만 온전하게 보내기로 했네. 시비 거는 건가?

–아닙니다.

정색을 하고 물어오자 이관집이 순간 당황한 듯 답했다.

–물론 무슨 의미인지 아네. 혼자 사는 자유도 없는가 묻고 싶네. 살아 있음을 온몸으로 받아들이고 나를 바라보는 일이 예사로운 일이 아닐세. 자네는 자네를 바라보았는가?

순간 이관집은 움찔했다. 내가 나를 바라본 적이 있는가 생각했다. 별로 없었다. 계연수도 뜨끔했다. 과연 내가 나 자신을 제대로 바라본 적이 있는가 싶었다.

–내 안에 있는 것들이 살아 움직이는 것을 바라보는 일은 천둥번개가 치고, 비바람이 불고, 산이 무너지는 것을 바라보는 것만큼이나 신비롭네.

계연수는 생각했다. 이관집도 마찬가지였다. 내 몸 안에서도, 내 마음 안에서도 갈등과 번뇌, 평화와 안정이 서로 부딪히는 것들이 공존하고 있었다. 그것을 제 3자적인 입장에서 바라보았는가. 그렇지 못했다.

–나는 나를 바라보는 일로 한 생을 잡았네.

'나는 나를 바라보는 일로 한 생을 잡았다' 는 말에 여운이 남았다. 오래 남아있었다.

홍범도, 일본군 무기고를 털다

홍범도의 인생은 방향을 틀고 있었다. 이미 돌이킬 수 없는 상황으로 치닫고 있었다. 일본군 4명을 사살한 사건이 일본군 전체를 흔들고 있었다. 북청에서 일본군이 의문의 죽음을 확인하고 범인 색출작업이 진행되고 있었다. 아직 조선은 명맥을 유지하고 있었다. 조선은 일본군의 점령지가 아니었다. 일본군은 청과 러시아의 눈치를 보고 있었다. 하지만 일본군의 추적은 집요했다.

홍범도는 집을 벗어나 몸을 숨겼다. 김수협도 마찬가지로 집을 나왔다. 두 사람은 근거지를 찾았다. 언제 들이닥칠지 모르는 긴박감이 있었다. 포수협회를 소집해 가담하고 싶은 사람만 합류했다. 범골의 태양욱, 냉골 사는 차도선, 밤말 사는 이재인, 송상봉, 그리고 허근 등이 가담했다.

시급한 일이 근거지 확보였다. 북청 일대는 큰 나무와 작은 나무가 어디에 서 있는 것까지 훤히 파악하고 있을 정도로 홍범도는 파악하고 있었다. 빈집이 어디에 있고, 적이 접근해올 경우 피신할 방법도 알고 있었다. 몸에 익은 곳이 북청이었지만 북청은 위험했다. 우선 가족이 해를 당할까 두려웠다.

장소를 이전하기로 했다. 활동 범위를 넓히기로 했다. 우선 시급한 것은 무기 확보였다. 포수들이 가지고 있는 총은 화승총으로 성능이 떨어졌다. 한 번 사격을 하고 나면 기다려야 하는 약점이 있었다. 일본군이 소지한 총은 자동 장전이 되는 뛰어난 총이었다. 일본군이 가지고 있는 총을 확보하는 것이 급했다.

—전쟁은 시작되었다!

홍범도의 일성이었다.

—가자, 가자, 가자!

함께 한 동료들이 외쳤다.

목표는 무기고였다. 덕원에 있는 일본군의 무기고를 알아냈다. 목표는 결정되었고, 실행은 시작되었다. 일본군 살해와 함께 무기고 탈취는 공식적으로 전쟁을 선포하는 것과 같았다. 일개 한 부대와 싸우는 것이 아니라 일본과의 전쟁선포 같은 의미를 가졌다. 조선의 군사는 이미 사라졌고, 해산되었다. 조선은 군사가 없는 나라였다. 호락호락하게 볼 수 있는 근거였다. 홍범도의 작은 행동은 일본을 자극하는 데 중요한 변수가 될 수밖에 없었다.

목표는 정했다. 덕원까지는 굳이 험한 길을 선택할 필요는 없었다. 도로를 따라 이동했다. 덕원 근처에서는 산으로 접근했다. 무기고는 산과 평지가 맞닿은 곳에 자리 잡고 있었다. 군 병력은 적어 보였다. 본대와 떨어져 있었고, 일본군이 지키고 있었다. 작전이 개시되었다.

홍범도와 일행은 무기고를 지키는 일본군을 처리하고, 김수협과 일행은 총성이 울릴 경우, 지원군이 도착할 때 일본군 본대를 공격하는 일을 맡았다. 홍범도 일행이 먼저 움직였다. 홍범도 일행은 빠르고 판단이 빠른 포수들이었다. 맡은 임무만 알려주고 실행은 상황에 따라 대처

하도록 했다. 범골의 태양욱이 사냥할 때처럼 민첩하게 접근했다. 두 명의 일본군이 지키고 있었다. 돌을 집어 살짝 일본군 초병 근처로 던졌다. 인기척에 한 초병이 돌이 떨어진 곳으로 이동했다. 순간 태양욱이 초소 근처에 있던 일본군 초병의 목을 땄다. 냉골 사는 차도선은 다음 순간 돌이 떨어진 곳으로 이동하는 초병의 목을 찔렀다. 짧은 순간에 처리되었다. 홍범도의 지시에 따라 무기 탈취가 시작되었다. 후방을 지키던 김수협 일행도 함께했다. 야수를 다루는 전문가들의 솜씨였다.

–우리는 승리했습니다. 첫 결행은 성공적입니다.

–우리는 일어섰습니다.

홍범도의 성공 선언에 김수협과 일행이 고무되어 소리쳤다.

누구의 도움도 없이 일어선 사람들이었다. 나라를 위한 것이 아니라 분기를 참지 못한 조선인들이 일어난 것이었다. 조선에 대한 애착이 없었지만, 조선에서 태어나고, 조선에서 자라고, 조선인으로 살아온 사람들이 조선이 무시당하고, 조선인이 무시당하는 것을 보고 일어난 사람들이었다. 조선보다는 조선인의 고향의식과 대대로 땅을 경작하고 삶을 일구며 살아온 선조들을 떠올리며 일어선 사람들의 목숨을 건 전쟁이었다.

–이제 우리는 덕원을 떠나 철령으로 이동한다.

–예!

홍범도의 위상이 올라가는 순간이었다. 담대함과 포수회 일행들을 이끄는 힘에 믿음이 두터웠다. 짧고 굵은 당당함이 느껴졌다.

철령은 오래전부터 군사적 요충지였다. 강원도 회양군과 고산군 사이에 있는 고개다. 철령고개를 기준으로 동쪽을 관동, 서쪽을 관서, 북쪽을 관북이라 하는 교통의 중심지기도 했다. 예로부터 지금까지 중부 지방과 관북 지방을 잇는 중요한 교통로다. 철령이 군사적 요충지여서 요새가 하나 지어졌다. 철령관鐵嶺關이다. 조선의 군사가 사라진 지금 철령관은 비어있었다. 백암산 저두봉 추애산 풍류산이 솟아 지세가 험준했다. 풍류산 동쪽의 안부인 철령은 예로부터 천연의 요새가 되어 남북의 관문 역할을 하였으며, 관북과 관서의 지명도 철령관을 기준으로 하여 구분되었다.

눈에 띄는 철령관을 조금 벗어나서 자리를 마련했다. 화전민들이 살았던 집을 이용했다. 철령에 거점을 마련할 경우 이동이 자유롭고 전체 상황을 파악하는 데 유리했다. 사용할 무기는 각자 소지하고 남은 무기는 그곳에서 떨어진 곳에 별도로 감춰놓았다. 안변이었다.

–이제 우리는 경계를 넘었습니다. 어떤 고난이 닥칠지 알 수가 없습니다. 우선은 가족을 이주시키고 다시 모이기로 합시다.

–맞습니다. 가족이 걱정됩니다.

일본군이 어떤 만행을 저지를지 알 수가 없었다. 아직은 밝혀지지 않았지만, 공격을 가한 사람들의 신원이 확인될 경우 가족을 몰살시킬지도 모르는 상황이었다. 조선의 국모도 죽이고 시신마저 불태워버리는 자들이었다. 일개 민간인들의 목숨 정도는 우습게 볼 인간들이었다.

문명의 창시자들을 만나다

나철과 이상룡의 관심이 컸다. 이태집은 집안의 가풍이 역사여서 상당 부분 알고 있는 부분이 많았지만, 나철에게는 생소하고 새로운 역사의 세계였다. 나철은 조선을 위해 역사를 가지고 무엇을 할 것인가를 고민하고 있었고, 이상룡은 의병으로 거사할 것을 다짐하면서 조선을 지키고 조선을 위해 일어나는 명분이 필요했다. 썩고 나약한 조선을 위해서가 아니라 조선인을 위해서 필요했다.

–동양의 문명을 만든 사람으로 태호복희와 염제신농, 그리고 치우천황에 관해서 이야기하겠네. 우리의 역사는 문명 창조의 역사라고 할 수 있네. 그것이 빛나는 일이고, 다른 나라의 역사와의 변별성이라고 할 수 있지. 태호복희부터 살펴보세.

이기는 나지막하면서 호흡을 고르게 말을 했다. 나철은 한 마디 한 마디를 놓치지 않으려는 눈빛이 빛났다.

–태호복희는 태극과 음양오행을 만든 인류의 큰 스승이지. 인류 문명의 조종祖宗이라고 할 수 있네.

–태호복희가 중화인으로 알고 있는데 우리의 문명창시자라고 하시니 그것부터 설명해 주시지요. 당연한 생각이었다. 나철의 잘못이 아니었다.

–살펴보게. 우리 조선에 조선의 성인은 없고 공자와 맹자, 순자같이 중화의 성인만 있네.

–그렇습니다.

–우리 조선의 시인과 학문은 없고 중화의 이태백과 두보만 있네. 우리의 조선의 서예는 없고 중화의 구양순 왕안석이 있네. 종교도 마찬가지일세. 우리의 전통종교는 사라지고 불교와 유교가 조선을 점령하고 있네.

–말씀을 들으니 놀랍습니다.

–진정 놀라운 나라일세. 우리 조선의 역사는 없고 중화의 역사만 외우고 있네. 조선의 위대한 정신과 역사는 버리고 남의 나라 것만 가져다 사용하고 있는 것이 우리 조선일세. 우리의 넋들은 다 사라졌네.

–이유는 무엇입니까?

–이유는 간단하네.

이기가 이유를 설명하려 하자 나철의 귀가 섰다. 핵심을 알고 싶었다.

–약자는 역사를 가질 수 없네.

–아하!

나철이 탄식을 했다. 이기가 계연수에게도 했던 말이었다. 그리고 역사의 진실이었다. 역사학당에서도 한 말이었다. 역사는 강자만이 독점할 수밖에 없는 태양과 같은 존재였다. 두 개의 태양이 있을 수 없듯이 두 개의 역사를 공유할 수 없었다. 천자의 나라는 하나이기 때문이었다. 강자가 천손을 선언하고 하늘에 제사 지내는 권한을 가진 것이 동북아의 역사였다. 약자의 나라인 조선은 무엇도 할 수가 없었다. 스스로 머리를 조아렸다. 조선의 왕이 머리를 숙이자 조선의 백성은 조선에서 태어나 살고 있는 사람으로서 당연하게 중화에 젖어 살 수밖에 없었다. 우리의 역사를 공부하는 순간 역적으로 몰리는 나라가 조선이었다.

–하지만 잃어버린 역사가 중화인들의 기록에 다 적혀 있네.

–우리의 역사와 문화가 우리의 책에는 없고, 중화의 책에 있는 이유가 궁금합니다.

–만나는 사람마다 설명해야 하는 번거로움이 있지만 다시 함세. 짧게 핵심만 말하겠네.

나철의 집중력은 대단했다.

–중국 〈제왕세기帝王世紀〉에 "제출어진帝出於震이라고 적혀 있네. 태호복희 임금은 진방震方에서 출생하였다."는 의미일세. 팔괘에서 진방은 동방을 말하지. 곧 태호복희는 동방의 배달 동이족 출신임을 입증하는 기록이지. 〈중국역대제왕록〉에도 태호복희에 대해 적고 있지. "성은 풍씨이며 고대 동이족"이라고 기록되어 있네.

풍은 봉鳳과 같은 뜻이다. 갑골문에서도 '봉鳳' 자를 '풍風' 자로 보고 있다. 태호복희를 따랐던 동이의 한 갈래인 태호족太昊族이 봉황새를 최고 토템으로 했다. '풍' 은 우리의 신명문화, 풍류신도風流神道를 상징하여 복희는 대시조였다.

–정말 황당하면서도 놀랍습니다.

–태호복희는 5,000년이나 된 동양학문의 진수라네.

–문화창조의 원조라고 할 수 있겠군요.

이번에는 이상룡이 말했다.

–그렇네. 태호복희는 그물을 얽어서 고기 잡는 법과 사냥하는 법을 가르치고, 가축을 희생犧牲으로 삼아 하늘에 제사를 지내게 했지. 고기를 잡는 일을 포주庖廚라 했는데, 그래서 복희를 포희包犧라고도 하지.

–거의 신인神人 아닙니까?

–그렇다고 할 수 있지. 더 놀라운 것은 최초의 해시계로 일컬어지는 규표圭表를 발명하고, 24절후를 발견하기도 했다네.

표表는 해그림자의 길이를 측정하기 위해 지면에 수직으로 세운 막대를 말하고, 규圭는 지면에 막대를 세우고 평면에 드리워진 해그림자의 길이를 재는 자를 말했다. 규표로 낮 동안 변하는 해그림자의 방향을 측정하면 해시계로도 사용할 수 있었다. 또한, 해그림자 길이가 매일 늘어나고 줄어드는 것을 이용하여 1년의 길이를 측정하거나 절기를 결정하는 데에도 사용했다.

–지금 우리가 사용하고 있는 24절기를 말씀하시는 겁니까?

–그렇네.

–이외에도 역易을 창조하여 천문과 과학을 세상에 적용한 인물이라고 할 수 있네. 이분이 바로 문명의 창시자라고 할 수 있네.

–고맙고 감사한 일입니다. 이런 분이 우리의 조상이라고 하니.

나철이 혼자 말하듯이 말했다.

–이제 시작일세. 이번에는 염제신농에 대해 말해보세.

역사를 말하는 자와 역사를 공부하는 자 사이에 따뜻한 연대가 형성되어가고 있었다.

바라보고만 있어도 흐뭇하고 무언가 채워지는 것이 친구다

신선놀음이란 말이 떠오를 정도로 특별한 시간을 갖고 있었다. 계연수와 이관집은 두 도사를 만나서 평상시에 만날 수 없는 사람과 이야기를 나누고 예사롭지 않은 풍모를 보았다. 보이는 풍모도 남달랐지만 한 마디 한 마디가 폐부를 찌르는 말들이었다. 일상적인 언어임에도 분명 다른 힘을 느꼈고 다른 의미가 느껴졌다. 의미가 생명을 가지는 것을 느꼈다.

해가 중천에 떴다. 깊은 산속에 자리 잡고 있어 인적을 느낄 수 없었다. 약초를 캐는 사람이나 사냥을 하는 사람이라고 해도 민가와 멀리 떨어져 있어 접근하기 어려운 곳이었다. 해그림자가 하루 중 짧아진 시간이었다.

–인연은 있습니까?

–있지.

생거도사가 이관집의 물음에 확신에 찬 목소리로 답했다.

–두 분은 어떤 인연이십니까?

–바라봐 주는 인연.

–무슨 의미신지요?

–서로 바라보고 그냥 대견스러워하는 사이.

이관집의 물음에 생거도사의 답은 한결같았다.

–언뜻 이해는 가지만 무엇을 구체적으로 말씀하시는지는 잘 모르겠

습니다.

―거기까지가 전부일세.

이관집의 거듭된 궁금함에도 생거도사는 입을 닫았다.

―다른 것은 없네.

단목도사가 단정 짓듯 말하며 다시 말을 이었다.

―우리는 관심이 전혀 다르네. 나는 우리 역사에 관심이 많고, 저 친구는 사는 일에 관심이 많네. 세속의 삶에 대한 관심이 아니라 삶은 무엇인가에 관심이 많지.

―두 분이 만나시면 무슨 이야기를 하십니까?

계연수가 이번에는 물었다. 두 도사는 한참을 답이 없었다. 바람이 나뭇잎을 흔들고 지나간 후에야 생거도사가 말했다.

―별말이 없네. 서로 다른 생각을 하다 헤어지거든.

어이없는 말이었다. 서로 다른 생각을 하다 헤어진다는 말이 그랬다. 그렇다면 굳이 만날 이유가 없지 않은가 생각했다. 계연수와 이관집의 생각이 같았다.

―그렇다면 두 분이 왜 만나십니까?

이관집의 질문이었다.

―내가 물어보겠네. 흘러가는 물이 왜 흘러가는가?

순간 말문이 막혔다.

―그래도 흘러가기 때문에 강이 있고, 물고기가 살겠지. 지나갈 바람인데 바람이 왜 부는가. 이것도 마찬가지겠지. 바람이 불어야 계절이 오

고 가겠지. 그래서 생명들이 살아가고.

–예. 조금은 이해가 됩니다.

–다른 이유가 없네. 바라보고만 있어도 흐뭇하고 무언가 채워지는 것이 친구가 아닌가 싶네.

생거도사의 말을 단목도사는 듣고 있다 한마디 했다.

–말이 없이 자신의 생각에 젖어있다 간 날이 더 마음이 뿌듯하다네. 오히려 말을 많이 나눈 날에 허전할 때도 있지.

단목도사의 말에 계연수와 이관집이 서로 얼굴을 바라보았다. 이해가 가지 않는다는 표정이었다.

–역사에 지대한 관심과 많이 알고 있는 분이 친구에게 알려주고 싶지 않으신가요?

–글쎄. 그런 생각을 해 본 적이 거의 없네. 그냥 내가 선택한 일이고 친구는 친구가 선택한 일이 있겠지, 하는 것이 전부일세.

계연수가 단목도사에게 묻자 답했다.

–두 사람은 그런가 보군.

–예. 그렇습니다.

–관심이 같으니 그런 것도 있겠지만 사람이 다른 것을 인정하지 않나?

–인정합니다.

단목도사의 말에 계연수와 이관집이 인정했다.

–우리가 그렇네. 우리는 우리의 만남법이 있네. 소 닭 보듯 하지만 그리움이 있네. 그리움을 푸는 방법이 바라보는 일이고.

–우리는 한 번도 싸운 적도 없지만 한 번도 뜻이 맞은 적도 없다네.

단목도사의 말에 생거도사가 답하자 단목도사가 고개를 끄덕였다. 한 번도 싸운 적도 없지만 한 번도 뜻이 맞은 적도 없다는 말에서 묘한 느낌이 들었다. 그리고 언뜻 이해가 되지 않는 부분이 있었다.

–뜻이 맞은 적이 없다는 말씀에는 서로 의견을 가지고 토론하지 않는다는 말씀이십니까?

–아닐세.

–그러면…

이관집이 생거도사의 말을 기다렸다.

–그냥 자신의 마음을 이야기를 하면 그것으로 족한 걸세. 뜻이 맞은 적이 없다는 말은 뜻을 맞출 필요가 없다는 것일세. 알아서 하는 것일세. 그리고 마음에 들지 않으면 사라지면 되는 걸세.

–예를 들면 밥을 해 먹자고 제안할 경우 어떻게 하십니까?

생거도사의 말에 다시 이관집이 물었다.

–우선은 밥을 해 먹자고 하는 경우가 거의 없지.

–그런 말씀도 안 하신다고요?

–그렇지.

–그러면서 어떻게 두 분이 만나서 지내세요.

서로 권유도 하고, 생각이 다르면 타협도 하는 것이 자연스럽다고 생각하는 것이 세상의 생활이었다.

–서로 이해를 못하는가 보군. 우리는 간단하네.

–…

생거도사가 다시 한참 말을 쉬었다가 이었다.

–알아서 하는 걸세. 밥이 먹고 싶으면 누군가 밥을 하지. 누군가 장에 가고 싶으면 짐을 꾸려 가네.

–그럼. 같이 살면서 자신의 마음대로 하시는 건가요?

–당연하지.

–권할 수도 있고, 같이 가자고 권할 수도 있잖습니까?

–그것도 당연하지. 예를 들어야 아는군. 그렇다면 예를 들어줄까?

–예.

생거도사가 묻자 이관집이 빠르게 대답했다.

–시장에 가고 싶으면 시장에 간다고 알려주지. 그리고 따라가고 싶으면 같이 가는 거야. 아무 말도 없으면 혼자 가는 거고. 너무 쉬운 걸 어렵게 받아들이는군.

–그렇다면 두 분이 하루 종일 이야기를 하지 않을 때도 있습니까?

–같이 살면서 말이 없는 날이 더 많아.

홍범도, 이사하다

무기고를 탈취하고 홍범도는 집으로 돌아와 아내와 앉았다. 홍범도는 긴장도 했고, 무기를 탈취하고 나서 지치기도 했다. 얼굴에는 긴장이 남아있었다. 그동안 있었던 이야기를 했다. 아내는 듣고만 있었다.

–이제 이사를 해야 합니다.

–알았어요.

아내의 목소리는 안정되고 짧았다.

–걱정되지 않아요?

–당신이 하고 싶은 일을 하시면 됩니다. 의로운 일에 고난은 당연하겠지요.

홍범도보다 도리어 아내가 침착했다.

–대단해요.

–그렇지 않아요. 사연이 어찌 되었든 저는 절에서 인생을 마칠 뻔한 사람이었어요. 저는 저를 알아요. 저는 수행을 하며 살 사람이 아닙니다. 그리고 당신도 수행을 할 분은 아닌 걸 만나는 순간 직감했지요.

–어떻게 알았지요?

–눈에 안정보다 행동이 가득했어요. 안에 있는 것이 많았어요. 그것을 풀어야 할 분이었어요. 저도 마찬가지였고요.

아들 양순이는 제법 컸다. 곤하게 잠이 들었다

—살아오면서 처음으로 편안한 시간을 가졌는데 앞으로는 힘들게 생겼어요.

—당신은 평화를 즐길 수 있는 분이 아니에요. 모험을 즐길 분이시지요.

—내가요?

—그럼요. 의롭게 일어날 분이세요. 큰일을 하실 분이고요.

—고마워요. 좋게 봐 주어서.

—그렇지 않아요. 누가 봐도 인정할 거예요. 다만 가정의 행복은 어려워지지만, 그것은 이미 예정된 것이었다고 생각해요.

—예정되어 있었다고요?

—그럼요. 저는 사람마다 타고난 운명이 있다고 믿어요. 당신을 만난 것도 어쩌면 예정되어 있었을 거예요. 의분義憤을 못 참고 일어나는 것도 예정되어 있었을 거고요.

—정말 그럴까요?

—저는 그렇게 봐요. 불가의 말씀처럼 인연 따라 오고 가는 것이지요.

—당신을 만나고 조용하게 살고 싶었어요.

—그렇지 않아요. 당신 마음속에는 준비되어 있었어요.

홍범도는 마음이 찔렸다.

—이미 일어섰으니 마음 편하게 떠나세요. 저는 양순이 데리고 잘살고 있을게요.

— 말한 것처럼 이사를 해야 해요. 무슨 일이 닥칠지 몰라요.

—걱정하지 마세요. 그럼요. 이사를 해야지요. 저도 혼자 일어설 수 있

는 사람이에요. 어려운 절의 규율을 잘 지키고 산 사람이에요. 마지막에 한 사내에게 반한 것이 문제였지만요. 지금은 그 힘으로 사는걸요.
홍범도가 아내를 꼬옥 안아주었다. 작은 새 한 마리를 안는 느낌이었다. 마지막에 한 사내에게 반한 것이 문제였지만, 한 사내에게 반해서 아들 양순이와 함께 살게 된 것이 살게 하는 힘이 된다는 것으로 받아들였다. 홍범도는 아내의 마음이 고마웠다. 인생에서 큰 언덕 하나를 얻은 기분이었다.
여자의 속옷은 벗겨지기 위해 입는다고 했다. 잠자리 날개 같은 여자의 속옷은 투박한 남자의 손에 의해 벗겨졌다. 사랑하는 여자의 치마 속은 항상 신비로웠다. 남자가 여자를 사랑하는 만큼 여자의 속옷은 거칠게 던져졌다. 속옷보다 부드러운 속살은 거칠고 큰 손에 농락당했다. 옥녀는 잠들어있는 양순이의 옆으로 쓰러졌다. 진정 한 사내는 한 여자를 사랑했고, 한 여자는 한 사내의 몸을 기다렸다. 순수한 두 남녀는 이미 절간에서 불이 붙었던 사랑이었다. 금지된 사랑을 해본 경험이 있는 두 사람이었다.
여자의 목이 뒤로 젖혀지는 순간 여자는 남자를 끝까지 사랑하겠다고 마음먹었다. 여자의 신음이 안방 천정을 찌르는 순간 이 여인을 내가 보호해주어야 한다고 사내는 결심했다. 세상은 마음먹은 것의 반대로 하는 심술 많은 혹부리 영감을 닮았다. 다시 헤어져야 하는 사내의 품에 안긴 알몸의 여인은 천국에서 최고의 향락을 즐겼다. 봄날 피어나는 아리아리한 진달래 꽃잎처럼 파르라니 행복했다. 짐승의 사내에게 또 하나의 작은 짐승으로 죽음의 문턱까지 가는 거친 숨소리가 두 사람의 사랑을 자축하고 있었다. 다시 떠나는 사내를 온몸으로 받은 여인은 천국에서 지옥까지, 다시 몽환에서 전율까지 오갔다. 여자는 남자의 단단해진 살을 부드러운 살로 품었다. 부르르 떨며 허리가 포물선을 그리는 순간 남자는 포효했고 여자는 아득한 꿈을 꾸었다.

홍범도 가족은 서둘러 이사를 했다. 홍범도의 아내는 원래 타고난 성격이었다. 남편 홍범도가 하는 일에 대해 반대하지 않았다. 우여와 곡절을 거쳐 두 사람이 정착한 곳을 떠나는 것이 아쉬웠다. 친정이 있는 북청 안산사 노은리 인필골 마을은 마음의 고향이었다. 북청에서 갑산으로 넘어가는 길목인 후치령 고개 바로 아래여서 깊은 산골이었다. 하지만 마음의 평화가 있었던 곳이다. 홍범도는 아내와 아이가 드러내지 않고 살기에 좋은 곳을 찾았다. 사람 속에서 사는 것이 오히려 안전할 것이라는 결론을 내렸다. 읍내에서 조금 떨어진 곳에 집을 마련했다. 주위에 누가 살고 있는지 덜 궁금해 하고 무슨 일을 하는지도 덜 관심을 가질 만한 곳이었다. 오가며 쉽게 들르기도 좋은 곳으로 판단했다.
홍범도의 아내는 사람을 잘 사귀는 성품이 아니었다. 자신의 일에 몰두했고, 모임이나 수다를 떠는 모임에도 나가지 않았다.

염제신농을 공부하다

이기는 시간이 날 때마다 나철과 이태집, 그리고 이상룡을 상대로 역사강의를 했다. 이기의 역사강의에 경청했지만 목표는 모두 달랐다. 나철은 역사를 바탕으로 하는 조직을 만들 구상을 하고 있었고, 이태집은 순수하게 역사학을 공부하고 보급하는 일에 마음이 있었다. 그리고 이상룡은 의병을 일으키려면 명분이 있어야 하는데 이 나라를 사랑하도록 만드는 역할로 역사가 필요했다. 저마다의 미래로 이기의 강의에 목이 말라 있었다.

–오늘은 배달국의 세 성인 중 한 분인 염제신농씨에 대해서 이야기해 보세.

–염제신농씨라는 의미가 궁금합니다.

나철이 궁금한 마음을 전했다. 원래 이름이 염제신농씨인지 한자의 한 글자 한 글자가 어떤 의미가 있는 것인지에 대한 물음이었다.

–현재 우리 조선인의 이름으로 보면 이해가 쉽게 가지 않네. 우리는 성이 한 글자에 이름이 보통 두 글자로 만들어졌네.

–그렇습니다. 염제신농씨라는 이름에 의미가 있어 보입니다.

–있네. 염제炎帝는 이 분의 특성을 담은 이름이고, 신농神農은 한자 뜻 그대로 농사의 신을 말하네. 그리고 씨氏는 존칭으로 보면 되네.

–씨氏가 존칭이었군요. 공자孔子의 자子가 성인에 대한 존칭이듯 씨도 존칭이지.

–염제炎帝는 불을 다루는 인물이라고 보면 되네. 오행인 화수목금토 중에서 화火에 해당하는 상징으로 보면 되네. 그래서 염제를 화덕火德이라고도 하지.

–화덕이라고 하면 불을 최고로 섬기는 것을 말합니까?

–그렇네. 염제라는 이름에서 염炎에는 불화火가 두개 쌓여있는 모습일세.

–정말 그렇습니다.

나철이 어린아이처럼 대답을 잘했다.

–염제 탄생의 일화를 보아도 바로 불과 연결되네. 어머니는 유교有嬌씨의 딸 여등女登이었는데, 화양華陽이라는 곳으로 놀러 갔다가 용의 머리를 보고 임신을 하여 신농씨를 낳았다고 하네. 화양도 태양이 불타는 모습일세. 염제가 화덕火德의 왕이기에 관명에도 화火를 넣었지.

–염제는 어떤 인물이었습니까?

–신분으로 보면 배달국의 8대 안부련환웅의 신하인 소전少典의 아들이지. 소전은 원래 웅씨熊氏의 분파로 안부련환웅의 명을 받아 강수姜水에서 병력을 감독하는 인물이었네.

–소전이라면 신라의 시조가 되는 분을 말씀하시는 것입니까?

–맞네. 소전少典은 고시씨高矢氏의 방계傍系 중 하나인데, 방계 중에 소전이 있었지. 소전의 아들이 바로 신농神農이네.

이상룡이 파고들며 물었다.

–웅씨의 분파라면 곰과 호랑이가 동굴에 들어갔었다는 바로 그 곰의

후손이라는 말씀이십니까?

이번에는 나철이 물었다.

–그렇네. 하지만 다른 것이 있네. 곰과 호랑이의 후손이 아니라 곰을 숭상하는 부족과 호랑이를 숭상하는 부족으로 보면 되네.

이상룡의 물음에 이기가 답했다.

–우리가 곰 부족의 후손으로 보면 됩니까?

–정확하게 설명하면 그렇지 않네.

이태집, 나철, 이상룡 세 사람은 동시에 의문이 생겼다. 정확하게 설명하면 아니라는 말이었다.

–환국을 세운 사람과 환국의 사람들을 배달겨레라고 했네. 환웅천황이 이들 중 3,000명의 문명개척단을 이끌고 동쪽으로 이동해서 나라를 세운 것이 단국 바로 배달국일세. 환웅천황을 포함한 3,000명의 사람들이 배달겨레였네. 배달겨레족이 토착민인 웅족과 호족 중에서 우호적인 웅족 사람들과 혼인을 맺었지.

–아하. 원래는 배달겨레족이었는데 웅족과의 연합으로 나라가 이어졌으니 웅족이라고 하는군요. 배달겨레족은 왕족이었고, 웅족과 호족은 토착민이었다고 보면 되는군요. 웅족의 후예라 함은 토착민이었다는 것이지요?.

–정확하게 이해했네. 환국과 단국, 그리고 고조선은 연합국이었던 것을 잊어서는 안 되네. 환국은 12국으로 이루어진 연합국이었고, 단국은 구이九夷라 해서 9개 부족이었을 가능성이 높네. 고조선도 마찬가지로

오가五加라고 하는 부족을 주축으로 다른 부족과의 연합국이었네.

이기가 조용하면서도 친절하게 설명을 했다.

–염제신농은 인신우두人身牛頭로 몸은 사람이되 머리는 소로 되어 있는데, 어떤 것을 우리에게 주었나요?

–신농씨는 처음으로 나무를 깎아 쟁기를 만들고, 나무를 구부려서 자루를 만들어 뇌사耒耜, 즉 쟁기를 발명했다고 했네. 경작만 가르친 것이 아니라, 백 가지 풀의 맛을 보고 효능을 찾아내 약을 만들고 차를 만든 분일세.

–인류의 문명을 만든 분이십니다.

–그렇네. 거기에 처음으로 시장을 열고, 농사짓는 법을 가르쳤지. 오곡의 파종법을 가르쳐 주신 분이 바로 염제신농씨일세. 그래서 농업의 신이라 하는 걸세.

–배달국의 선인다우십니다.

–아직도 신농씨가 의약사에 끼친 덕이 남아있네. 우리의 오일장이 그때 생겼다고 보면 되네. 지금도 산서성 태원현의 부강釜岡에 아직도 신농씨가 약을 맛보았다고 하는 솥, 즉 정鼎이 있고 성양산成陽山에는 신농씨가 약초를 채찍질했다고 하는 곳이 있네. 그래서 그 산을 신농원약초산神農原藥草山이라고 부르고 있지.

–약초를 채찍질했다는 말씀은 무슨 뜻입니까?

–말 그대로일세. 약초를 채찍질하면 효능이나 맛이 드러났다고 하네. 신농씨가 자편이라는 신비한 채찍을 사용하여 각종 풀들을 채찍질하

면, 약초의 독성이나 약효가 더욱 강해졌다고 하네. 지금으로 말하면 자극을 주면 약성이 강하게 드러난다는 말일세.

–공부하는 즐거움이 큽니다. 우리의 역사와 우리의 선조를 알아가는 것도 고맙습니다.

–마음을 기울여 공부하려는 마음들이 고맙고 감사하네.

–다음 시간에는 어떤 내용을 알려주시겠습니까?

–마지막 결말을 보아야 하지 않겠나. 배달국의 세 성인 중 막내이신 치우천황에 대해서 이야기하겠네.

–그래도 지난번에 주신 서책들을 가지고 공부를 해서 막힘이 없이 이해가 되었습니다. 어디서부터 어떻게 해야 할지 막막합니다.

강의를 마치고 이상룡이 강의 소감을 말했다.

–그건 누구나 마찬가질세. 누구도 역사를 꿰찰 수는 없네. 부분만을 알고 있을 뿐일세.

–제가 볼 때 해학께서는 우리 역사를 꿰차고 계신 듯합니다.

이기의 말을 이상룡이 받았다.

–그렇지 않네. 조금 더 알고 있는 것일세. 내가 가진 책이 있어서 공부가 되었고, 선친에게서 배운 것이 도움이 되었지.

–선친께서는 어떻게 잃어버린 역사를 알고 계셨습니까?

–우리 집안이 역사를 숨기고 살아온 집안일세.

–역사를 숨기고 살아오셨다고요?

–그렇지.

이상룡은 이기와 마찬가지로 고성 이씨 집안이었다.

–저희 집안은 고성 이씨 종가입니다. 종갓집에서 역사를 모른다니 부끄럽습니다.

–여기 모인 사람 중에 두 사람이 고성 이씨인 것은 알고 있겠지.

–그런가요?

–홍암과 석주를 빼놓고 고성 이씨일세.

나철과 이상룡을 제외하고 고성 이씨였다. 이것이 우연일까 싶었다. 이기, 이태집이 고성 이씨였다. 역사의 집안이었다.

–한데 우리 종갓집에서만 역사를 모르고 살았을까요?

–이유는 간단하네. 종갓집은 대를 이어야 하는 숙명을 타고 났고, 종가가 아닌 집에서 역사를 끌어안고 살 수밖에 없었지. 위험을 감수하는 것이었으니 그렇네.

계연수, 단목도사 · 생거도사와 헤어지다

큰 걸 배우고 갑니다.

–저도 그렇습니다. 큰 깨달음을 주셨습니다.

계연수가 두 도사에게 정중하게 감사 인사를 했다. 이관집도 마찬가지 생각이었다. 계연수를 이어 역시 정중하게 인사를 했다.

–점심은 먹고 가게. 그래도 늦지 않네.
–예. 그렇게 하겠습니다. 마음 같아서는 한 달을 머물러도 부족할 듯합니다.
생거도사의 말에 계연수가 진심을 담아 말했다.
–꼭 알고 싶은 것이 있었습니다.
계연수의 말에 세 사람은 모두 귀를 기울였다.
–환인 환웅 단군의 관계를 알고 싶습니다. 분명하게 환인 환웅 단군은 왕을 지칭하는 말이고 환국의 환인은 7분, 단국의 환웅은 18분, 고조선의 단군은 47분으로 생몰과 치적까지 나와 있습니다. 한데 환인 환웅 단군이 개인 인격으로 나오기도 합니다. 왜 그렇게 되었는지 알고 싶습니다.
환인은 환국의 왕을 말하고, 환웅은 배달국의 왕을 말하고, 단군은 고조선의 왕을 가리키는 말이다. 그럼에도 환인 환웅 단군을 개인으로 나타내기도 한다. 개인 인격을 가진 인물로 나오기도 한다. 그것에 대한 질문이었다.
–어려운 질문일세. 하지만 분명하게 짚고 넘어가는 것이 필요하다고 보네. 세월이 흐르면서 건국의 상징 인물로 통칭하게 되었다고 추정하네. 역사를 다 잃어버린 민족이 된 후에 이름만 남은 것이지. 고조선이 멸망한 지가 2천 년이 되었고 동북아의 패권은 잃어버려 약자가 되어 역사를 빼앗겼네. 약소국이 된 고려와 조선은 선조의 역사를 지우지 않으면 강대국에게 왕의 자리를 내놓아야 하는 치욕을 당할 수도 있었지.

그렇게 역사와 기록은 모두 사라졌네.

—아하!

계연수와 이관집이 탄성을 질렀다.

—대안이 필요했겠지. 종교화하는 과정에서 신화가 되었고, 민중에게는 종교의 대상으로 각인되지 않았나 싶네.

—어떻게 하면 살릴 수 있을까요?

—그것을 알 자가 어디 있겠는가.

단목도사의 눈빛이 멀어졌다. 멀리 구름이 흘러가고 있었다.

말없이 듣고 있던 생거도사가 분위기를 바꾸려 입을 열었다.

—불교를 한 글자로 줄이면 무엇이라 생각하는가.

—마음 심心입니다.

생거도사의 질문에 계연수와 이관집이 같은 답을 내놓았다.

—그렇지. 유교를 한 글자로 표현하면 뭘까?

—예禮가 아닐까요.

—인仁입니다.

계연수는 인仁을, 이관집은 예禮를 답으로 내놓았다.

—나는 서恕라고 생각하네.

—서恕라면 충서忠恕를 말씀하십니까?

생거도사가 서恕라고 하자 이관집이 되물었다.

—충서忠恕에서의 서恕는 공자가 인仁을 말할 때 내가 가진 마음과 같은 마음으로 상대를 대하라는 의미를 말할 때 사용하던 서恕이고, 나는 차

례 서序를 말하네. 질서 있는 세상을 주장했다고 보는 걸세.

계연수와 이관집이 의외라는 표정을 지었다.

–유교에서 예禮는 방법일세. 유교를 실천하는 법으로써 예지. 그리고 유교의 인仁은 유교의 목표일세. 불교가 자비라면 유교는 어질 인仁이라고 할 수 있지.

계연수와 이관집이 생거도사의 말을 인정했다.

–나는 유교를 한 마디로 줄이라고 하면 차례 서序를 꼽네. 유교는 모든 것을 대소大小, 상하上下, 선후先後, 장단長短으로 나누네. 그래서 예라는 실천방법으로 작은 것이 큰 것을, 아랫사람이 윗사람을, 나중에 난 것이 먼저 난 것에 대해 예를 갖추고 존중하도록 하네. 그것을 인仁으로 하라고 하지.

계연수와 이관집이 생거도사의 말을 다시 인정했다. 옆에서 듣고만 있던 단목도사가 말했다.

–우리의 역사를 한 마디로 줄이면 무얼까?

–이건 더 어렵습니다.

–그런가?

이관집의 볼멘소리에 단목도사가 "그런가?"하고는 말없이 있었다. 생각해 보라는 시간이었다.

–사람 인人이 아닐까요.

–정답이 있는 것이 아니라 생각해 보자는 걸세.

계연수가 정한 답에 대해 단목도사가 말했다.

–저는 지을 조造로 하겠습니다.

–그렇다면 설명해보게.

사람인人을 선택한 계연수가 먼저 설명했다.

–천지인 중에서도 사람은 클 태太를 써서 태일太一이라고 했습니다. 사람을 강조한 것도 있고, 사람에 대한 강조가 여러 곳에서 보이기 때문입니다.

계연수가 자신의 이론을 이야기했다.

–제가 만들 조造를 선택한 것은 건국도 만드는 것이고, 문명 창조도 만드는 것이기 때문에 만든다는 의미로 조造를 생각했습니다.

이번에는 이관집이 자신의 생각을 설명했다.

–모두 좋은 생각이고 결론일세. 나는 하늘 천을 선택했네. 하늘 천을 선택한 것은 결국은 하늘에서 시작하고 하늘로 매듭짓는 것에서 찾았네.

단목도사가 잠시 말을 쉬었다가 이어서 말했다.

–하늘에서 와서 다시 돌아가는 곳이 하늘이고, 그래서 우리는 천손민족이라고 하네. 또한, 우리의 정신적인 푯대라고 할 수 있는 천부경도 마찬가지로 하늘의 뜻을 그대로 지상에 펼치는 것으로 되어있네. 원천이 하늘일세. 건국도 하늘의 뜻을 실천하는 것이고, 한민족의 정신선언이라고 할 수 있는 천부경도 하늘의 뜻을 그대로 옮겨 놓아 부합되는 것으로 보았기 때문일세.

또한, 진인사대천명盡人事待天命이라고 하여 사람이 노력을 다하고 하늘의 뜻을 기다린다고 하네. 모든 것이 조선인들에게는 하늘이 출발이자 종착지이기도 하네.

–말씀을 들으니 하늘 천이 훨씬 명확하다고 느껴집니다.

단목도사의 설명이 끝나자 계연수가 바로 인정했다.

–각자 마음으로 받아들이게. 받아들이는 것은 각자의 역사관에서 나올 것으로 판단되네.

단목도사는 주장하지 않았다.

–이제 헤어져야 할 시간일세. 빛은 빛을 더하는 순간 밝아지고, 어둠은 어둠을 더할수록 어두워지네. 그대들은 빛일세. 세상을 빛나게 할 맑은 상相을 가지고 있네. 하지만 고난이 있네.

계연수는 다시 듣는 말이었다. 고난이 있을 것이라는 말. 계연수는 다시 그 말을 듣는 순간 오히려 마음의 평정을 느꼈다. 이유는 알 수 없었다.

–고난이 있다고 하면 극복할 수 있는 방법은 없습니까?

이관집이 물었다.

–고난에 대한 대처방법은 안 알려줘도 본능적으로 하네. 하지만 받아들이는 것보다 큰 위안은 없네.

홍범도, 다시 일어서다

홍범도는 일어났다. 사내가 일어서면 기어이 이루어야 한다. 결의가 홍범도가 들고 있는 총구에서 빛났다. 선량한 조선인을 괴롭히는 자들을 처단한다는 결의였다. 북청 포수회가 주축이 되었다. 그리고 울분에 찬 사람들이 모여들었다. 예상보다 훨씬 많은 사람들이 참여했다. 40여 명이나 되었다. 가장 시급한 것이 의식주였다. 예상하지 못한 일들이 벌어졌다. 자발적인 참가자들이었다.

생각보다 빠르게 무기고 탈취사건은 세상 속으로 파고 들어갔다. 발 없는 말의 속도는 빨랐고 먼 곳까지 전해졌다. 가슴 답답하고 우울한 소식만 전해지던 조선에 한여름날 시원한 우물물 같은 소식이었다. 일본군의 무기고를 턴 일단의 조선인들이 있었다고. 나라를 살리려는 사람들이 모여 일을 벌였다는 소식이었다. 국왕이 있는 경복궁은 일본군에 포위당해 있었다. 무엇 하나 자발적으로 할 수 있는 것이 없었다. 일본에 대한 적개심이 조선인들의 가슴에 쌓이고 있었다. 조선에 무기를 가진 집단이 없었다. 조선은 이미 식물국가였다. 조선의 군사를 조선이 마음대로 움직일 수 없는 지경까지 왔다. 영향력을 넓혀가고 있고 강화하고 있는 일본군을 공격할 조선의 군사는 없었다. 그렇다면 일본군을 사살하고, 일본군 무기를 털어간 사람들에 대한 의문이 꼬리를 물고 커갔다.

–누굴까?

–군직을 떠난 조선군들이 다시 뭉쳐 일을 벌인 건 아닐까.
–어찌 되었든 통쾌하긴 하다.
–나는 죽창이라도 들고 참가하고 싶다.
저마다 한마디씩 했다. 조선인들의 마음이었다.
새로운 인물들이 자발적으로 찾아왔다. 곳곳에 통문을 붙였다. 예상하지 못한 인재들이 있었다. 특히 필요한 것은 장인들이었다. 외부 도움을 줄이고 자체 운영하려면 기술을 가진 장인들이 필요했다.
통문을 작성해서 장마당에 붙였다.

조선인들이여, 일어나라!
조선은 자주독립국가다. 오천 년을 이어온 문명국가다. 우리의 터전을 농락하는 무리가 있다. 우리의 독립을 무시하는 무리가 있다. 분함을 참지 마라. 울분을 의기로 일어나라. 조선을 다시 일으켜 세울 사람은 조선인들에 의해서다. 조선인들이여. 다 같이 일어나라. 다 같이 싸우자.

조선의 독립과 조선의 자주를 선언하는 통문이었다. 전봉준이 이끌었던 봉기와는 전혀 다른 성격을 가졌다. 비밀리에 모집하고 은밀하게 일본군을 공격하기 위한 군대였다. 생각하지 못한 인원이 모였다. 비밀결사였음에도 뜻있고 용기 있는 조선인들이 참가했다.
홍범도는 40명이나 되는 인원을 통제하기 위해 어린 시절 경험을 이용했다. 15살 때 나이를 두 살 올려 평안 감영에 입대했던 경력이 있었다. 감영도 예외 없이 조선의 병폐를 그대로 안고 있었다. 병영 내에서 선배들의 부정부패가 심했다. 또한, 잦은 시비로 견디기 힘들었다. 조선은 썩을 대로 썩어 있었다. 군관들은 거들먹거리며 물품을 요구했다. 금품을 요구할 때 제공하지 않으면 근무 상황이 나쁜 곳으로 배치하고, 보초 서는 것도 고참들의 몫까지 서야 했다. 군 훈련이 힘든 것이 아니라 내무생활이 힘들었다. 고참의 이유 없는 구타가 수시로 있었다. 반항하다 결국 일이 벌어졌다. 구타하는 고참을 두들겨 팼다. 홍범도는 나이가 어렸지만 체격이 좋았다. 몸도 날랬다. 체격 조건을 타고 났다. 일대일로 붙으면 누구도 대적하기 어려웠다. 이유 없는 트집으로 생떼를 쓰며 자신에게 날리는 주먹을 그대로 받아서 내팽개쳐 버렸다. 뒷벽에 그대로 부딪히며 나가떨어졌다. 고참을 가볍게 제압하고 말리는 군관까지 메다꽂았다. 홍범도는 바로 병영을 이탈했다. 홍범도는 평소 보직도 마음에 들지 않았다. 나팔수로 배정받았다. 아침과 저녁에 나팔을 불어 취침과 기상을 알리는 보직이었다.

모든 경험은 쓸 기회가 있었다. 짧았지만 홍범도의 군 생활은 요긴했다. 그리고 일본군과 한판 대결을 준비하는 상황에서 중요했다. 햇수로 3년이라는 평안 군영에서 훈련받고 조직운영을 보고 경험한 것이 힘이 되었다. 불만이었던 병영생활이 힘이 되어주었다.

우선 10명씩으로 나누어 조직을 편성했다. 홍범도는 자연스럽게 대장으로 추대되었다. 누가 제안한 것이 아니었다. 분위기가 홍범도를 대장으로 하는 것이 당연하게 받아들였다. 군 경험과 기사범으로부터 받은 무술 수련 경력이 있었다. 거기에 배짱 두둑한 조선의 범잡이 포수였다.

홍범도에게 전권이 넘겨졌다. 군 경험이나 무술 경력이 없는 사람들이었다. 사격훈련도 필요했다.

10명씩 나눈 조직에서 자체적으로 소대장을 뽑도록 했다. 부대장은 김수협에게 맡겼다. 부대장 임명은 홍범도가 직접 했다. 홍범도가 대장, 김수협은 부대장, 그리고 4명의 소대장으로 구성했다.

–우리에게 중요한 것은 목숨이다. 목숨을 지켜야 나라도 백성도 지킬 수 있다. 목숨을 지키기 위해서 무엇보다 훈련이 필요하다. 오늘부터 훈련을 시작한다.

홍범도의 말에 힘이 실려 있었다. 제식훈련을 시작했다. 사활이 걸린 중요한 일이었다. 조직과 보고체계도 완성했다.

군신, 치우를 배우다

사실 치우라는 이름은 낯섭니다. 태호복희와 염제신농에 대해서 구체적이지 않아도 중화의 인물로 문명 창시자라는 이야기는 들었지만, 우리의 선조라는 사실에 고맙고 또한 놀랍습니다.

–치우라는 뜻은 우뢰와 비를 크게 일으켜 산하를 바꾼다는 뜻일세. 무엇보다 인류 최초의 군신軍神으로 등극했네. 또한, 전쟁의 신이기도 하지.

–군신軍神이라면 싸우는 전사들의 신이라는 말씀이십니까?

–그렇지. 지금까지도 군신의 자격으로 남아있지. 하지만 잊혀서 어디에 남아있는지도 모르네.

–그럴 수가 있습니까?

군신으로 남아있는데 군신으로 남은 흔적이 잊혀서 어디에 그 흔적이 남았는지 모른다는 말에 나철이 의문을 담아 물었다.

–현실이네. 역사는 사라져도 관습과 형식에 남아있지. 그래서 알아채지 못하네. 대표적인 것 중에 하나가 군사들이 움직일 때 세우는 깃발에도 그대로 남아 있다네.

–아하, 그런가요.

–그렇네. 군사를 움직일 때 앞세운 깃발을 살펴보면 아네.

–그게 정말 가능하군요.

나철은 알지 못했던 내용이었다.

–군기軍旗에 둑기가 있네. 둑기에 보면 태극 문양이 들어있고 북두칠성, 그리고 도깨비상이 들어있는데 이 둑기가 치우를 상징하는 것일세. 또 있네.

–…

이기가 또 있다는 말에 모두 귀를 기울였다.

–지금도 출전할 때 제사를 지내는데 그것이 둑제이고 치우에게 승리를 기원하는 일종의 기원제일세.

–군신의 자격이 지금까지도 그대로 살아있군요.

–그렇지. 우리에게만 남아 있는 것이 아니라 중화에서도 군신으로 있지.

–오호, 그렇군요. 중화에서도 전쟁의 신으로 받아들여 전쟁을 치를 때 찾아가서 승리를 기원하네.

–놀랍습니다. 치우란 분은 어떤 분이십니까?

–처음에 배달국의 세 분 성인이 있다고 하지 않았나. 태호복희, 염제신농, 그리고 치우천황. 세 분 중에서 유일하게 치우만이 천황이었네. 그래서 치우천황일세. 그리고 세 분은 다른 시대에 사신 분일세.

–군신이 된 이유는 무엇입니까?

–전쟁에서 패한 적이 없는 승장이지. 73전 73승. 중화에서는 마지막 전쟁에서 황제헌원이 치우에게 승리했다고 하는데 만약에 패했다면 군신이 되지 못했겠지.

–그렇네요.

–최종 승리가 가장 중요한데 마지막에 패장인 장수가 군신이 되었을 리가 없지. 중화 쪽에서 보면 치우가 더욱이 이민족의 왕이었지 않은가?

–그렇습니다.

–무엇보다 치우천황의 최대 능력은 최초의 청동기 문화를 만들어냈다는 것일세. 돌과 죽창으로 전쟁하던 시기에 청동기로 만든 칼과 창을

사용했고, 활이라는 최고의 첨단병기를 가진 치우의 군대였으니 당시 최고의 군사조직이었지.

–황제헌원이 가지고 다녔다는 지남거에 대해서는 어떻게 생각하십니까?

–아하.

이번에는 이태집이 물었다. 이태집은 많은 것을 알고 있었다. 이기의 의견을 물어본 것이었다. 이기는 잠시 생각에 잠겼다가 말했다.

–조심스럽지만 이해가 가지 않네. 역시 왜곡한 느낌이 강하네. 지남거는 자석으로 만든 방향계라고 할 수 있네. 자석은 철로 만드네. 청동기에서 철기문화로 발전한 치우의 군사조직이라면 철로 된 자석철을 만들 수 있겠지만 기술력이 뒤떨어진 집단이 지남거, 즉 지남철을 발명해 북쪽 방향을 지시하는 마차를 운행했다는 것을 받아들이기 어렵네. 예를 들면 황제헌원이 군신인 치우에게 승리했다는 것과 같네. 황제헌원은 치우천황의 신하일세. 일종의 토착민의 반란 같은 것이었지.

–그렇겠네요. 천황의 신하인 사람이 쇠로 만든 지남철이란 첨단 기술을 개발했다는 건 이해가 되지 않는 면이 있습니다.

–여러 가지 면에서 앞뒤가 맞지 않는 역사서를 만들었네. 역사 왜곡의 중심에 사마천이 있고 공자가 있다는 것은 국은에게 물어보게.

국은菊隱은 이태집의 호다. 이태집에게 물어보면 잘 알 수 있으니 별도로 확인해 보라는 말이었다.

–현재 조선인의 기억에 어렴풋이 남아있는 치우천황에 대해 이렇게 자

세히 알고 있는 분이 있다는 것이 신비하기만 합니다.

말없이 경청하던 이상룡이 역사 공부를 하면서 느낀 마음을 털어놓았다.

–역사의 은자라는 말은 들어보았겠지.

–예. 저희 집에서 들은 것이 아니라 단해에게서 들었습니다. 여기 국은菊隱에게 들은 것이나 마찬가지입니다.

이태집을 가리키며 이상룡이 말했다. 단해는 이관집의 호고, 국은菊隱은 이관집의 동생인 이태집의 호였다. 이관집과 이태집을 통해서 들은 것이 처음이었고 놀라운 이야기였다. 이상룡은 역사의식과 국가관이 뚜렷한 집안의 전통이 있었다. 그럼에도 이기가 말한 종가집에서 대를 잇기 위한 것의 하나로 역사의 은자 소임을 맡지 않은 것으로 봤다.

–자책하지 말게. 누구의 죄도 아니네. 여러 번 말하지만, 약소국의 비극이라네. 힘없는 자는 역사의 중심에서 멀어지게 되어있네.

–기왕 시작하신 치우천황에 대해 더 말씀해 주시지요. 저는 의병을 일으켜 조선을 일으켜 세워야 하는 책무를 가진 사람입니다. 세 성인 중에서도 저는 군신인 치우천황의 기개와 용병술이 궁금합니다.

이상룡의 마음은 더 알고 싶었고 더 알아야 했다. 당장 의병을 일으키겠다는 마음의 결정이 되어 있었다. 나철도 보다 확실하게 역사를 알고 싶었다. 같은 마음이었다.

–그렇다면 좀 지루할지 몰라도 더 이야기하세.

–전혀 지루하지 않습니다. 저도 꼭 필요합니다.

이상룡의 관심만큼이나 큰 나철이 마음을 담아 말했다.

–치우천황이 전쟁에서 지지 않는 비결은 첨단기술인 연금술과 제련기술을 가지고 있어서였지만, 지휘하는 치우천황과 싸우는 군사들의 뛰어난 전술과 전법이 있었기에 가능했겠지.

–특별한 전법이 있었습니까?

이상룡이 관심을 가지고 물었다.

–신선도가 있었네. 치우천황은 백두산에서 자부선인으로부터 배웠지. 또한, 치우천황은 대대로 이어 내려오는 단전호흡법을 익혀 기공을 열었지. 고대 우리민족에게는 선도仙道가 나라를 이루는 근간이라고 할 수 있네. 통치자는 당연히 배워야 하고, 나라를 세우는 건국이념은 물론이고, 국정의 기본 정책을 다루는 이념이라고 할 수 있었지.

–대단한 나라였군요.

나철이 이기의 말을 듣고 말했다.

–그렇지. 특히 기수련을 통하여 기감을 느끼고, 축기와 운기를 하고 소주천, 대주천, 전신주천을 배운 다음, 삼합진공 연정화기 연기화신의 경지로 나아가는 양신, 즉 명신이 자유롭게 출입할 수 있게 되었네. 무슨 말인지 이해하기 힘들 걸세. 그냥 호흡공부를 했다 생각하면 되네. 마음으로 마음을 바라보는 훈련이기도 하고.

–어렵습니다.

–그래서 우리의 역사공부는 마음수련공부를 이해해야 통치이념이나 방법을 더 확실하게 알 수 있네. 그래서 정신의 나라라고 하는 걸세.

–들을수록 대단합니다. 다시 나철이 감동한 모습으로 말했다.

–무술도 배웠네. 우리의 고대국가에서는 전인적인 교육을 했네. 이론뿐만이 아니고 실제 수련을 했고, 문文에 치우치 않고 무武도 같은 비중으로 공부하도록 했네. 치우천황도 기를 이용한 무술을 배웠는데, 이를 각저희角抵戲나 치우희蚩尤戲라고 했지.

–어떤 무술입니까?

–지금으로 이야기하면 씨름의 일종이야. 각저角抵는 '다투어 밀친다', '맞닥뜨려서 다툰다'라는 의미를 갖고 있네. 지금도 씨름을 하면 일등 한 장사에게 무엇을 주나 생각해보게.

–소를 상으로 줍니다.

–소가 바로 치우를 상징하는 동물일세. 각저角抵라는 의미도 소뿔로 받는다는 의미를 가지고 있는 것과 같네.

이야기는 점점 더 깊어지고 근원까지 파고들었다. 이상룡과 나철은 특히 관심이 많았다. 하나하나가 머리에 각인되었다.

–천황이라고 뒷전에서 지휘하는 것만 아니라 당시에는 장수들과 함께 직접 전장에 나가 싸웠지. 기마술, 격구, 활쏘기, 도끼술, 창검술, 야금술, 용병술도 철저하게 배워 전장의 영웅이 되었지.

이기의 목소리에는 힘이 들어 있었다. 긴 시간을 이야기하고 토론했음에도 지친 기색이 보이지 않았다. 듣는 사람의 기운이 말하는 사람에게도 전달되어 힘이 솟았다.

일본 병사가 한 사람에게 거수경례를 딱 부러지게 했다. 홍범도 일행에게 무기고를 털린 덕원에 주둔한 부대의 초소였다. 거수경례에 대한 반응은 차가웠다. 미동도 없이 부대를 나오는 인물은 감연극이었다. 무기탈취사건에 대한 조사를 마치고 이동하는 중이었다. 감연극의 다음 장소는 북청이었다. 여러 정황을 종합했을 때 탈취한 범인들의 행방이 북청 쪽으로 향했을 것으로 예상되었다.

눈빛은 한양의 역사학당을 바라보던 바로 그 눈빛이었다. 목적한 것에 끝까지 물고 늘어지는 집요함이 보였다. 감연극의 활동은 은밀했다. 조선인들의 터전이었고 조선인들의 일본에 대한 적개심이 커지고 있는 상황에서 드러내놓고 조사를 하거나 물어볼 수도 없는 상황이었다. 일단은 탐문 성격이 강했다. 하지만 경복궁을 점령하고, 명성황후를 시해할 만큼 대담한 면을 보이기도 했다.

일본은 조선을 합병하는 데 걸림돌이 있다면 과감하게 제거할 수 있는 물리력을 강화하고 있었다. 일본의 조선 정책에 정보를 제공하고 조선에 압박을 가하는 정보를 제공해주고 있는 대표적인 인물이 감연극이었다.

감연극의 가슴 한쪽에는 권총이 숨겨져 있었다. 일본의 조선점령 정책에 반하는 인물을 처단하려는 총이었다. 특히 조선으로 파견될 때 일본의 조선합병정책에 반하는 역사를 전파하는 자의 제거 또는 회유에 목적이 있었다.
홍범도도 북청시장을 둘러보고 있었다. 사람들이 모여 이야기하는 곳에 감연극도 끼어 있었다. 감연극의 귀는 사람들의 이야기에 집중되어 있었다. 조선 백성들에게 아직도 일본군 살해와 무기고를 탈취한 것에 대해 관심이 많았다. 그들이 누구인가에 시중의 관심이 집중되었다. 호기심도 있었지만 통쾌함도 있었다. 그리고 그들에 대한 기대감이 있었다. 시간이 지나갈수록 사람들에게 기대감이 커갔다. 전봉준이 못한 것을 해줄지도 모른다는 기대감이었다.
–일본군 무기고를 턴 사람들은 누굴까?
–누가 뭐라고 해도 내 생각엔 포수들 아니겠어.
–그렇다면 조선의 최고 범잡이 홍범도 아닐까?
–그럴 수도 있어.
–아니면 전직 군관이나 군사겠지.
–조선의 범잡이 홍범도라면 그럴만한 배짱이 있지.
밀정 감연극은 짐작되는 말들이 쏟아내는 것을 흘리지 않았다. 감연극의 귀에 꽂히는 이름이 있었다. 홍범도.
홍범도는 북청 중심 거리를 걷고 있었다. 평소 다니던 익숙한 거리였다. 걷다가 평소 거래하던 총포가게에서 필요한 물품을 구입했다. 무장투쟁을 선언한 홍범도로서는 준비할 것이 많았다. 의약품도 필요했고, 화약도 필요했다. 단체생활을 해야 하는 관계로 필요한 물품이 의외로 많았다. 홍범도가 총포가게에서 나와 자리를 뜨고 나서 바로 감연극이 총포가게를 들어갔다.

홍범도는 일본군에 대항하기 위한 거점 장소로 마련한 곳으로 돌아와 김수협을 만났다.

–잘 되어가나?

–예. 생각보다 훈련성과가 큽니다.

–후원금과 후원물품을 제공하겠다는 부호들을 만났네. 그리고 뜻을 둔 사람들과 십시일반 도와주겠다는 사람들이 늘고 있네.

–좋은 일입니다.

–한데 우리의 장소가 드러날까 조심되는데 방법이 없을까?

–예. 그것이 걱정입니다. 산속이라 일단은 안심되지만 머지않아 발각될 수 있을 겁니다. 장소를 몇 개 마련해서 이동하면서 병영을 운영하는 것이 바람직할 수 있습니다.

–화전민들이 묵던 곳을 중심으로 더 찾아보세.

계연수는 특별한 경험이었다. 단목도사와 생거도사와의 만남이 목마를 때 만난 샘물 같았다. 단목도사와의 만남은 단굴암에서 단학도인을 만났던 때와 같았다. 계연수를 기다리고 있었던 점이 같았고, 역사에 대한 정보를 가지고 있는 사람들이었다. 자신을 만나기 위해 찾아온 단굴암의 단학도인과 이번에 만난 단목도사, 이들은 누구일까. 어떻게 자신을 알고 찾아왔을까. 알 수 없었다. 하지만 신기했다. 우리의 역사에 관해 알고 있는 이들은 무슨 인연으로 찾아오는 걸까. 기다렸다는 듯이 만나게 되는 사람들이었다. 단학도인도 단목도사도 같은 말을 했다. 고난을 만날 것이라고. 고난 없는 인생이 없다고. 한데 내게 굳이 고난을 만날 것이라는 말을 남기는 의미는 무엇일까.

–여기 머물러서는 안 되겠네.

계연수가 갑자기 이관집에게 말했다. 고향에 머물면서 공부와 집필을 하겠다고 한 계연수였다.

–무슨 일이라도 있는가?

–아닐세. 이번에 두 분을 만나고 와서 다시 한번 생각했네. 해학을 만나 더 공부한 후에 집필에 들어가는 것이 좋겠다는 생각일세.

–그도 좋은 생각이네. 한 번 집필에 들어가면 다시 수정하기도 어렵고 헛수고가 되니 신중하게 생각하는 것이 좋을 듯하네. 그럼 한양으로 가게.

–그렇네. 한양으로 가세.

–좋네.

오래 머물 듯하더니 갑자기 행장을 꾸리고 떠나려는 아들에게 계연수 어머니가 말했다.

–왜 갑자기 서두르느냐?

–갑자기 할 일이 생겼습니다.

아들의 모습을 바라보고 아무 말도 하지 않았다. 아들에게 짊어져 있는 짐의 내용을 알고 있는 어머니였다. 무거운 짐을 내려놓으라고 말하고 싶은 것이 어머니의 마음이었다. 대를 이어 내려온 역사의 짐을 내려놓으라고 말할 수가 없었다. 남편이 떠나간 지금 짐을 이어받은 아들이 안쓰러웠다. 그것이 어머니의 마음이었다.

계연수의 어머니는 알고 있었다. 죽을 자유도 없는 것이 역사의 은자들의 사명이라고. 그리고 역사를 증명하겠다는 계연수의 경우는 더욱 막중한 임무를 가지고 있는 것을. 은자의 자격을 가지고 임무를 완수하지 못하고 죽으면 역사의 죄인이 될 수밖에 없다. 자신이 가지고 있는 역사의 한 부분이 사라지기 때문이다. 나누어가지고 있는 역사의 부분을 종합해서 끼어 맞출 수 없게 된다. 그래서 벼슬도 높게 하지 말아야 하고, 전쟁에 참가해도 안 되었다. 역사의 은자 역할이 나라와 민족에게 더 중요하기 때문이다. 역사의 은자라는 자리는 죽는 날까지 가지고 살아야 할 업이었다.

–다녀오겠습니다.

–그래. 잘 다녀오너라. 몸 간수 잘하고.

–예. 알겠습니다.

계연수와 이관집은 집을 나섰다. 이관집은 평안도 선천 집으로 향하고, 계연수는 한양으로 발을 재촉했다.

환민족의 몸 속에는 수련의 피가 흐르고 있다

궁금한 것이 많아 달려왔습니다.

계연수가 이기에게 한 첫 번째 말이었다. 진정 궁금한 것이 많았다. 단목도사를 만나고 나서 더욱 궁금한 것이 많아졌다. 그리고 자신이 모르고 있는 것들을 단목도사는 알고 있었다. 전혀 예상하지 못한 부분들까지 깊이 있게 알고 있는 단목도사였다.

마침 이상룡을 비롯해 나철과 이태집이 이기의 강론을 듣고 있었다. 역사에 물이 오른 사람들의 집합이었다. 거기에 계연수까지 가세해서 진정으로 연구하는 학당의 모습이었다.

–무엇이 궁금했는가?

–기인을 만났습니다. '사람 인人' 이 하늘에서 내려와 하늘로 돌아가는 존재라는 것을 상형화한 글자라는 것을 들었습니다.

–대단한 내공을 가지신 분일세. 내가 한 수 배워야 할 분일세.

이기가 배워야 할 사람이라는 말에 귀가 번쩍했다. 계연수뿐만이 아니라 함께 하고 있는 사람들 모두 같은 생각이었다.

–선생님께서도 배워야 할 분이 계십니까?

–당연하지. 사라진 역사를 복원하는 일이 개인의 힘으로 이루어지지 않아. 은자들의 몫이 있지. 그것을 합해야 완성되는데 누가 가지고 있는지 알 수가 없네. 뛰어난 분들이 있네. 그들을 만나는 것이 역사를 복원시키는 일일세. 누구보다도 역사의 은자들이 할 일을 알고 있는 사람

이 자네 아닌가.

이기가 계연수를 바라보며 말하자 이상룡을 비롯해 나철과 이태집이 계연수를 바라보았다.

–우리의 역사는 정신사의 승리라고 할 수 있네. 당연하게 수련자들이 나라를 통치했고, 나라를 통치하는 자라면 당연하게 수련을 해야 했지. 고조선이 끝나면서 명맥이 끊어졌지만 그래도 환민족의 몸속에는 수련의 피가 흐르고 있다고 봐야 하네.

–정말 특별한 민족이군요.

나철이 이기의 말을 받았다.

–그래서 역사를 배우는 것인지 철학을 배우는 것인지 혼동이 생길 정도로 우주 원리와 육체 원리를 배워야 결국은 전체를 이해하게 되네.

이기의 말에 모두 경청하고 있었다.

–우리의 말은 많이 변해서 어원을 찾기가 쉽지 않네. 그래도 어느 정도는 남아있지. 천하대장군이나 대가리 같은 말이야.

–…?

모두 듣고만 있었다. '천하대장군과 지하여장군은 장승으로 아직도 많이 서 있고' 라는 말은 비속어로 사용하는 말이었다.

–듣다 보면 머리가 복잡해질 수 있네. 우선 하늘을 주관하는 분과 땅을 주관하는 분을 나누었네. 하늘을 주관하는 분을 제帝라고 했고, 땅을 주관하는 분을 대장군이라고 했네. 대장군의 역할을 나누었네. 지상의 오방을 주관하는 존재를 천하대장군이라 하고, 지하를 주관하는 존재를

지하여장군이라고 했지. 어떤 사람들은 천하대장군은 변강쇠를 말하고, 지하여장군은 옥녀를 말한다고 하는 사람들도 있네. 그건 아닐세.
이기의 말에 다 같이 웃었다.
-좀 더 구체적으로 설명하면 지역을 나누어서 관할했네. 쉽게 설명하면 풍수지리를 하는 사람들이 좌청룡, 우백호, 남주작, 북현무라고 하는 것일세. 지역 방위를 좌우로 하고, 남북이라고 한 것이 특별하지 않나.
-그렇습니다. 동서남북이라고 하던가 앞뒤좌우로 하면 되는데 좌우남북으로 섞어 놓았습니다. 이유가 있습니까?
-바로 이런 것을 운초가 만난 분 같은 분이 있어야 알 수 있는데 그저 추정할 뿐이지.
이기가 계연수가 만난 단목도사를 가리켰다.
-우리는 방위를 가리킬 때 두 가지 원리로 보네. 첫째는 누구에게나 적용되는 동서남북일세. 그리고 둘째는 독립적인 입장에서 바라보는 방향일세. 좀 복잡하니 마음을 기울여 들어야 하네.
이기가 잠시 쉬었다 이야기를 다시 시작했다.
-예를 들어 집 방향을 볼 때 집을 등 뒤로 하고, 대문이 있는 쪽을 바라보고 방위를 잡네. 이해가 가나?
-잘 모르겠습니다.
이기의 말에 이상룡이 답했다.
-사람이 서 있으면 제대로 서서 눈이 바라보는 방향이 앞이겠지.

–그렇습니다.

–서로 마주 보고 앞을 이야기하면 서로 반대 방향이 앞이겠지.

–예. 그렇습니다.

이상룡이 또박또박 대답을 잘 했다.

–그래서 필요한 것이 방위를 정하는 원리가 필요했지. 집의 경우는 집을 등 뒤에 두고, 낮은 쪽을 바라보는 상태에서 방위를 정하네. 산의 경우는 높은 조산이 있는 곳에서 흘러온 방향을 등 뒤에 놓고 흘러가는 쪽을 바라보고 방위를 정하네.

–이해가 가나?

–됩니다.

역시 이상룡이 혼자 대답했다.

–동서남북이나 앞뒤좌우 중 하나를 사용하면 혼동이 있을 수 있으니 내가 서 있는 상태에서 좌우를 나누고, 앞과 뒤를 정하면 보다 명확해지기 때문이 아닌가 싶네. 그렇게 나눈 것으로 좌청룡左青龍은 곡식을 주관하고, 우백호右白虎는 형벌을 주관하고, 앞쪽을 가리키는 남쪽은 주작朱雀으로 왕명을 주관하고, 뒤쪽을 가리키는 북쪽인 현무玄武는 선악을 주관하도록 했네. 어려운가?

–점점 복잡해집니다.

–쉬었다 하세.

이기가 잠시 쉬려 하자 바로 나철이 물었다.

–좀 전에 말씀하신 대가리는 무슨 뜻입니까?

–아하!

나철이 좀 전에 다른 이야기에 묻혀 지나간 대가리의 뜻을 물었다.

–대가리는 치우천황을 말하는 걸세. 대가리大嘉利는 한자 뜻 그대로 크게 아름답고 이로운 존재를 말하네. 치우천황이 바로 대가리였네.

–지금은 대가리라고 하면 머리를 속어로 사용하고 있으니 전혀 다른 말이 되었군요.

–그렇지. 가장 기본적인 것을 알아야 전체를 이해할 수 있는데 이미 사라졌으니 난감하네. 지금 숨어 사는 은자들이 세상으로 나와야 확연하게 드러나겠지.

–언제 광명이 와서 우리의 위대한 역사가 다 드러나게 될지 걱정과 희망이 같이 있습니다. 은자들이 역사를 세상에 밝히는 일을 하고 있다면 저는 밝혀진 것을 세상에 알리는 작업을 할 것입니다.

나철의 목소리에 힘이 들어가 있었다.

잠시 침묵이 흘렀다. 이기는 마른 목을 우물물로 적셨다. 쉴 틈도 없이 바로 계연수가 물었다.

–삼신과 마고에 대해 말씀해 주시지요. 어렴풋이 알겠는데 정확하게 감이 잡히지 않습니다.

–우선 마고와 삼신은 같은 대상을 다르게 부르고 있는 걸세.

–그런가요?

나철이 바로 질문했다. 나철은 첫 내용부터 의문이 갔다.

–그렇네. 같은 할머니를 다르게 부르게 시선으로 바라보았다고 생각하

면 되네, 삼신三神은 마고의 다른 이름이라고 했네.

—아하, 그렇군요.

나철이 이제야 알게 되었다는 의미로 답했다.

—삼신의 의미를 마고성의 마고 할머니가 아니라 삼신의 원리로 설명하는 것과는 어떤 관계가 있습니까?

—설명이 까다로울 수 있네. 우리의 건국이념과 통치 철학과 연관성이 있는 천지인을 말하는 것과 연관성이 있다고 할 수 있네. 기본원리가 삼수원리에 의해서 설명이 되네. 삼신三神이 먼저인지 마고麻姑가 먼저인지 알기는 어렵겠지만 내 생각으로는 마고가 먼저일 거라고 생각하네. 우리 민족의 출발이 마고성의 전설에서부터 출발하는데 바로 마고 할머니와 상관관계가 있네. 그것이 삼신할머니와 연결되어 삼수원리와 결합되었을 것으로 생각되네.

—어렵습니다.

이상룡이었다. 나철도 이해가 어렵기는 마찬가지였다.

—우리 역사의 특별함이라고 하지 않았는가.

—정말 그렇습니다.

—그래서 몇 번 이야기하지만, 정신의 나라라고 하는 이유가 있네. 정신의 민족이고.

—그래도 자랑스럽습니다.

이기의 말에 나철이 말했다.

—모두에게 감사하네. 이렇게 열심히 알려고 하는 사람들이 조선에 있

는 이상 우리의 역사는 이어질 것으로 믿네.

-쉽지 않겠지만 해내겠습니다.

이기의 걱정을 계연수와 나철, 이상룡, 이태집의 생각은 같았다.

-좀 더 설명하지. 마고할머니라고 한 것에서 추정할 수 있는 것은 아마 여신으로서 옷을 처음으로 세상에 내놓은 분이 마고할머니가 아닌가 싶네. 바로 삼마麻를 사용하고 있는 것으로 추정할 수 있네. 인류 최초의 천을 만든 분이 마고할머니일 수 있지. 삼이 곧 마麻고, 마麻가 곧 베를 만드는 재료이기 때문일세. 베옷을 삼으로 만드는 것은 알지 않나?

-압니다.

-마를 재료로 천을 만들어 옷을 만들어 입었다는 것은 혁명일 수 있었을 걸세.

-동북아에서 문명의 출발이 있었다는 것을 보여주는 예일세.

어려운 주제의 이야기를 대화로 쉬지 않고 지치지 않고 이어가는 모임이었다. 가르치는 사람이나 배우는 사람 모두 힘이 넘쳤다.

-그 실제 예가 우리 조선에 두 집 걸러 한 집에 베틀이 있지 않습니까. 여자들은 너도나도 베를 짜는 것이겠지요.

-바로 그것일세. 어디를 가나 산뽕이 자라는 나라 아닌가?

홍범도, 일본정규군을 공격하다

북청의 후치령에서 첫 번째 결행을 준비하고 있었다. 함경남도 북청군 이곡면과 풍산군 안산면 사이에 있는 고개. 높이는 335미터의 작은 고개였지만 산세가 험한 요새였다. 누구보다 산세와 지세를 알고 있는 사람들의 집합체가 북청 포수회였다. 포수들의 경험과 홍범도의 군영 경험이 더해져서 훈련은 차질 없이 진행되고 있었다. 예상외로 후원도 이어졌다. 쌀과 콩을 후원하는 사람들도 있었고, 현금으로 직접 지원해주는 사람들도 있었다. 정보망도 갖춰지기 시작했다. 부족한 것이 많았지만 다양한 인물에 다양한 기술을 보유한 집단이었다.

−일본군이 만주로 이동한다고 합니다. 덕원에 집결해서 북쪽으로 이동한다고 합니다.

−군사는 얼마나 되는가?

김수협이 홍범도에게 첩보내용을 보고하자 군사 규모를 물었다.

−일단 집결해 있는 일본군이 400여 명입니다.

−부대를 공격하는 것은 위험하니 이동 중인 일본군을 유인해서 섬멸하는 것으로 하세.

−예. 알겠습니다.

−우리가 먼저 이동해서 유인할 수 있는 좋은 장소를 물색해보세.

홍범도가 유인책을 제시했다.

–첨병을 내보내겠습니다.

–나도 함께하겠네. 일본군의 움직임은 어떤가?

–바다에서 어부를 하고 있는 사람으로부터 확인한 결과는 별 움직임이 없다고 합니다.

–우리가 무기고를 탈취해 비상이 걸렸을 텐데.

–아직 우리의 흔적을 잡지는 못한 듯합니다.

–이번 첫 출전이 중요하니 만전을 기하게.

–예. 알았습니다.

홍범도가 김수협에게 작전 준비를 지시했다. 자발적으로 참여한 40여 명은 함경도와 강원도 일대에 살던 사람들이 대부분이었다. 이곳 일대는 누구보다 환하게 알고 있는 사람들이었다. 그리고 포수들은 산속의 바위 하나의 위치까지 알고 있는 사람들이었다.

덕원에서 북쪽으로 군인들이 이동하려면 큰 길을 선택할 수밖에 없었다. 좁은 길로 무기를 나르고 대포까지 이동할 수 없었다. 거기에 식량과 군수물자까지 함께 이동해야 한다면 길은 하나였다. 이동 중인 일본군을 유인할 때 밥그릇 같은 지형을 찾아서 매복해 있다가 공격할 장소을 찾고 있었다.

–부대가 이동을 준비하고 있다는 전갈입니다.

–각자의 위치로 이동하고 매복하라.

40여 명의 홍범도 부대는 소대별로 나누어 매복에 들어갔다. 총지휘는 홍범도가 했고 김수협이 보좌했다. 조선의 두 범잡이 사냥꾼이었다. 홍범도 부대는 훈련을 받았고, 임명된 소대장들의 지휘로 사격훈련과 총 다루는 법을 배웠다. 처음 총을 쏴 보는 사람들이 여럿 있었지만, 포수들이 핵심이 된 부대였다.

바람이 순하게 불고 있었다. 푸른 잎이 단풍이 들기 시작했다. 옷에 나뭇가지를 꺾어 달기도 하고, 나뭇잎으로 위장을 했다. 가르쳐 주지 않아도 하는 것이 은폐고 엄폐였다. 본능적으로 숨기 좋고 사격하기 좋은 곳을 찾아 자리 잡았다. 긴장이 맴돌았다. 대범한 홍범도였지만 부대를 정식으로 편성한 후 첫 전투였다. 사냥할 때의 긴장과 달랐다. 개인적인 사냥이 아니라 부대를 이루어 싸우는 전투였다. 일본군은 훈련을 잘 받은 군대였다. 전투를 배웠고, 공격과 후퇴를 훈련받아 자유롭게 하는 군인들이었다.

수신호로 일본군이 매복해 있는 곳으로 들어오고 있음을 확인했다. 첨병 부대가 앞을 지나갔다. 지나가도록 놔두었다. 거리를 두고 본진이 들어오기 시작했다. 완전무장을 한 일본 군인들이 보였다. 산을 넘으려면 매복하고 있는 분지를 지나가야 했다.

홍범도의 계획에는 길옆에 붙어 두 줄로 이동하는 본진을 다 잡는 것이 목표였다. 두 줄로 이동하면 400여 명의 줄은 적게 잡아도 300보가 넘는다. 줄이 길어 일본군 전체를 잡는 것이 어렵다. 그래서 묘안을 낸 것이 본진이 들어왔을 때 전면에서 공격한 다음 밀리는 척하며 후퇴하면 본진이 계속 안으로 들어올 것을 예상하고 전투계획을 짰다.

수신호로 본진이 들어왔음을 신호로 받았다. 홍범도의 총구에서 신호

탄이 올랐다. 신호탄 하나에 일본군들이 긴장했다. 일본군의 전방에 있던 차도선의 부대가 먼저 공격했다. 일본군들은 총알이 날아오는 곳을 알 수가 없었다. 접전을 벌이다 후퇴하기 시작했다. 본진이 다 들어오기를 기다렸다. 차도선 부대는 후퇴하고 태양욱 소대와 송상봉 부대는 기다리고 있었다. 후방에 있던 일본군들이 밀려들었다. 긴장감을 가지고 기다리고 있었다. 범말 사는 이재인 부대는 홍범도와 김수협의 본진과 함께 대기하고 있었다. 상황에 따라 도와줄 지원 임무를 맡았다.

다시 한번 홍범도의 손이 올라갔다. 수신호로 일시에 전달되었다. 동시에 총구마다 불을 뿜었다. 무려 10배나 되는 일본군이었지만 속수무책이었다. 훈련을 잘 받은 부대였지만 기습공격에 무너졌다. 그리고 좋은 자리를 잡고 매복하고 부대를 찾아내 공격하기 때문에 공격하기가 어려웠다. 일본군은 이미 늦었다. 속수무책으로 무너졌다.

일본군의 후퇴명령이 떨어졌다. 홍범도와 함께 지원 임무를 맡았던 범말 사는 이재인 부대가 이동하면서 후퇴하는 일본군을 공격했다. 앞에서 공격하던 차도선의 부대는 일본군의 후미로 돌아와 후퇴하는 일본군을 공격했다. 후퇴하는 일본군의 상당수도 홍범도의 부대에게 무너졌다. 정예군 일본군이 자발적인 조선의 의병에게 무참하게 당했다. 홍범도 부대는 부상자만 5명 나는 대승이었다. 일본군의 상당수가 궤멸되었다.

-우리는 승리했다.

홍범도의 우렁찬 목소리를 따라 모두 외쳤다.

–우리는 승리했다.

–승리! 승리! 승리!

총소리가 산을 뒤덮었던 곳에 홍범도의 부대가 지르는 승리 구호에 산악이 흔들렸다.

일본군이 버리고 간 노획물과 군수품을 회수했다. 큰 승리였다. 홍범도는 부대를 이끌고 귀대했다. 이제부터 시작이었다. 홍범도는 전봉준을 떠올렸다. 전봉준의 의병이 일본군에게 패한 것은 전면전으로 붙었기 때문이라고 생각했다. 홍범도는 포수였다. 포수는 숨어서 싸운다. 전봉준은 선비였다. 사냥으로 몸이 익은 다부진 근육질의 사내인 홍범도와 강직하고 올곧으나 전투 경험이 적은 전봉준은 달랐다. 홍범도는 싸움에 능숙했다. 홍범도를 돕는 포수들도 사냥의 전문가들이었다.

인력과 장비가 비교가 되지 않는 일본군과 싸울 때는 개활지에서의 전투를 피해야 한다는 믿음이 있었다. 힘대힘으로 전투를 할 경우 백전백패할 것이라고 생각했다. 홍범도의 부대는 숨어서 싸웠다. 홍범도의 인생은 크게 방향을 틀고 있었다. 사냥꾼에서 독립군의 길로 접어들고 있었다.

4. 환족의 삼성三聖

환인은 환웅 · 치우와 더불어 삼성이다

저는 삼신과 환인 환웅 단군에 대해 궁금한 것이 있습니다. 왜 실제로는 왕이라는 뜻인데 개인적인 인격체로 변화되었고, 종교화되었는지가 궁금합니다.

−아주 근원적인 것을 물어보니 다음에는 무엇을 물을까 두렵네.

이기가 계연수의 질문을 받고 엄살 부리는 말을 했다. 모두 웃었다.

−분명한 것은 고조선이 패망하고 난 후의 일이라 생각되네. 고조선이 사라지고 북부여가 역사의 국통을 이어가면서 절대지존이었던 고조선의 위상을 잃어버린 것이지. 다시 말하면 강국이 아니었네. 여러 부여

로 쪼개지고 다른 이름의 나라들이 군웅할거하면서 약소국으로서 전락한 후에 동이족의 결속을 위해 필요했던 것으로 보이네. 환인 환웅 단군을 신성시하고 기도할 수 있는 신앙의 대상으로 삼았을 걸세.

–충분히 예측 가능한 말씀이십니다.

이기의 말을 계연수가 받았다.

–삼신이 신앙의 대상이었던 것이 환인 환웅 단군이 국난이나 위기 때 도와달라고 기도할 수 있는 신앙의 대상으로 변했다고 보네.

계연수와 이태집, 그리고 나철과 이상룡은 집중하고 들었다.

–기록에 "삼신의 후예를 환국이라 부르고, 환국은 천제께서 거주하는 나라다"라고 적고 있네. 또한 "삼신이란 영원한 생명의 근본이다. 그러므로 만물이 함께 삼신에서 생겨났다. 삼신이 바로 모든 생명의 근원이 되는 조상祖上이다"라고 하고 있네. 그러면서 환인은 삼신을 대행하여 환국의 천제가 되셨다고 했네. 다시 말하면 삼신은 신격이고 인간으로서 신격을 넘겨받은 존재가 환인이었네. 최초의 환인은 신의 대행자였다고 할 수 있지.

–역시 우리는 고급반입니다. 우등생들이고요.

나철이 말하자 다시 모두 웃었다. 환인이나 환웅, 그리고 단군이 개인적인 인격의 인물이 아니라 왕이라는 의미인 것도 생소했던 나철로서는 큰 발전이었다.

–세월이 지나 나반을 대선천大先天이라 부르고, 환인을 대중천大中天이라 불렀네. 그리고 환웅을 대웅천大雄天이라 부르고, 치우를 지위천智偉

天이라 불렀지. 너무 어려운가?
이기가 너무 어려운 이야기를 하는 것이 아닌가 싶어 물었다.
−아닙니다. 부분적으로 이해가 됩니다.
−그렇다면 다행일세. 환인은 환웅 · 치우와 더불어 삼황三皇이라고 하네. 후일 삼성이라고 해서 환인 환웅 단군을 모셨지. 삼황이 삼성으로 바뀐 이유를 짐작해보게.
−삼황三皇은 단국 이후인 고조선 때에 모셨다가 고조선 이후에 치우를 빼고 선조들의 나라인 세 나라의 왕, 환인 환웅 단군을 모신 것이 아닌가 싶습니다.
−나도 그렇게 생각하네. 고조선이 몰락한 이후 선조들의 나라인 환국과 단국, 그리고 고조선의 임금인 환인 환웅 단군을 삼성조三聖祖로 모신 것이 아닌가 싶네. 조상으로 대표적인 세 분을 모셨다고 할 수 있지.
−제가 서둘러 온 것이 잘한 일이라는 것을 실감하고 있습니다.
−저도 그렇습니다.
계연수가 부친상을 당해 고향에 갔다가 다시 한양으로 서둘러 올라온 것이 잘한 일이라고 하자 다른 사람들도 동의했다.
−그렇게 생각하면 나로서는 고마운 일일세.
−나반과 삼신의 관계는 어떻게 됩니까?
계연수가 물어보는 것은 심층적인 것들이었다. 역시 고수들의 대화였다.
−삼신은 나반과 아만이 낳았다고 했네. 더 구체적으로 이야기하면 나

반이 꿈에 천신, 즉 민간의 이름으로 하면 하느님의 가르침을 받고 아만과 스스로 혼례를 올렸다고 했네. 구환족이 인류 최초의 아버지와 어머니인 나반과 아만의 후손들이라고 할 수 있네.

–그렇다면 삼신은 인격적으로 어떻게 해석해야 합니까?

–예상한 대로 나도 대답할 수 없는 것을 향해 들어가는구만.

이기가 자신이 가진 한계를 예상했다.

–여기에서 중요한 것은 최초의 인격체인 나반과 아만이 낳은 삼신은 성별이 없었다는 점일세. 이것은 미궁일세. 그래서 필요한 것이 바로 홀로 가지고 있을 은자를 만나는 일일세.

–아하!

이기가 더 이상의 설명이 어렵다고 하자 계연수가 혼자서 소리를 질렀다. 얼마 전 만났던 단목도사가 떠올랐다. 그때 물어보지 못한 것이 아쉬웠다. 내공이 깊은 존재로 보였다.

–추측으로 말할 수는 있네.

–듣고 싶습니다.

추측이라고 해도 듣고 싶었다. 계연수가 이기를 재촉했다.

–추측일세.

–예. 알겠습니다.

이기는 단서를 달았고 계연수는 답했다. 확실하지 않다는 것을 다시 강조했다.

–한자를 보면 예상이 가능하네. 예를 들어 한자를 만든 사람들이 벼를

재배했을 것이라는 것은 확실해 보이네. 벼화禾가 쌀을 의미하는 것은 확실하네. 벼화禾가 부수로 되었고, 벼화를 부수로 한 한자는 이야기하기 어려울 만큼 많네. 계절季節할 때 계季를 비롯해서 씨를 말하는 종種도 벼화禾를 사용하고 있네.

모두 이기의 말에 귀를 기울이고 있었다.

–마찬가지 원리로 여자 여女가 들어간 말이 민족에서도 드러나네. 대표적인 것이 왜倭일세. 왜倭라는 글자를 해자하면 '사람인人에 벼화女, 그리고 여자 여女'로 되어 있네. 모계사회로 구성되어 있는 벼농사를 짓는 민족이란 것을 말하네. 우리 민족도 고대에는 모계사회였거나…

이기가 잠시 숨을 고르며 말을 끊었다.

–우리의 건국 신화에 보면 남성은 감춰지고 여성만 드러나는 알을 숭배하는 문화가 있었네. 주몽이나 김수로왕 탄생 신화와 같이 고대에도 그러한 이유로 남성은 사라지고 여성인 삼신할머니만 드러난 것이 아닌가 싶네. 물론 남성이 거세된 별자리의 영향이라고 할 수 있네.

이기는 자세하게 자신의 생각을 말했다.

–고대 환국의 구성은 환12국에 구환족이었다고 하는데 놀라운 것은 12나라가 구체적으로 명시되어 있다는 점입니다.

–그렇지. 중화의 역사서에서는 엄두도 못 낼 고대의 역사와 나라 이름을 이야기하고 있는 것이 우리 역사서네. 사마천의 〈사기〉나 공자의 〈춘추〉에서는 기록에 없는 고대국가를 적고 있고, 고대국가가 구성되어 있는 민족과 연합국의 이름까지 명시하고 있다는 점에서 독보적일세.

사마천과 공자는 감히 말도 꺼내기 어렵네.

계연수의 환12국에 대한 말에 이기가 설명을 덧붙였다.

이기가 계연수에게 물려준 〈태백일사〉와 계연수가 가지고 있는 책인 〈삼성기〉나 〈단군세기〉 등은 사마천의 역사서인 〈사기〉와 공자가 기록한 〈춘추〉가 언급한 것들을 훨씬 뛰어넘는 앞선 역사를 기록하고 있었고, 놀라운 것은 구체적으로 명시하고 있었다는 점이었다.

역사적인 인물들의 이름도 명확하게 기록하고 지명까지 확실하게 적고 있다는 놀라운 사실이었다. 현존하는 역사서 중에서 단연 가장 오래된 시기를 기록하고 있었고, 명확했다. 어느 역사서에서도 찾아볼 수 없는 최고最古의 시대를 기록한 역사서였다. 단연 돋보이는 책이었다.

–구환족을 5개 부족으로 나누었는데 피부색이 달랐다고 기록하고 있지. 외모의 특성도 기록하고 있고.

–뜻밖입니다.

이기의 설명에 나철이 말했다.

이기가 설명을 시작했다.

–다섯 종족으로 황색인, 백색인, 적색인, 남색인으로 설명하고 있네. 다민족 국가였음을 확실하게 증거하고 있지. 생긴 모습까지 자세하게 그리고 있네. 황색인은 피부가 누렇고 코가 높지 않고 광대뼈가 나오고 머리털이 검다. 그리고 눈 주위는 평평하고 눈동자의 색은 흑색이다. 지금 우리 조선인과 몽골인을 닮았다고 할 수 있네. 적색인은 지금 어느 나라 사람과 닮았는지 생각해보게. 피부가 녹슨 구릿빛이라고 했네.

검붉은 색이라고 할 수 있네. 생긴 모습은 코가 낮고 코끝이 넓으며 이마는 뒤로 기울고 머리털은 곱슬이며 용모가 황색인 닮았다고 했네.

누구도 쉽게 말을 못하자 이기는 계속 말했다.

–그럼. 이번에는 남색인이라고 한 사람을 맞혀보게. 피부는 암갈색이고 용모는 황색인과 같은 사람이라고 했네. 정말 특별한 것은 백색인이 있다는 걸세. 피부가 백색이라는 점이 특별하네. 코가 높다고 했네. 머리빛이 잿빛이라네. 그렇다면 기이하지 않나. 잿빛이라면 우리가 백발이라고 하는 것과 닮은 색인데, 흰 피부에 흰 머리카락을 가지고 있다는 것이지. 코가 높다고 했는데 상상이 쉽지 않네.

–백색인을 본 적이 있습니다. 바로 여기 한양에서.

–나도 봤네.

–상상했던 것보다 키가 크고, 코도 높았습니다.

–머리는 흰색이라기보다 노란 빛이었습니다.

저마다 한마디씩 했다. 한양에 외국인들이 들어오면서 새로운 인종를 보았다.

홍범도, 쫓기다

홍범도는 자신도 모르게 북청의 영웅이 되어 있었다. 얼굴을 본 적이 없는 사람도 이름은 알고 있었다. 시중에서 홍대장이라는 이름으로 사람들의 입에 오르내렸다. 실제보다 부풀려진 것도 있었다. 밀정 감연극이 북청까지 오게 된 것도 누가 무기고를 공격해서 탈취해 갔고, 일본군을 공격한 것인가를 캐기 위한 것이었다. 밀정 감연극의 행동방식은 아직은 탐문 단계였다. 하지만 분명하게 홍범도라는 이름은 감연극의 머릿속에 각인되었다.

감연극은 대사관 직원으로 신분을 바꾸어 활동하고 있었다. 어디에도 걸릴 것이 없는 신분이었다. 감연극은 일본의 위세와 외교관이라는 신분으로 활동하면서 거칠 것이 없었다. 못 가는 곳도 없고, 조선에서 외교 특권을 가지고 있었다. 외교 특권은 외교 사절이 주재국에서 누리는 국제법의 특권이다. 사절은 신체와 명예, 사무소의 주택 및 외교 문서의 침해를 받지 않는 불가침권과 주재국의 재판권, 과세권 등이 미치지 못하는 치외법권으로 대단한 특권이었다.

–아직도 탐관오리가 양민들을 짓누르고 재산을 강탈하고 있습니다.

태양욱이 얼굴을 붉히며 목소리를 높였다.

–무엇을 어떻게 했기에 그리 화가 났는가?

–나라가 망할 상황에 벼슬을 가진 자가 나라 걱정은 하지 않고 백성을 괴롭히는 것은 용서할 수가 없습니다. 이유 없이 재산을 빼앗고, 말을

듣지 않으면 잡아다 곤장을 치는 등 횡포를 부리고 있습니다.

–글쎄. 누가 그런다는 말인가?

–덕원의 좌수라는 자가 그렇습니다.

–정신이 나간 사람일세. 나라를 위해 싸우고 일어나야 할 사람이 힘없는 백성을 괴롭힌단 말인가.

–일어나야 합니다. 혼을 내줘야 다른 벼슬아치들도 정신을 차립니다.

태양욱의 목소리가 더욱 커졌다.

–소대장들을 소집하게.

–예. 알았습니다.

홍범도는 신중했다. 태양욱의 마음을 가라앉히고 소대장들을 소집하고 회의를 가졌다. 그리고 좌수 전성준이라는 자의 악행을 실제로 현장에 가서 조사하기로 했다. 마침 덕원에 살던 대원이 있었다. 젊고 패기가 넘치는 젊은이였다.

–제법 되었습니다. 악질입니다. 덕원은 해산물이 풍부한 곳입니다. 고기를 잡으러 나가는 배에 트집을 잡아 못 나가게 하고, 고기를 잡아 들어오면 트집을 잡아 고기를 상납하도록 하곤 합니다.

–악랄한 놈이군.

젊은 대원의 말을 이어 태양욱이 말했다.

–그뿐만이 아닙니다. 자신의 집을 지을 때는 벌목을 제멋대로 하고, 나무를 베어 문제가 되자 자신이 시켜 벌목을 한 사람에게 죄를 뒤집어씌우기도 한 자입니다. 마을 사람들이 벼르고 있는데 문제는 벼슬을 힘으

로 마을 사람들을 꼼짝 못 하게 하고 있습니다.

태양욱이 화를 내며 열거했던 그대로였다.

홍범도는 두 사람의 이야기를 듣고 있었다. 소집된 소대장들도 두 사람의 이야기를 들었다.

—저도 지나가는 말로 들은 적이 있습니다. 웬만한 사람들은 다 알고 있을 겁니다. 하지만 위세에 눌려 마음만 끓이고 있습니다.

제1소대장인 냉골 사는 차도선이 자신이 들은 이야기를 전했다.

—이미 오래전부터 알려진 탐관오리였다는 말이군.

—그렇습니다.

—정말 그렇습니다.

홍범도의 말에 차도선과 젊은 대원이 같은 마음을 말했다.

—소대장들은 어떻게 생각하나?

—처단해야 합니다.

한결같은 말이었다.

—그렇다면 김수협 소대장이 직접 해결하게.

—알았습니다.

김수협이 적극적인 모습으로 말했다.

해가 머리 위에서 빛나는 시간이었다. 정오를 막 지나고 있었다. 덕원에 살던 사람을 보내 상황을 파악했다. 마침 집안에서 안주를 준비해서 탁주를 즐기고 있었다. 술 상대는 마을 사람이었다. 마당에 차려진 들마루에서 마시고 있었다. 전성준 앞에서 술도 제대로 못 마시고 쩔쩔매고 있는 것으로 봐서 또 선량한 사람을 불러 생트집으로 재물을 받아내려는 것이 분명했다.

태양욱과 일행이 대문 틈으로 살펴보고 있었다. 태양욱과 덕원에 살던 젊은 대원과 소대장 두 사람을 대동하고 있었다. 태양욱의 지시에 차도선 대원들이 돌담을 넘어 들어갔다.

담을 넘어 성큼성큼 다가가는 대원들을 향해 좌수 전성준이 소리쳤다.

–너희들은 누구냐?

소리를 쳤다가 아무 대꾸도 없이 너무나 당당하게 다가서자,

–누, 누구요?

꼬리를 내리며 목소리를 낮췄다.

태양과 대원들이 손을 댄 것도 아니고 엄포를 준 것도 아닌데 벌써 겁에 질려 있었다.

–네가 좌수 전성준이냐?

–네. … 예. 전성준이오.

말을 제대로 하지 못하고 주눅이 들어 있었다.

–선생은 누구시오?

–저는 돌로 담장을 쌓는 사람입니다.

–무슨 일로 죄지은 사람처럼 잘못했다고 하시오?

–제 잘못입니다. 제가 좌수님 댁의 담장을 쌓아드렸는데 지나가는 소달구지에 부딪혀 그만 무너졌습니다. 제가 튼튼하게 쌓지 못한 책임이라고 하셔서 다시 쌓아드리겠다는 말씀을 드리고 있었습니다.

–소달구지에 부딪혀 넘어진 담을 쌓은 사람에게 다시 하라는 것이 옳은 말이야?

–보시는 대로 잘못을 인정하고 있지 않습니까?

–허. 이놈 봐라.

그러면 너라면 높은 사람이 '네 죄를 네가 알렸다', 하는데 죄가 없다고 하겠느냐?

–그렇지만…

전성준은 말을 잇지 못했다.

–선생께서는 돌아가시오.

영문도 모르는 담장을 쌓은 담쟁이는 엉거주춤한 자세로 되돌아서 나갔다.

–어찌할 생각인가?

–제가 잘못했습니다. 꼭 하도록 하겠습니다.

–잘못한 것은 알고 있겠지.

–알다마다요. 제가 다 책임지겠습니다.

마을 사람들을 불러 좌수 집에 있던 곡식과 재물을 나누어주었다. 집을 뒤지다 보니 예상치 않은 돈이 나왔다. 일본 돈이었다.

–이 돈은 무슨 돈이냐?

조선 화폐도 아니고 일본 돈이었다. 정말 큰돈이었다. 일반인이라면 갖기 힘든 액수였다.

–일을 처리해준 대가로 받은 돈입니다.

–똑바로 말하거라.

–맞습니다. 그들이 부탁한 것을 해결해 준 대가로 받은 것입니다.

–무슨 일이더냐?

태양욱의 목소리가 커졌다.

–덕원에 일본인들이 들어오면서 항구로 만드는 준비작업의 편의를 봐 준 것입니다.

–이놈을 끌고 가자.

–사, 살려주세요.

예사롭지 않은 사태를 눈치챈 전성준은 살려달라고 납작 엎드렸다.

태양욱의 지시로 벌판으로 끌고 갔다. 마을 사람들이 모인 가운데 처단했다.

금세 덕원을 중심으로 한 해안가는 물론 강원도 일대에 소문이 퍼졌다. 홍대장이 탐관오리 전성준을 처단하고 재물을 사람들에게 나누어 주고 사라졌다고. 현장에 홍범도가 없었음에도 홍대장이 한 일이라고 소문이 퍼졌다.

대담한 일이었다. 좌수座首라는 직책은 지방의 자치 기구인 향청鄕廳의 우두머리, 즉 수령권을 견제하는 기능을 담당하여 향원鄕員 인사권과 행정 실무의 일부를 맡아보는 자리였다. 지방 수령이 잘못하는 것을 찾아내 잘못을 시정하도록 하고, 마을의 어려운 일이나 문제가 생길 경우, 해결하라고 준 자리를 이용해 도리어 마을 사람들을 착취하고 수탈하는 역할을 한 자였다. 백주 대낮에 서슬 퍼런 좌수 전성준을 처단하고 사라진 것은 큰 사건이었다. 홍범도가 저지른 일이라는 것을 어디에도 말한 적이 없음에도 발 없는 소문은 산을 넘고 내를 건넜다.

이제 홍범도는 개인이 아니었다. 공인이 되었다. 홍범도의 의도와는 상관없이 조선 백성들의 희망이 되어가고 있었다. 무기고 탈취와 일본군을 공격하여 승리하고 이번에는 조선의 탐관오리를 처단했다는 소식에 사람들은 반겼다. 의적 임꺽정이나 새로운 전봉준으로 생각하는 사람들이 늘었다. 홍범도는 이미 조선의 의병이었다. 사람들은 홍범도를 홍대장이라고 불렀다.

'홍대장', 역사학당에도 알려지다

홍대장님 이야기 들어보셨어요?

–무슨 말인가?

–같이 생활하셨던 홍범도 선생님 말씀입니다.

–홍범도에게 무슨 일이 있는가?

–일이라면 큰일입니다.

–무슨 일?

–의병을 일으켰답니다. 일본군들을 공격해서 승리하고 탐관오리들은 잡아 처단했다는 소문이 파다합니다.

정돌치가 기사범에게 강원도 일대에서 벌인 일들에 대한 소문을 전했다.

—일을 벌일 수 있는 사람이지. 기어이 일어섰군.

기사범이 혼잣말로 중얼거렸다.

두 사람이 이야기하고 있는 중에 김형구가 다가왔다. 기사범이 홍범도와 친구를 맺어준 김형구였다.

—무슨 일이 있습니까?

—홍범도가 일을 저질렀다네.

—무슨 일을요?

—일본군을 공격하고 탐관오리들을 처단했다고 하네.

—역시! 그러고도 남을 친구지.

김형구도 혼잣말처럼 중얼거렸다.

—저도 그렇게 생각합니다. 선생님은 그러고도 남을 만한 분입니다.

—어디서 들었나?

정돌치가 홍범도에 대해 이야기하자 기사범이 정돌치에게 물었다.

—장에 가니 너도나도 그 얘기였습니다. 의적처럼 말하기도 하고, 마치 녹두장군이 새로 살아서 일어난 것처럼 말하기도 했습니다.

정돌치의 말에는 약간 들뜬 목소리가 들어 있었다. 녹두장군은 동학 봉기를 주도했던 전봉준을 말했다.

잠시 침묵이 흘렀다. 홍범도는 기사범을 만나 함께 생활을 했다. 그리고 김형구와 정돌치는 길지 않았지만 함께 살았다. 홍범도의 기질을 알고 있는 사람들이었다. 함께 생활할 때는 자신의 힘을 드러내지 않았지만 일을 크게 벌일 기세가 느껴지는 인물이었음을 모두 인정했다.

–형님은 어떻게 생각하십니까?

–어떻게 생각하다니?

–그냥 듣고 말 것인가를 묻는 것입니다.

기사범은 입을 열지 않았다. 많은 생각이 머릿속을 지나갔다.

–자네는 어떻게 생각하나?

–같이 한판 붙어야지요.

김형구의 질문에 기다렸다는 듯 정돌치는 다소 흥분되어 말했다.

기사범은 세상과 등지고 혼자 살아가는 사람이었다. 세상을 향해 들고 일어난 홍범도와는 기질이나 생각이 전혀 다른 사람이었다. 운명은 한 사람이 결정해서 만들어지는 것이 아니란 것을 기사범은 더욱 느끼고 있었다. 기사범이 홍범도를 만나서 같이 생활하게 된 것도 기사범의 기질에는 어울리지 않는 일이었다. 그리고 더욱 지금의 생활처럼 많은 사람들이 함께 생활하게 된 것은 자신이 원하는 바가 아니었다. 그럼에도 현실은 작은 공동체를 이루고 있었다.

홍범도는 떠나갔지만, 김형구와 정돌치, 그리고 정돌치와 함께 들어온 동생들이 함께하고 있었다. 마음은 다시 혼자 사라지고 싶었지만 그리 쉬운 일이 아니었다. 자신만을 믿고 있는 사람들이 있었다.

–피하실 겁니까?

김형구가 따지듯이 말했다. 기사범은 역시 말이 없었다.

이미 가을은 깊어가고 있었다. 텃밭에 심은 배추와 무우는 파랬다. 시퍼렇게 살아 올라서 가을의 스산함을 깔보는 듯했다. 모두가 시들어가는 때에 배추와 무우밭은 싱싱했다. 마치 홍범도의 기상 같았다.

조선이 움츠리고 기가 죽어 있을 때 시퍼렇게 살아서 일어선 것이 홍범도였다. 아무 것도 가진 것이 없이 들고 일어섰다. 기사범은 같이 살면서 홍범도를 보았다. 홍범도에게는 대담한 면이 있었다. 자신을 낮추고 조용히 있지만 때가 되면 일어날 사람이라는 것을 보았다. 지난 번 북청에 갔을 때도 느낄 수 있었다.

소도와 경당을 설명하다

홍범도에 대한 소문은 한양의 역사학당에도 전해졌다. 조선은 이제 홍범도를 알고 있었다. 홍범도라는 이름보다 홍대장으로 통했다.

–홍대장! 잘 어울립니다.

–홍대장! 정말 잘 어울리는데.

이태집이 홍범도에 대한 소식을 듣고 말했다. 이태집의 말에 계연수도 동의했다. 이태집은 홍범도가 일행과 역사학당에서 고대사를 배울 때

친하게 지내서 잘 알고 있었다. 이기와 나철도 잘 알았다. 이상룡은 홍범도를 잘 몰랐다.

–홍대장이 찾아올 것 같은데요.

–찾아오기는 쉽지 않을 걸.

–제 생각이 맞을 것 같습니다.

–그럴까?

이태집과 계연수가 말을 주고받았다.

–그럼요. 지금 석주께서 여기서 역사공부를 하고 있는 것과 같은 생각을 가지신 분이 홍대장이실 겁니다.

이태집이 이상룡을 가리키며 말했다. 석주는 이상룡의 호였다.

–그럴까?

계연수가 이태집의 말을 받으며 의문을 담았다.

–그럴 수 있습니다. 제가 국은菊隱의 생각에 동의합니다.

국은은 이태집의 호였다. 이상룡이 이태집의 말에 동의했다.

–의병도 공동체입니다. 갑자기 모여 구심점이 약할 수 있습니다. 함께라는 공동체의식이 필요합니다. 결국 역사의식의 공유가 필요하다고 생각합니다.

이상룡은 자신이 구상하고 있는 의병을 그대로 홍범도에게도 적용했다. 이상룡은 조선이 일어나는 방법으로 의병을 생각하고 있었다. 홍범도도 마찬가지로 의병이라고 생각했다.

의병은 의로운 병사를 말한다. 의병義兵, 즉 군인은 나라를 위하여 일어나는 것을 말한다. 나라를 지키기 위한 모병이다. 전봉준이 일으킨 봉기와는 달랐다. 전봉준이 처음에 일어났을 때 전봉준의 적은 조선 내부에 있었다. 탐관과 오리를 척결하고자 일어났다. 조선의 내부를 정화하고자 하는 의도가 컸다.

이상룡과 홍범도가 일어나는 것은 분명하게 적이 외부에 있다. 첫째가 일본군에 대한 적대성을 띠고 일어나는 것이고, 둘째로 청을 물리치는 것에 있다. 군사는 전쟁을 대비해서 만들어진 집단이다. 곧 이상룡과 전봉준이 선언한 것은 의병이었다. 의병에게 적은 타국의 군인이었다.

–나는 이렇게 생각하네.

홍범도에 대한 이야기를 듣고 있던 이기가 말을 꺼냈다.

–각자 할 일이 다르다는 걸 먼저 생각해야 하네.

이기의 말을 역사학당에 있는 사람들은 알고 있었다. 이미 여러 번 이야기한 적이 있었다. 역사의 은자는 전쟁에 나가도 안 되고, 벼슬도 진사 이상 하면 안 된다는 설명을 한 바 있었다. 또한 위험한 일을 피해야 하는 것이 은자의 삶이었다. 역사를 숨어서 간직하고 있지만, 광명의 날이 오면 역사를 전해야 하는 사명을 가지고 있기 때문이었다.

역사학당에는 역사의 은자들이 몇 있었다. 이기와 계연수, 그리고 이관집이었다. 계연수는 특별히 역사를 종합해서 전해야 하는 역사의 사명까지 짊어진 존재였다. 이기의 말에는 역사의 은자들은 자신들의 임무를 생각해서 행동을 결정하라는 암묵적인 발언이었다.

홍범도가 기병起兵했고 이상룡이 기병을 준비하고 있었다. 이상룡도 이기의 말을 알고 있었다. 계연수와 이관집을 통해서 은자의 처신에 신중해야 한다는 것을 알고 있었다.

–저는 이 시간이 중요합니다. 제가 일을 벌이고 나서 도움을 청할 수도 있지만 제가 먼저 기본적인 내용은 알아야 한다고 생각합니다. 나라를 위하여 일어나는 이유가 있어야 하는데 역사만큼 중요한 것이 없을 것이라 믿습니다.

의병을 모집하고 거병을 준비하는 이상룡의 목소리는 강했다.

–나도 그렇게 생각하네.

–오늘은 무슨 이야기를 해주시겠습니까?

홍범도의 이야기로 분위기가 고조되어 가고 있는 상황에서 역사로 다시 물꼬를 트는 것은 이상룡이었다. 그만큼 이상룡에게는 알고 싶은 내용들이었다.

–진정 나라를 위해 일어났던 사람들이 있었네. 화랑일세. 화랑의 특이한 점은 화랑花郎이라고 할 때 꽃 화花를 넣은 것이 특별하지 않나?

–그렇습니다. 사내들에게 꽃을 넣었습니다.

–명확한 기록이 없어 아쉽지만, 모자에 무궁화를 꽂았을 것으로 보이네. 나라꽃이었으니 가능했겠지.

–아하, 그렇군요.

–원화源花는 여랑女郎을 말하고, 남자는 화랑花郎이라고 했는데 천왕랑

天王郎이라고도 했지. 지금 우리가 알고 있는 사내 랑郎이라는 한자는 당시에는 사내라는 의미보다 젊은 남녀를 지칭하는 것이었을 가능성이 높네. 여자에게도 사내랑郎을 썼으니 그렇네.

–그렇네요.

이기의 설명을 이상룡이 받았다.

–여랑과 화랑들은 임금에게서 오우관을 하사받아 썼네.

–여랑과 화랑들을 어디에서 교육했습니까?

–물 맑고 산 좋은 곳에서 수련을 했겠지만, 전문적으로 양성한 곳은 소도와 소도와 함께 있던 경당이었네.

이기는 지치지 않고 강의했다. 이기를 바라보는 눈빛들이 별빛처럼 빛나 멈출 수가 없었다.

–소도蘇途는 제사를 지내는 곳일세. 소도라는 의미가 담고 있는 의미를 보면 깨어날 소蘇에 길도途네. 우리의 국가이념이나 통치가 모두 수련과 관계가 있다는 것을 확인하게 되지. 마음, 즉 정신의 국가가 건국이념이라고 해도 지나치지 않네. 그것이 고맙고 대단한 일이라 생각하네.

잠시 다른 이야기로 흘러가는 것을 깨닫고 잠시 쉬었다 강의를 시작했다.

–소도는 나라의 읍락에 설치가 되어 있었지. 그리고 제후국에는 별읍別邑에 설치되어 있는데 그것을 소도라고 했네. 소도는 신성한 곳으로 도둑이 들어와도 잡아갈 수가 없었지.

–지금은 아예 사라진 풍속입니다.

이상룡이 말했다.

–그렇지. 소도 옆에 경당을 두고 여랑과 화랑을 교육했지. 지금으로 말하면 성균관에서 무예도 함께 가르친다고 생각하면 되네.

–성균관에서 무예를 가르친다고 생각하니 영 안 어울립니다.

–나도 그렇게 생각하네. 우리 선조들은 남녀를 가리지 않고 인재를 교육했고, 문文과 무武를 따로 생각하지 않았네. 당연히 문무를 겸했지. 나라를 유지하는 것에는 문과 무가 다 같이 중요한 것이지.

–솟대하고는 무슨 연관성이 있습니까?

이태집이 물었다.

–솟대가 무슨 새인지 생각해보게.

이기가 다시 모두를 바라보며 물었다.

–오리가 아닐까요?

–기러기 같습니다.

–까마귀로 삼족오가 아닐까 싶습니다.

이태집, 이상룡, 계연수가 차례로 말했다.

– '답은 나도 모른다' 일세.

모두 웃었다.

–나도 궁금해서 공부를 했지만, 알 수가 없었네. 솟대를 만드는 사람에게 물어봐도 역시 그냥 어떤 때는 기러기라고 생각하고 만들고, 어떤 때는 까마귀라고 생각하고 만든다고 하네. 만드는 사람마다 다른 새를 생각하고 만든다는 것도 현실일세.

–아하, 그렇군요.

–우리는 그만큼 역사의 핵심적인 요소까지도 잃어버리고 있다고 할 수 있네. 말한 대로 어떤 사람은 삼족오라고 하지. 원앙이라고 하는 사람도 있네. 답은 모르지만 우리는 새를 숭상하는 민족인 것은 확실하지.

홍대장, 역사의식을 도입하다

대장님. 우리 대원들을 결집할 방법이 없을까요?

–나도 생각하고 있었네. 자네는 어떤 방법을 생각해 봤나?

–지난번 한양에 갔을 때 잠깐 있었던 역사학당을 생각했습니다.

–자네도 같은 생각이군. 나도 우리 대원들을 하나로 묶는 방법으로 역사를 생각했네.

–좋습니다. 최선이라고 생각합니다.

김수협이 제안을 하기 전에 홍범도도 목표를 잡고 싸우기 위해서 내가 살고 있는 나라와 땅, 그리고 고향을 지키겠다는 의식의 통일이 필요하다고 생각했다. 홍범도는 계연수를 생각했다. 하지만 전투가 벌어지는 곳으로 와 달라고 하기엔 여건이 좋지 않았다.

–계연수 선생을 모셔올 수 없을까요?
–그건 어렵네.
–아, 그렇군요. 우리에게는 안전한 거처가 없군요.
홍범도 부대는 아직 부족한 것이 많았다. 일본군은 정식훈련을 받고, 국가에서 지원을 받는 부대고 홍범도 부대는 묵을 곳도 부족했고, 정상적인 지원을 받지 못했다. 몰래 후원하는 숨은 애국자들이 있었다.
대원 수는 날이 갈수록 늘었다. 분기를 참지 못한 사람들이 어렵게 알고 찾아왔다. 일반인들이 알고 찾아온다는 것은 곧 부대 위치가 일본군에게도 알려진다는 것을 의미했다.
–방법이 없을까요?
–계연수 선생을 모셔오지는 못해도 배울 것을 얻어 올 수는 있지 않겠나?
–좋습니다. 제가 다녀올까요?
–그러게.
홍범도는 또 다른 전투를 준비하고 있었다. 지난번 무기고를 공격해 소총을 비롯해 필요한 무기들을 획득한 일본군 부대를 다시 습격해서 본영을 궤멸시키려는 계획이었다. 덕원의 일본군 주둔지를 다시 공격할 준비를 하고 있었다. 덕원은 개항을 해서 일본이 조선을 거쳐 만주로 들어가는 길목으로 잡으려는 의도가 있었고, 조선의 물자를 수탈하려는 포구이기도 했다.
덕원으로 소대장 태양욱과 함께 순찰을 나갔다. 홍범도가 외부에 나갈 때는 김수협이 내부에 있었다. 그만큼 믿는 사람이 김수협이었다. 덕원은 큰 포구였다. 함경도의 물산과 강원도의 물산이 모이는 포구였다. 읍내를 지나고 있을 때 일본군 일단이 다가왔다. 열을 맞춰 이동 중이었다. 홍범도와 태양욱은 순간 긴장했다. 아차 하면 일을 벌일 마음의 준비가 되어 있었다.

홍범도가 태양욱을 바라보았다. 당당해 보였다. 홍범도는 안심했다.

–괜찮나?

–예. 좋습니다.

–그러면 그렇지. 조선의 포수가 일개 일본군 몇 명을 보고 겁을 먹어서야 되겠나.

–그렇습니다. 일당백 아닙니까.

태양욱의 허세 담긴 말에 함께 웃었다.

일본군 대열이 점점 가까이 다가왔다. 어깨에 총을 하나씩 걸고 절도가 있었다. 사람들의 시선이 일본군을 향했다. 조선군과는 다른 복식과 행동이었다. 걷는 모습도 조선의 군사와는 사뭇 달랐다. 조선인들은 일본군의 행군에 자리를 피하기 바빴다. 일본군은 위세 당당했다. 마치 자신의 나라 연병장에서 훈련을 받는 것처럼 당당해 보였다.

일본 군인들이 스치듯 지나갔다.

–가슴이 아픕니다.

–그렇지. 조선 땅에서 일본군들이 저렇게 자유롭고 당당하게 다닐 수 있다는 것이 화가 나네.

–그렇습니다.

–다음에 우리가 이곳을 올 때는 저들을 싹 쓸어버리세.

–그래야 합니다.

홍범도와 태양욱은 지난번 공격했던 무기고가 있는 곳으로 다가갔다. 별다른 변화는 없었다. 무기고도 그대로 있었고 역시 병사들이 지키고 있었다. 홍범도는 무기고 안에 있는 무기들을 생각했다. 전투력은 용기에서 나오지만, 무기가 받쳐주어야 승리가 가능했다. 일본군이 가진 무기는 조선의 무기와는 차이가 있었다. 사용하기 편하고 강한 무기였다. 빠르고 강력했다. 탈취한 무기를 사용해 보고 알았다.

조금 떨어진 곳에 일본군 본대가 자리 잡고 있었다. 막사로 이루어져 있었다. 주위를 정탐했다. 안에서는 일본군이 훈련을 받고 있었다. 홍범도와 태양욱은 지역을 정찰했다. 자세하게 둘러보았다. 다시 일본군 두 명이 홍범도와 태양욱이 있는 곳으로 다가오고 있었다. 산속에서 바라보고 있어서 일본군은 두 사람을 보지 못했다. 두 사람은 몸을 낮췄다. 그리고 동태를 살폈다. 정찰병인 듯한 두 사람은 지나갔다.

–어떤가?

–공격하기에 어려움은 없을 듯합니다. 규모는 알 수 없으나 지난번 노획한 수류탄을 이용해 먼저 막사를 공격하고, 나오는 일본군에게 사격하면 충분하게 승산이 있어 보입니다.

–지난번에 우리가 추산한 일본군이 400여 명이라고 했는데 본진이 주둔하고 있으니 더 많은 인원이 있을 가능성도 있네. 우리 인원으로는

쉽지 않을 수도 있네.
–그렇습니다. 지난번에는 기습할 수 있었고, 은폐가 가능한 숲이었지만 이곳은 개활지라서 몸을 숨기기는 쉽지 않을 듯합니다.
–잘 봤네. 우리가 몸을 숨길 수 없다면 저들은 더 몸을 숨길 수가 없겠지. 그리고 지난번과 달리 어둠 속에서 공격하면 당황해서 전열을 가다듬을 틈이 없을 걸세. 이번에는 어둠을 이용해 보세.
홍범도의 두 눈이 빛났다.

태양욱, 역사학당을 방문하다

반갑습니다.
이태집이 태양욱을 먼저 알아보고 반겼다. 역사학당 사람들이 태양욱을 반겼다. 이기와 계연수는 일을 보러 나가 없었고 이태집과 이상룡, 그리고 나철도 함께 있었다. 같이 생활했던 기억이 있어 더욱 반가웠다.
이태집이 홍범도와 함께 포수회에서 활동하고 있는 태양욱이라고 소개하자 태양욱은 자신이 역사학당을 방문하게 된 동기를 설명했다. 그리고 홍범도와의 관계를 말했다.
–여기 의인義人이 찾아오셨습니다.

나철이 태양욱을 향해 말했다. 모두 박수로 환영했다.

—저는 의인이 아닙니다.

태양욱은 의인이란 말에 어색해했다.

—홍대장과 함께 큰일을 저지르신 분 아닙니까?

—그렇기는 한데 의인이라는 말은 어색합니다.

—너무나 당연하게 의인 소리를 들으실 자격이 있으십니다. 조선팔도가 박수를 치고 있습니다.

—저는 한양까지 소식이 전해졌으리라고는 상상도 못 했습니다. 홍대장님도 마찬가지입니다.

이상룡의 칭찬의 말을 태양욱이 받았다.

—세상이 다 알고 있는데 정작 일을 벌이신 분들은 모르고 계셨군요.

—저는 얼떨떨합니다.

태양욱은 솔직한 심정을 말했다.

정작 반가워한 사람은 이상룡이었다. 이상룡은 의병을 일으키기 위한 준비 단계로 역사학당에서 역사를 배우고 있는 사람이었다. 이미 조선에서 이름이 알려진 홍대장과 함께 있는 태양욱을 만났으니 경험을 공유하고 싶었다.

—어떻게 의병을 모집했습니까?

—모집이 아니라 자발적으로 시작했습니다. 우선 북청 포수회에서 결의를 했고, 행동을 개시했습니다. 그리고 화를 못 참고 자발적으로 찾아온 사람들입니다.

–부대는 어떻게 운영합니까?

–취조하는 것 같습니다.

이상룡의 질문이 이어지자 나철이 슬그머니 나섰다.

–아, 그랬다면 용서해 주십시오.

–아닙니다. 편하게 말씀하세요.

이상룡의 사과를 태양욱이 정중하게 받았다.

–미숙한 것이 많습니다. 의식주가 충족될 수가 없습니다. 하지만 알게 모르게 후원해주시는 분들이 있습니다. 숨은 공로자들의 힘으로 뭉쳐 있습니다.

–일본군을 무찔렀다는 소문이 이곳까지 전달될 정도로 큰 공을 세웠는데 소식을 전해주시지요.

–굉장했습니다.

태양욱은 그때가 생각난 듯 상기되었다.

모두 무용담을 듣는 듯 귀를 기울였다. 조선을 흔든 사건들의 당사자가 직접 들려주는 이야기였다. 소문으로 듣던 것을 현장감 있게 듣는 순간이었다.

–저희는 40여 명이 전부였고, 일본군은 400여 명으로 추산됩니다. 협곡으로 들어오면 넓은 사발 같은 지역인데 그곳으로 유인했습니다.

–어떻게요?

직접적으로 의병을 생각하고 있는 이상룡은 세부적인 것까지 알고 싶었다. 자신도 모르게 몸을 앞으로 내밀어 묻고 있었다.

—협곡을 지나오면 산으로 둘러싼 원형의 지형이 나옵니다. 반쯤 들어왔을 때 10여 명이 앞에서 공격을 하다 뒤로 물러섰습니다. 유인하기 위한 작전이었습니다.

잠시 말을 멈추었다. 숨을 쉬고 다시 시작했다.

—물 한 잔 들이키고 이야기하세요.

이태집이 우물물 한 바가지를 들고 와 권했다. 마침 목이 말랐던 차였다.

—그냥 다 들어오기에는 좁은 지역이었습니다. 그래서 공격을 하다 후퇴하면 달려들 것으로 판단했습니다. 예상대로 본진이 안으로 밀려들어 왔습니다. 일본군은 총공세를 폈습니다.

—그래서요?

누군가 말했다.

실제 상황을 겪는 듯 모두 진지하게 들었다. 그리고 태양욱은 말솜씨가 있었다. 이야기를 끌고 가는 힘이 있었다. 타고난 웅변가 같았다.

—일본군을 공격하던 부대는 뒤로 물러나면서 산발적인 공격을 했습니다. 그것도 작전이었습니다. 일본군이 다 들어오기 전에 총공세를 가하면 후퇴할 가능성이 있었기 때문입니다.

태양욱은 이미 격정적인 모습이었다.

—밀려서 더 들어오기 어려울 만큼 되었을 때 홍대장의 명령이 떨어졌습니다. 총공격하라는 명령입니다. 분지 모양이라 우리 부대는 지형이 높은 곳에 위치하고 일본군은 독 안에 든 쥐처럼 사방에서 공격하는

화력을 그대로 받을 수밖에 없었습니다. 모든 화기를 총동원해 공격했습니다.

태양욱은 다시 숨을 길게 쉰 다음 이야기를 시작했다.

–엄청났습니다. 우리는 보고 쏘았지만, 은둔지에 숨어 있었고 일본군은 당황해서 아무 곳이나 쏘아댔습니다. 쑥대밭을 만들어버렸습니다.

–그랬군요.

–일본군은 후퇴명령과 함께 도망하기 바빴습니다. 그때 전방에서 일본군을 유인했던 부대가 적의 후방으로 이동해서 대기하고 있던 터라 후퇴하는 일본군도 그대로 당했습니다.

–대승이었군요.

–정말 대승이었습니다.

모두 태양욱을 향해 박수를 쳤다.

–대단합니다.

나철이 이야기에 감동해서 말했다.

–큰 전술 공부했습니다.

이상룡이 진심을 담아 말했다.

–사실 홍대장님의 공이 컸습니다. 중심을 잡아주는 사람이 있어 가능했습니다.

–그랬군요.

이상룡이 태양욱의 말을 받았다.

–아참, 무기고를 털었다는 소문도 있던데 그것도 사실입니까?

이태집이 물었다.

–예. 그렇습니다. 무기고에서 턴 무기가 있었기에 말씀드린 전투에서 승리할 수 있었습니다.

–아하, 그랬군요.

–저희 포수들이 가진 무기로는 승리하기 어려웠을 겁니다. 비교가 안 될 만큼 신식무기를 가지게 된 것이 승인의 하나가 되었습니다. 무기고를 먼저 턴 것이 신의 한 수였습니다.

–준비된 후에 거사를 했다는 말씀이군요.

–그렇습니다. 순서가 진정 중요한데 냉철한 판단을 한 것은 홍대장님이십니다.

태양욱과 이태집의 말에 힘이 들어가 있었다.

은자를 찾아가다

계연수와 이기는 한 곳을 찾아가고 있었다.

–나는 분명하게 은자라고 보네.

–오랜 지인이십니까?

–그렇지. 그럼에도 고서에 대한 이야기는 하지 않았네. 하지만 느낌이 있지 않은가?

–예. 그렇습니다.

–지금 자네는 정말 은밀하면서도 귀한 책들을 가지고 있네. 놀라운 비서들일세. 어디에도 없는 내용을 담은 책들을 가지고 있네.

–임무가 막중함을 압니다.

이기가 계연수에게 전해준 책이나 계연수가 은자들로부터 받은 책들은 귀한 책이었다. 그것이 사라진다면 환민족의 역사의 상당 부분이 사라지는 것일 수도 있었다. 조선 내에서 유일본일 수도 있는 책들이었다.

–나에게도 모험이고, 자네에게도 모험이네.

–압니다.

이기가 무슨 말을 하고 있는지 계연수는 알고 있었다. 이기는 다시 한번 당부하고 있었다.

계연수는 많은 책을 가지고 있었다. 혼자서 보기도 힘들 만큼 비서들을 가지고 있었다. 소장한 책 중에서도 〈삼성기〉 상하와 〈단군세기〉, 그리고 〈북부여기〉는 가늠할 수 없을 만큼 중요하고 우리의 고대사를 기록하고 있는 비서 중의 비서였다. 그것을 다 가지고 있는 것은 위험한 일인 것을 누구보다도 잘 알고 있었다.

계연수 자신에게 문제가 생길 경우, 대부분이 사라지고 어렵게 남은 책마저도 잃어버리게 되는 것을 의미했다. 지금 계연수가 할 일은 비서 중의 비서만이라도 필서를 하든, 목판을 만들어 여러 권의 책을 찍어내야 할 때임을 알고 있었다. 하지만 어느 것도 쉽지 않았다.

경제력이 있어야 가능한 일이었다. 목판을 찍으려면 웬만한 자금으로 해결할 수 있는 것이 아니었다. 시간과 공력도 필요하지만 전담할 사람과 경비가 필요했다. 한양의 집 한두 채를 팔아서 될 일이 아니었다. 이기는 계연수에게 나도 모험이고 자네도 모험이라는 말은 이기 자신이 가진 책마저도 계연수에게 넘겼는데 문제가 생기면 큰일이라는 의미였다. 이기가 계연수에게 넘겨준 〈태백일사〉는 아직 다 이해도 하지 못한 상태였다.

–우리는 다시 더 큰 모험을 하러 가네.

–그렇습니다.

은자인 것으로 믿어지는 사람을 찾아가고 있었다. 역사서를 모아서 정통역사의 맥을 잡아야 한다는 생각으로 지금까지 찾지 못한 의미 있는 책이 있는지 확인하러 가는 중이었다.

–이번에 어떤 책을 가지고 있는지 알 수 없으나 감은 잡고 있네.

–저는 또 가슴이 떨립니다.

–그럴 걸세. 나도 긴장되네.

–다시 평안도입니다.

–그렇군. 자네에게는 이래저래 떼려야 뗄 수 없는 평안도일세.

목적지는 평안북도 정주였다. 계연수는 다시 고향 쪽으로 가고 있었다. 계연수의 고향 선천과 삭주는 가까운 이웃 군이었다. 정주는 북으로는 압록강과 서쪽으로는 서해의 상단과 만나는 오지였다. 오지임에도 중국과 거리가 가까워 물산이 부족하지 않은 곳이었다.

–단해도 이쪽 아니던가?

-예. 그렇습니다. 바로 옆입니다. 저희 고향, 그리고 지금 가고 있는 정주에서 북쪽으로 조금만 올라가면 됩니다. 가깝습니다.

-저와는 여러 가지로 평안도가 인연이 있는 곳입니다.

-그런가.

-예 그렇습니다. 은자셨던 백관묵 진사는 태천 출신이시고, 이형식 진사께서는 삭주이셨습니다. 그리고 좀 전에 말씀드렸던 단해는 삭주, 저는 선천으로 바로 이웃하고 있는 지역입니다. 모두 평안북도에 적을 두고 있는 사람들입니다. 신기합니다.

-역사적으로 강감찬 장군이 승전한 곳이기도 하고, 몽골군을 상대로 끝까지 싸운 곳이 이곳 아니던가.

-그렇습니다.

정주군은 고려시대의 구주군龜州郡에 속해 있었다. 고려 현종 때에 강감찬 장군이 거란군을 전멸시킨 곳으로 유명했다. 이후 정주방어사定州防禦使를 두었다. 고려 고종 때는 몽골 침입 때 병마사 박서가 끝까지 싸운 공으로 정원대도호부로 승격되었다. 승리의 고장이었다. 이후 정주도호부, 정주목定州牧이 되었다. 정신이 살아있는 곳이었다.

-정주를 찾아가고 있는 우리도 특별하지만, 다시 평안도에 적을 둔 분을 만나러 가고 있으니 그것도 신기하네.

-역사의 은자들이 밀집해 있는 이유가 있을까요?

-그것까지는 알 수 없지.

-지금 찾아가는 그분은 어떤 분이십니까?

–일전에 한양에서 만난 적이 있네. 화제가 역사로 바뀌었을 때였는데 느낌이 왔네. 한 마디 한 마디가 달랐지.

–무엇이 달랐습니까?

계연수는 더 자세하게 물었다.

–천부경과 참전계경을 설파하는데 입이 떡 벌어지더라고!

–아니. 스승님께서 그 정도로 놀라셨다면 대단하신 분이시군요.

–막힘이 없었네. 지금도 그렇지만 당시에는 고서를 가지고 있는 것만으로 잡혀가 곤욕을 치러야 할 때인데 고서가 없다면 알 수 없는 내용들이었네.

–더욱 기대가 됩니다.

태양욱, 역사학당에서 고서를 얻어 돌아가다

태양욱이 북청으로 돌아가고 있었다. 이기와 계연수가 없어 전달해 줄 적당한 책을 전달하지 못했지만 이태집이 신경을 써 찾아주었다. 책은 은근히 무거웠다. 책의 부피가 곧 나무의 부피와 같았다. 보따리가 찢어질 것만 같았다. 보자기에 싼 것을 다시 보따리에 싸서 어깨에 메었다. 얼마만큼 걷자 불편했다. 태양욱은 장에 들러 지게를 사서 보따리를 얹었다. 한결 가벼웠다. 한양에서 북청까지는 보름여가 걸린다. 산을 넘고 들을 건너, 그리고 다시 강을 건너며 가야했다. 먼 길이었다.

한참을 가다 날이 흐려졌다. 비가 오면 낭패여서 기름종이를 구해 책을 쌌다. 공부를 한 적이 없는 태양욱이었다. 어려서부터 보고 배운 사냥이 주업이었다. 역사학당에서 책을 챙겨주었지만, 책의 내용도 잘 모르고 있었다. 더구나 고서는 한자를 공부한 선비도 이해하기 어렵다고 하는데 활용할 수 있을지 의심이 갔다. 고대의 상황과 등장인물이나 지명을 알아야 겨우 해독할 수 있는 책이 고대 역사책이었다.

의정부로 해서 포천으로 철원 평강 회원으로 갈 예정이었다. 철원에서부터는 더욱 산이 험하고 높았다. 돌연 생각했다. 혼자서 고서를 가지고 가는 것은 무리임을 깨달았다. '무슨 일이 있으면 귀중한 책을 잃어버릴 수도 있겠구나' 생각했다.

철원을 지나고 있었다. 하루를 쉬어가야겠다는 생각으로 주막에 들었다. 손님은 많지 않았다.

–막걸리와 국밥 하나 주시오.

–묵어가실 겁니까?

–예. 묵어갑니다.

–그러면 저 방을 치워드릴 테니 묵어가세요.

때가 저녁 어스름해서 주막집 여인은 짐작하고 태양욱에게 물었다. 주모 입장에서 가까운 곳에 사는 사람들은 이미 얼굴을 알고 있었지만 낯선 태양욱에게 묻는 것이었다. 국밥과 막걸리 상은 들마루에 차려주었다. 고서 보따리가 놓여 있는 지게는 혹시 잃어버릴까 바로 집 벽에 기대놓았다. 눈에서 가장 가까운 곳에 세워놓았다. 그곳에도 손님을 받을 들마루가 놓여 있었다.

다른 일행이 들어왔다. 어둠이 시작되면 묵을 곳을 찾아야 하는 것이 여행자의 기본이었다. 껄렁껄렁한 젊은 청년 일행이 앉아 있는 곳에 앉자 태양욱이 슬그머니 일어나 지게를 자신이 있는 가까운 쪽으로 옮겼다. 불편할 것도 같고 조심스럽기도 해서 옮겨 놓은 것이었다.

–중요한 것인가 봅니다.

약간 비꼬는 말투였다. 자신들을 의심하고 옮기는 것 아니냐는 말투였다.

–야. 진배야. 괜히 시비 걸지 마라.

일행 중에 한 사람이 비꼬아 말하는 진배라는 젊은이를 말렸다.

느낌으로 평범한 사람들이었다.

태양욱은 시비가 붙으면 문제가 생길 것을 직감하고 조용히 자리로 돌아와 앉았다. 그리고 아무 말도 없이 국밥을 먹었다. 태양욱은 어떻게든 일을 벌이지 말아야 했다. 어렵게 구한 책이고 북청까지 무사히 가져가야 했다.

태양욱은 상황을 살폈다. 최악의 경우 싸움이 벌어질 경우를 대비해야 했다. 낯선 곳에서 그 지역 깡패들을 만나면 난감했다. 한두 명이라면 싸워 볼만하지만 인원이 많았다. 4명이나 되었다. 태양욱으로서 혼자 감당하기 어려운 숫자였다. 평소 같으면 성격상 주먹이 날아갔겠지만 참았다.

그리고 혼자서 조용하게 태양욱과 같이 국밥에 막걸리를 한잔하고 있는 젊은 사람이 있었다. 그 사람은 별문제가 없을 것 같고 시비를 거는 한 사람이 포함되어 있는 일행은 4명으로 이 지역 사람 같았다.

태양욱이 아무 반응 없이 자신의 자리로 돌아가 앉았다. 진배라는 친구가 일어나 다시 시비를 걸었다.

–내 얘기를 무시하는 거야.

일행을 믿고 큰소리치는 듯했다.

–진배야. 그러지 마라.

다시 일행 중에 한 사람이 말렸다.

진배라는 청년이 한 발 더 다가서며 태양욱의 어깨를 쳤다. 몸이 움직일 만큼 제법 강하게 쳤음에도 태양욱은 아무 반응을 보이지 않았다.

일행 두 명이 다가와 진배라는 청년을 끌고 갔다.

조용하게 정리되었다. 다행이었다. 싸워서 득 될 것이 없었다. 태양욱은 하나하나가 조심 되었다. 국밥을 먹고 잠시 앉아 있는 있는데 주막집 여인이 혼자 있는 국밥을 먹고 있는 사람에게 다가왔다.

–묵어가십니까?

–예. 묵어갑니다.

–그러면 합숙을 해야 하는데 괜찮소.

–예. 좋습니다.

주모가 혼자 앉아 있는 사람에게 묻자 묵어간다고 하자 다시 합숙해도 좋냐고 물었다. 사내는 좋다고 했다. 다시 태양욱에게도 다가와 말했다.

–합숙해야겠소.

주모가 혼자서 국밥을 먹고 있는 사람을 바라보며 태양욱에게 말했다.

–예. 좋습니다.

태양욱은 흔쾌하게 답했다. 달리 방법이 없었다. 주막에는 그 방 말고는 다른 방이 없었다.

태양욱이 먼저 저녁을 해결하고 방으로 들었다. 지게를 지고 방으로 들여놓았다. 소중한 물건 다루듯 했다. 혼자 주막을 찾아온 청년이 문을 열고 들어왔다. 이미 함께 투숙해야 할 두 사람으로 정해져 있었다.

–실례하겠소.

–어서 오시오.

나이는 비슷해 보였다. 두 사람 모두 선비나 양반 같은 풍모는 아니었다. 평범한 복색에 눈에 띄는 점이 없었다. 특별한 점이라면 두 사람 모두 어깨가 떡벌어지고 몸은 근육이 탄탄해 보였다. 몸으로 단련된 사람들이라는 것을 확인할 수 있었다.

–탁주라도 한 잔 더 하시겠소.

늦게 들어온 청년의 제안이었다.

–예. 좋소.

전혀 예상하지 못한 제안이어서 태양욱은 조금 말을 더듬었다.

다시 상이 차려졌다. 안주라야 특별한 것이 없는 돼지고기를 볶은 것으로 조출했다. 아직 잘 시간도 아니고 밖은 어두워져 딱히 할 것도 없었다.

–어디서 오셨소.

태양욱에게 젊은 청년이 먼저 말했다.

–원래 거처는 북청인데 한양에 들렀다 돌아가는 길이오.

태양욱이 행적을 자세하게 설명했다.

–나도 북청으로 가는 길이었는데 잘 되었소. 길동무 되어주면 고맙겠소.

–좋소이다.

둘 다 시원한 성격이어서 쉽게 친해졌다.

막걸리가 한 주전자에서 두 주전자로, 두 주전자가 세 주전자가 되었다. 얼큰하게 술기운 올랐다.

–하나 물읍시다.

–그러시오.

태양욱에게 젊은 청년이 다시 물었다.

–아까 시비를 거는 데도 참고 있던데 인내심이 대단하시오.

–인내심이 아니라 참을 수밖에 없는 사정이 있었소.

–아하. 지게에 실려 있는 짐 때문이시군요.

–그렇소.

–내가 보기에는 한 힘 쓰는 분으로 보이는데 잘 참으셨소.

–내가 참은 것이 아니라 책임감이 참게 했지요.

–그러시군요. 그만큼 중요한 물건이라는 말이군요.

–남에게는 중요하지 않을지 몰라도 내게는 중요한 물건이오.

젊은 청년과 태양욱은 잘 통했다.

–한데 북청은 무슨 일로 가시오.

북청이라면 읍내는 물론 산이면 산, 시냇가면 시냇가를 알고 있었다. 일로, 사냥으로 늘 다니던 곳이 북청이었다. 북청은 꿰고 있는 태양욱이었다.

–사람을 만나러 가는 중이오.

–말해 보시오. 내가 북청사람이나 북청 사람이라면 알지요.

젊은 청년은 조심스러웠다. 이야기를 해도 되는가 싶었다. 망설이다 말했다.

–홍범도 회장이요.

회장이라는 말을 갑자기 생각해 내서 말했다. 포수회 회장이 되었다는 말을 들었기 때문이었다. 무엇보다 홍범도라는 이름은 조선의 이름이었다. 조선 팔도에서 홍범도를 모르는 사람이 없었다. 일본군에게는 잡아야 할 적장으로 여겨졌다. 그래서 홍범도라는 이름을 대기가 조심스러웠다. 그렇더라도 어차피 홍범도를 만나려면 이름을 댈 수밖에 없었다.

–아. 그래요. 홍대장 말씀입니까?

너무나 반색하며 말했다.

–한데 어떤 일로 만나려 합니까?

–아십니까?

태양욱의 물음을 받아 다시 젊은 청년이 물었다.

–알다마다요. 저희 북청포수회의 회장님이십니다.

–아하. 그렇군요. 반갑습니다.

'저희 북청 포수회의 회장님' 이라는 말에 젊은 청년의 얼굴에 웃음이 가득 찼다.

–나와는 친구처럼 지내는 사람이오.

–그러시면 제게 형님이십니다.

태양욱이 바로 젊은 청년에게 머리를 숙였다.

–아니. 그렇더라도 초면인데…

–아닙니다. 홍대장님 친구분이시면 제게 형님이십니다. 형님으로 모시겠습니다. 그런데 참 젊어 보입니다. 제 아래로 보였습니다.

–철이 안 들어서 그렇습니다.

두 사람은 크게 웃었다.

계연수와 이기, 이탁을 만나다

이기와 계연수가 찾아가는 평안도 정주에 사는 이탁의 집을 찾는 것은 그리 어렵지 않았다. 집은 초가집이었다. 그리 넉넉해 보이지 않았다. 스산한 기운이 드는 가을의 산촌은 조용하고 평화로워 보였다.

–계십니까?

계연수가 안에 사람이 있는 사람을 불렀다.

–누구시오?

방문을 열고 머리를 내민 사람은 나이가 지긋해 보였다.

–소호 이탁 선생님을 뵈러 왔습니다.

–제가 바로 이탁이오. 어쩐 일이시오.

계연수의 말을 받아 말하다 이기가 옆에 서 있는 것을 보았다.

–아니. 어쩐 일로 이 먼 곳을!

이기를 보고 반가운 마음에 밖으로 서둘러 나왔다.

–뵙고 싶어서 왔습니다.

–어서 들어오세요. 반갑습니다.

좁은 방에 화기가 돌았다. 술상이 들어오고 세 사람은 마주 앉았다.

–정말 뜻밖의 방문이십니다.

–일전에 깊이와 넓이에 놀랐던 바가 있었습니다.

이탁이 계연수와 이기가 방문해준 것에 대한 인사에 바로 지난번 이기와 이탁이 만나 나누었던 소감을 이기가 말했다.

–그것이 전부입니다.

이탁은 슬그머니 뒤로 자신을 숨겼다. 더 이상 이야기할 것을 조심스러워하는 눈치였다.

–저희는 은자입니다.

–아하, 그러시군요.

이탁은 이기의 은자라는 말에 놀라워하며 다음 말을 이었다.

–그래서 찾아오셨군요.

–그렇습니다. 은자라는 것을 그때 직감했습니다.

–그러셨군요. 그때 제가 경솔했었습니다. 돌아오면서 아차, 했지요.

그 덕분에 제가 찾아오게 되었습니다.

그때는 이탁이 자신도 모르게 역사에 대한 이야기를 풀어놓았다. 이탁은 그만 자신이 은자라는 사실을 잊고 너무 많은 이야기를 한 것이 실수였다고 생각했었다. 이에 이기가 말을 많이 한 덕분에 오늘 찾아오게 되었다는 이기의 역설적인 답이었다.

–을파소를 아십니까?

–기본적인 것만 알고 있습니다.

–고구려의 국상인 것은 알고 계실 겁니다.

–예. 지금으로 이야기하면 영의정이라고 할 수 있겠지요. 그리고 수많은 재상宰相 중에서도 특별하게 국상國相이라는 칭호를 받은 것은 전권을 위임받아 큰 공을 세웠기 때문으로 보입니다.

–그렇습니다. 고구려 고국천왕 때에 문제가 발생했습니다. 왕의 부인 우씨의 친척이었던 사람에 의해 반란이 일어났습니다. 반란으로 충격을 받은 왕은 어지러운 국정을 바로 잡고자 명령을 내렸습니다. "이제 초야에 묻혀 지내는 어진 이들을 추천하도록 하라."

이탁은 을파소의 등장에 대해 설명했다. 왕의 명령에 따라 재상들이 천거한 사람은 동부東部의 안류였다. 왕이 안류를 불러 국정을 맡아 줄 것을 부탁했다. 안류는 정중히 거절하며 자신보다 뛰어난 사람이 있다며 천거를 했다. 을파소였다. "서쪽 압록곡 좌물촌에 사는 을파소라는 사람은 유리왕의 대신이었던 을소乙素의 후손입니다. 을파소는 의지가 강하고 지혜가 깊습니다. 세상이 못 알아보아 농사나 지으며 생계를 유지하고 있습니다. 대왕께서 만일 나라를 다스리려면 을파소가 아니면 안 될 것입니다." 그래서 을파소가 왕에게 나갔다.

–을파소는 배짱 있고 내공이 있는 분이셨습니다. 초야에 묻혀 지내는 분이었는데 추천을 받아 왕에게 나아갔을 때 이렇게 말했습니다.

–…?

이탁의 말에 계연수와 이기는 집중했다.

–을파소가 "신은 미련하고 게을러 감히 존엄하신 명령을 감당할 수 없습니다. 바라건대, 대왕께서는 어진 사람을 뽑아 높은 관직을 주시고, 큰일을 이루시옵소서."라고.

–무슨 의미입니까?

–속뜻을 살며 보면 기왕 줄 벼슬이라면 높은 자리를 달라는 표현입니

다. 낮은 자리를 받아서 잘못된 국정을 바로잡을 수 없으니 기왕이면 높은 자리를 주어 국정을 이끌어갈 수 있도록 해달라는 말이었지요.

-기개가 대단합니다.

-당당하고 배짱이 있는 분이었습니다.

-이 시대에 필요한 분이셨습니다.

이기와 이탁의 대화가 무르익어갔다.

-그렇습니다. 을파소를 소개한 것에는 사연이 있습니다.

이기와 계연수는 다음 말을 기다렸다.

-을파소는 우리 민족에게 바른길을 안내하는 책을 남겼습니다.

이기와 계연수는 순간 지금까지 세상에 안 알려진 책을 가지고 있음을 직감했다. 이기와 계연수는 이탁의 다음 말을 기다렸다.

-〈참전계경叅佺戒經〉입니다.

-〈참전계경〉이라 하셨습니까?

-알고 계시군요.

-부분적으로 말로만 전해오던 경전 아닙니까?

-그렇습니다. 그것이 제게 있습니다.

이기와 계연수는 서로 얼굴을 마주 보았다. 그리고 다시 이탁을 바라보았다.

이기가 정색을 하고 다시 자리를 고쳐 앉으며 말했다.

-저희는 지금 은자들에게서 비서를 찾아다니고 있습니다. 저마다 가지고 있는 책들이 다르고 어느 것이 정사인지를 알기가 쉽지 않습니다.

그래서 정통이면서 정맥을 관통하는 역사책을 만들고자 합니다. 그래서 도움을 얻고자 찾아왔습니다.
–큰일을 하고 계십니다.
이기의 말에 이탁이 큰일을 한다며 격려했다.
–지금이 아니면 모든 것이 사라질지도 모릅니다. 그리고 망국으로 기울어가는 이때에 제대로 된 역사책을 만드는 것이 먼저고 다음으로 조선인에게 보급하고, 마지막으로 다시 기회가 되면 만방에 밝히고자 합니다.
이기의 말에는 단호함이 있었다. 은자들만이 통하는 세상이 있었다. 위험을 감수하면서 위험을 피해야 하고, 조용하게 은둔하면서 살아야 하는 사람들이었다. 그리고 은자는 집안의 가업이었고 긍지였다.
–우리나라의 삼대경전이 천부경天符經, 삼일신고三一神誥, 참전계경參佺戒經을 말하고 있잖습니까.
–그렇지요.
–저는 천부경은 선언서이고, 삼일신고는 주석서라고 봅니다. 그리고 참전계경은 실천서로 봅니다.
–예.
이기는 이탁의 딱 부러진 말에 이야기를 그대로 들었다. 자신의 의견을 담지 않고 답했다.
–우리나라에 삼대경전三大經典 중에 참전계경은 환웅시대, 즉 배달시대에 환웅천왕이 8훈訓 5사事를 중심으로 366가지의 지혜로 백성들을 가

르친 것입니다.

이기와 계연수는 듣고 있었다.

—기록은 신지神誌가 했습니다. 그리고 모든 경전을 그대로 단군이 전승했습니다.

이탁은 잠시 숨을 골랐다. 흰 수염이 가지런하게 안색이 맑아 신선 같았다.

—오늘날 전해지는 것은 고구려의 9대 고국천왕 때 좀 전에 말씀드린 국상國相 을파소가 다시 정리하여 만든 것입니다.

—삼대강령에서 전하고자 하는 것은 무엇입니까?

이기의 질문이었다.

—배달국의 환웅천왕이 세상의 전한 것은 일신강충一神降衷, 성통광명性通光明, 재세이화在世理化, 홍익인간弘益人입니다.

입으로는 자주 담지만 참 어려운 내용입니다.

—저도 그렇게 생각합니다. 놀라운 신통력을 가진 수행자의 모습입니다.

—다 알고 있지만, 다시 한번 살펴봅니다. 일신강충一神降衷, 문장만 봐도 세상이 밝아오는 느낌입니다. 내 안에 신이 들어와 중심에 자리 잡고 있는 것입니다. 사람이 곧 신이라는 위대한 선언입니다.

—충衷의 해석을 부탁드립니다. 충衷은 〈옷의衣 + 가운데 중中〉을 합한 글자로 '속옷'을 가리키는데 여기에서는 속마음이나 정성스러운 마음을 뜻합니다. 그래서 충심衷心을 진정에서 우러나는 마음으로 봅니다.

—성통광명性通光明은 역시 몸과 마음이 빛처럼 환해지는 경지를 이야기

하니 인간을 최고의 상태로 만들었습니다.

이탁의 일신강충에 대한 이야기에 이어 이기의 성통광명에 대한 설명이었다.

—우리 민족은 인간을 최고의 존재로 선언하고 그것을 실현하려는 놀라운 민족이라는 생각이 듭니다.

계연수가 이야기하자 이탁과 이기는 고개를 끄덕였다.

—참전계경은 어떻게 지금까지 전해졌습니까?

계연수가 이탁에게 물었다.

—참전계경은 신시개천神市開天 다시 말해 배달개천培達開天 때입니다. 개천은 우리 민족에게는 개국을 이야기합니다. 환웅천왕이 개국할 때에 사용한 경전입니다. 이것이 단군개천檀君開天으로 이어갑니다.

—그것을 다시 말씀하신 국상 을파소께서 다듬고 정리하신 것으로 보면 됩니까?

—그렇지요.

계연수의 설명이 섞인 물음에 이탁이 답했다.

—저는 개인적으로 참전계경叅佺戒經은 사서삼경四書三經보다 가슴을 울리는 명문입니다. 공자 맹자 석가의 가르침보다 우리의 마음을 맑고 밝게 해줍니다. 참전계경을 하루에 한 문구를 읽으면 마음을 밝히고 세상을 밝힐 수 있습니다.

이탁은 단정적으로 말했다.

—참전계경의 내용은 얼마나 됩니까?

–참전계경은 8강령綱領 366가지의 선행善行을 하고 음덕陰德을 쌓아 좋은 일을 하라는 내용입니다.

–우리 민족의 정신강령이자 실천강령이라고 보면 됩니까?

–그렇지요. 진정 나라를 사랑한다면 우리 민족의 위대한 삼대경전이 어떻게 시작되는지를 알아야 합니다. 고대에 우리 선조들의 생각을 읽을 수 있습니다. 예를 들어 하나 이야기하겠습니다.

이탁이 숨을 고르며 이야기를 시작했다.

–우리가 흔히 농자천하지대본農者天下之大本이라고 하지 않습니까?

–그렇지요.

–이것도 참전계경에서 비롯된 말입니다.

–아하, 그렇군요.

이탁의 말에 계연수가 처음 알았음을 말했다.

–농사는 천하의 큰 근본이라는 이야기입니다. 하지만 사농공상이라고 해서 지금은 사농공상이 귀천의 순서라고 이야기하는데 애초에는 그런 귀천이 없었습니다.

계연수가 더욱 귀를 기울였다. 한 마디도 놓치지 않으려는 의도였다.

–그러면 어떤 순서입니까?

–농업이 으뜸이라고 했지만, 귀천이 아니라 기능적으로 나누었습니다. 있는 그대로 말씀드리겠습니다. 농업이 "사업지수四業之首라고 해서 네 가지 직업 중에 으뜸" 이라고 했습니다. 사람이 먹고사는 일이 근본이라는 의미입니다.

–그때는 사농공상이 아니었습니까?

–예. 당시에는 네 가지 직업을 농학상공農學商工이라고 했습니다. 지금은 사士를 최고로 쳤으나 다시 말씀드리지만, 농을 근본으로 여겼습니다. 그래서 농업에 대한 인식이 달랐습니다. 교화가 널리 크게 퍼지면 사람이 한가하거나 게으름이 없어 '건자농健者農'이라 해서 건강한 사람은 농사를 짓는다고 했습니다. 그리고 총자학聽者學이라 해 총명한 사람은 학문을 하며 민자상敏者商으로 민첩한 사람은 장사를 하고, 교자공巧者工으로 기술적인 재능이 있는 사람은 공업을 한다고 했습니다.

–당시로서는 합리적인 기준이라 보입니다.

이탁의 설명은 거침이 없었다. 계연수가 이탁의 말을 받았다.

–그렇지요. 다 같이 필요한 사업으로 보았지요. 그러면서 직업에 대한 도리로 공능궁리工能窮理, 즉 공업은 이치를 끝까지 탐구해야 하고 상불경탐商不徑貪, 즉 상업은 탐욕을 일삼지 말아야 하며 학능달도學能達道, 즉 학문은 도에 통달해야 하고 농불실시農不失時, 즉 농업은 때를 잃지 않아야 한다고 했습니다. 그리고 농불실시 즉무인재農不失時 則無人災라고 해 농사에 때를 잃지 않으면 사람에게 재앙이 없다고 했습니다.

–고대에 벌써 직업관이 확립되어 있었다는 것을 확인하고 있습니다. 준비된 민족임에도 어려운 상황을 맞고 있습니다.

이탁의 말을 받아 계연수가 현 조선의 상황을 설명했다.

–근원을 흩트려 놓았습니다. 직업에 귀천이 없어야 하고, 일은 신성시

되어야 하는 것입니다. 모든 생산과 산업은 일로 만들어지고 일로 세상은 만들어지기 때문입니다. 현재 조선의 문제점은 노동을 아랫것들이 하는 것으로 알고 노동을 경시하는 풍조가 나라를 힘들게 했다고 할 수 있습니다.

이탁의 설명은 확고했고, 예리했다. 이기와 계연수가 마음을 담아 이탁의 말을 경청했다.

나철, 역사의 세계에 들다

책을 실은 지게를 교대로 지며 북청을 향해 가고 있었다. 태양욱은 지원군 한 사람을 얻은 격이었다. 김형구는 목적지를 가는데 안내인을 한 사람 만난 격이었다. 태양욱과 김형구는 친구처럼 길동무가 되어 함께 걸었다. 힘든 줄도 모르고 지치지도 않았다. 자신을 지원할 한 사람이 있다는 것이 큰 힘이 되고 있음을 확인하고 있었다. 두 사람은 의기투합해 길을 가고 있었다.

–홍범도 장군이라고 해야 합니까. 세간에서는 홍대장이라고 하던데.

–친구 되시니 편하게 부르셔도 됩니다.

김형구의 말에 태양욱이 받았다.

–홍대장이라고 하는 것이 좋을 듯합니다.

–말 놓으세요. 홍대장님과 친구 되신다면 저에게도 형님이십니다.

태양욱이 김형구에게 다시 편하게 불러줄 것을 요청했다.

–그럼, 말을 놓겠소.

–그럼요.

김형구다운 답이었다. 거리낌 없고 시원시원한 성격 그대로였다. 태양욱도 호방한 성격이었다. 통이 큰 사내였다.

–정말 일본놈들을 한방에 부숴 버렸나?

–예. 통쾌했습니다.

김형구는 한 번에 바로 반말로 시작했다.

사람 생각은 다 비슷했다. 태양욱은 역사학당에서 일본군과의 전투와 무기탈취사건에 대해 했던 이야기를 다시 한번 그대로 하는 기분이었다. 궁금한 것이 비슷하니 대답해주는 자신도 비슷했다. 태양욱은 무용담처럼 이야기를 이어나갔다.

–이번에는 제가 궁금한 것을 물어보겠습니다.

–내게도 궁금한 것이 있나?

–홍대장님하고의 관계가 궁금합니다.

–싱겁게 만났네. 내가 아는 형님을 만나러 갔다가 그곳에서 만났지. 특별한 것이 없어.

대답이 참 싱거웠다.

–그럼. 형님의 형님이시네요?

–그렇지.

–그분은 또 어떤 분이십니까?
–홍대장을 가르치신 분.
–홍대장을 가르치셨다면 격이 다른 분이시겠습니다.
–그렇지. 격이 다르지. 하지만 사람은 같이 살아보면 그게 그거야.
김형구는 기사범을 떠올리면서 말했다. 분명히 다른 면이 있는데 사람 사는 것은 별다르지 않다는 표현이었다.
–무엇을 가르치셨습니까?
–첫 번째는 무술과 검법 같은 기술, 그리고 다음은 가르친 것이 아닌데 배운 것이겠지.
–무엇을요?
태양욱이 따지듯이 물었다. 가르치지는 않았는데 배웠다는 말이 궁금했다.
–그런 것 있지 않은가. 사람이 그윽해서 같이 살다 보면 닮아가는 것.
그윽하다는 표현이 본인이 말을 해놓고 쑥스러워했다. 자신에게는 어울리지 않는 말이었다. 직접 화법에 익숙한 김형구였다.
–멋진 분이시군요.
–그렇네. 나는 막살아서 고급스런 말을 잘 못하는데 오늘은 격식을 갖춰서 말하게 되는군. 초면이라 그런가.
–어제 봤으니 벌써 구면입니다.
태양욱의 말에 김형구가 웃었다.
–이 지게에는 무슨 소중한 것이기에 주막에서부터 그리 챙기나?

주막에서 지게를 챙기다 시비 붙을 뻔한 것을 떠올리며 김형구가 물었다. 지게는 태양욱이 지고 있었다.

–책입니다.

–책을 한양에서 북청까지 나른다는 것인가. 대단한 책인가 보네.

–저는 잘 모릅니다. 공부하고는 담을 쌓은 사람입니다.

–그건 나도 마찬가질세.

–저희가 모이기는 했는데 마음을 하나로 모을 구심점을 가져야 한다는 생각에 도달했습니다. 우리가 무엇을 위하여 싸우고, 일본군이나 청나라 군사와 대적해야 할 이유를 찾아야겠다는 생각을 했습니다. 그것이 바로 역사라고 생각했습니다.

–역사라!

김형구는 역사와는 관계없는 인생을 살아왔다. 태양욱도 마찬가지였다.

–홍대장님하고 상의한 끝에 단합을 꾀하고 명분을 찾기 위해서는 역사가 진정 필요하다는 생각이 일치했습니다.

–잘은 모르지만 이해가 가네. 그럼 역사는 누가 가르치나?

–아직 결정된 바 없습니다.

–홍대장이 가르칠 사람은 아닌데.

김형구의 말에 두 사람은 환하게 웃었다. 공감했다.

–가서 봐야지요. 저희 결사체에는 인재도 많습니다. 한문에 정통한 인물도 있고, 기술이 뛰어난 인재도 있습니다. 찾아봐야지요.

–나는 공부하고는 거리가 머네.

지게를 교대로 지고 가며 힘든 것도 줄었고, 지루하게 걷기만 하던 차에 이야기를 나누며 걷는 것이 즐거웠다.

나철은 많은 생각에 잠겼다. 새로운 세계를 만나고 있는데 자신이 조선인을 결집하고 조선인을 역사적으로 깨어나게 하는 방법으로 무엇을 해야 할까를 생각하고 있었다. 역사학당에서 자신의 집으로 돌아가면서 생각에 잠겼다.

몇 년 전의 나철과 지금의 나철은 달라졌다. 이기와 계연수를 만나고 역사학당을 차리면서 다른 사람으로 변했다. 유학에 젖어있던 자신을 벗어버리고 환족桓族의 밝은 사람으로 태어나고 있었다. 공자와 맹자 이전에 우리에게는 태호복희와 염제신농이라는 문명의 창시지가 있었고, 사마천의 사기 이전에 이미 〈삼성기〉와 〈단군세기〉가 있었음을 보았다. 그리고 공부하고 있었다.

너무나 다른 세상이었다. 단군 할아버지라고 해서 고조선의 상징적인 인물로 알고 있던 것에 철퇴를 가한 것이 단군은 임금이라는 뜻임을 알게 되었다. 그리고 47분의 단군이 있었다는 것을 알고 나서 환민족을 바라보는 시각이 바뀌었다. 환국과 단국, 그리고 고조선이라는 문명 창조의 주역이 존재했음을 깨달았다. 자신에 대한 자존감이 있어야 자신을 사랑할 수 있다. 자신의 나라에 대한 자긍심이 있어야 나라를 사랑할 수 있다. 내가 태어난 곳이고, 나를 낳아준 선조가 살아온 땅이라서 사랑하는 것도 중요하지만 진정으로 자신에게 존엄을 가지게 하는 것은 자존이고, 자신의 나라에 충성을 다할 수 있는 것은 자긍심이다. 공부를 하면 할수록 어려웠다. 어디로 가야 하나. 나의 갈 길은 어디인가. 나철은 집으로 향하면서 생각에 잠겼다. '역사는 강자의 몫' 이라는 말이 머릿속에서 맴돌았다. 이기도 말했고, 계연수도 같은 말을 했다. 역사의 강자들이 그렇게 말한 것에는 분명한 이유가 있을 것이라 생각했다. 그렇다면 약소국인 조선에서 역사를 어떻게 백성과 함께할 수 있을까. 머릿속이 복잡했다.

–자네 무슨 생각을 그리 하나?

걷고 있는 나철의 어깨를 두드리는 사람이 있었다. 오기호였다. 오기호는 같은 호남 강진 출신으로 친구 사이였다. 나철은 보성이었고, 오기호는 이웃한 강진이어서 동향의식이 있었다. 성격이 호방하고 털털했다. 불의를 보면 참지 못하고 일어서는 사람이었다.

–어디 가는 길인가?

–이제 집으로 들어가고 있었네.

오기호가 나철에게 묻자 나철이 답했다.

–무슨 생각을 그리 골똘하게 하나. 지나가는 사람도 모르고.

–내가 그랬나?

–바로 코앞에서도 몰라보니 내가 쳤지.

오기호가 나철의 어깨를 치자 나철이 비로소 정신이 들었다.

–막걸리나 한잔하세.

–좋지.

나철이 먼저 제안하자 오기호가 기다렸다는 듯 선뜻 응했다.

주막에 들어서자 막걸리를 시원하게 한 잔씩 들이켰다. 목이 마르던 차에 청량음료 같았다.

–자네는 요즘 어떻게 지내나?

오기호가 나철에게 물었다.

–역사에 빠져 사네.

–생뚱맞게 역사는 무슨 역사?

–그렇게 보일걸세. 하지만 생각해보게.

오기호의 생뚱맞게 무슨 역사냐는 물음에 나철은 오히려 기가 살았다. 하고 싶은 이야기를 풀어놓을 채비였다.

–무슨 전사 같네. 역사에도 전사가 있나?

–있다면 있지.

오기호의 말에 나철이 선언하듯 말했다.

–먼저 내 얘기를 들어보게.

나철이 오기호의 말문을 막고 일대 연설이라도 할 듯했다.

–무슨 얘기길래 그리 서문이 기나?

–그랬나. 내가 몇 년째 역사에 빠져 사네. 내가 물어볼 테니 대답해보게.

나철의 목소리가 조금 작아졌다.

–환국이라고 아나?

–무슨 이야기인가?

–그럼. 단군이라는 의미를 아나?
–단군할아버지를, 갑자기 무슨 뜻이냐고 물으면 말이 된다고 생각하나?
오기호가 오히려 공박을 줬다.
–나도 그랬네.
–무슨 말이야?
–그러니 내가 답답하지 않겠나. 단군이라는 말은 한 분의 할아버지가 아니라 왕이라는 뜻일세.
–이해가 가지 않네.
–나도 그랬다니까. 단군은 임금이라는 의미이고, 47분의 임금이 있었네.
–도무지 무슨 말인지 이해가 가지 않네.
–치우천황이라고 들어보았는가?
–처음일세.
–우리 고대의 천황으로 전쟁의 신이라고 불릴 만큼 대단한 분이었네. 지금도 사찰에 가면 남아있네. 문 하단의 문양으로 그려져 있는 곳이 꽤 있네. 도깨비상이라고 하는데 치우천황을 상징화한 것일세.
–이 사람아. 전쟁의 신이 왜 절의 문양으로 들어가겠나. 정신 차리게.
나철이 역사를 가르치려다 도리어 면박을 받았다.
순간 나철이 생각했다. 역사를 지금 자신의 방법으로 전파하면 공박을 받거나 정신이상자로 볼 수 있겠구나 싶었다. 역사를 조직적이고 체계적으로 조선인에게 심어주려면 다른 방법을 찾아야겠다고 생각했다. 치우천황이 어떻게 절간의 문양으로 남아있는지를 설명하기에는 역부족이었다. 이기로부터, 계연수로부터 배웠으나 아직은 체계적이지 않았다. 삼성전이나 산신각, 그리고 대웅전이 절에 왜 있게 되었는지를 설명할 자신이 없었다. 자신의 역사지식에 한계를 느꼈다. 그리고 차근차근 역사적 사실을 공부할 필요가 있었다. 갑자기 설명을 하면 뜬구름 잡는 이야기가 되고 말았다.

이제 망국으로의 길이 어쩔 수 없는 현실로 다가오고 있었다. 나라가 망하더라도 민족정신을 지켜야만 장차 국권을 회복할 수 있음을 보았다. 민족정신을 지키기 위한 방법으로 역사가 강조되고 있었다. 종교도 주목을 받았다. 나철은 아직은 미숙했다고 생각했다. 더욱 우리의 철학과 사상을 공부해서 갈 방향을 잡겠다는 다짐을 했다.

나철은 친구 하나도 자신이 설득하지 못하면 누구를 설득하겠는가 싶었다.

–왜 우리는 흰옷을 입는지 아나?

–…

–우리나라 이름이 조선인데 조선이 무슨 뜻인지 아나?

–…

–사람이 죽으면 왜 칠성판을 깔고, 정안수를 떠놓고 비는 것은 아나?

오기호는 답하지 못했다.

–음식을 먹을 때 왜 고수레를 하는지 아나?

역시 오기호는 답하지 못했다.

–하나만 더 물어 보겠네. 배달민족이라고 하는데 배달이 무슨 뜻인가?

–…

오기호는 대답하지 못했다.

–우리는 우리의 역사와 정신을 잃어버렸네. 나라 이름의 뜻도 모르지 않는가. 배달민족이라고 하면서 나름 조선의 덕망 있는 선비라는 사람이 배달의 의미를 모르고 있지 않은가. 내가 살고 있는 조선의 풍속이 어떻게 생겨났는지, 그 이유가 무엇인지 모르지 않는가.

나철의 목소리가 커졌다. 자신도 모르게 마음이 타올랐다. 오기호는 말을 못했다.

–유학이 우리 것인가, 불교가 우리 것인가?

오기호는 진정 자신의 한계를 느꼈다. 친구 나철이 묻는 것에 명쾌하게 답변하지 못했다. 유학에 대해서는 자신하던 오기호였다. 공자와 맹자에 대해서 꿰차고 있다고 자랑하고 있었다. 불교에 대해서 나름 안다고 생각했다. 정작 조선의 것들에 대해서 아는 바가 없었다. 내 나라의 풍속과 내 나라의 역사는 모르고 있었다.

–나는 이렇게 생각하네.

나철의 목소리는 좀 더 비장했다.

–망국이 어쩔 수 없는 현실로 다가오고 있다고 생각하네. 나라는 망하더라도 민족정신을 지켜야만 장차 국권을 회복할 수 있다고 생각하네. 민족정신을 지키기 위한 방법으로 역사가 필요하다고 보았네. 민족종

교여야만 하네.

–우리에게 종교가 있던가?

나철의 설명에 오기호가 되물었다.

–우리의 종교는 개인숭배나 신을 믿는 것이 아닐세.

–그렇다면 무엇을 믿나?

–인간을 믿는 종교일세. 인간 중에서도 자기 자신일세.

–나 자신을 말하는가?

–그렇네.

–이해가 안 가네.

–다 알고 있는 내용일세.

오기호는 나철이 한 말의 의미를 알듯 모를 듯했다.

–인간은 최상의 존재로 보고, 인간 자신의 극대화를 수련을 통해 자신이 하는 것이 우리의 전통종교라네.

–그것은 수양이라 하고, 참선이라고도 하고, 수련이라고 하는 것을 말하는가?

–그렇지. 그것이 바로 우리의 전통종교일세.

–…?

–하늘과 땅과 인간이 일치된 존재로 보고 우주의 원리와 자연의 원리를 인간 스스로 꿰뚫어 세상을 이해하는 한 단계 고양된 전인적인 인간이 되는 것을 말하네. 그것이 우리의 종교라네.

–지금 우리에게 그것이 종교로 존재하지 않잖는가?

–그렇네. 지금은 없네. 그것이 사라지고 외래종교가 들어와 있네.

–외래종교라면 불교와 유교, 그리고 요즘 들어온 기독교를 말하는가?

–그렇네. 모두 우리의 것이 아닐세. 우리의 종교는 순수하고 깊네.

–우리 종교의 특별함은 무엇인가?

나철의 설명에 오시호가 조금씩 관심을 보이기 시작했다.

–우리의 종교는 자신 안에 있는 마음을 사유와 각성을 통해 최고의 인간으로 스스로 만들어 최고의 존재가 되는 걸세. 그래서 세상에 유익을 주는 것이 우리의 사상이고 종교라고 할 수 있네.

나철은 그동안 공부한 것을 총동원해서 설명했다.

–지금 설명한 것이 우리의 정통종교라고 했나?

–그렇네.

–그렇다면 종교를, 기울어가는 나라를 살리는 방법으로 보고 있나?

오기호는 선비답게 하나하나 짚어가며 물었다.

–아직 확신은 없지만 그렇게 생각하고 있네.

나철의 종교에 대한 생각을 처음으로 자신도 모르게 이야기하고 있었다. 그동안 마음 안에서 혼돈을 겪었던 것들이 터져 나왔다. 아직은 영글지 않았지만, 마음 안에서 기회를 엿보고 있던 생각과 구상이었다. 나철은 민족종교를 일으키는 방법을 통해 민족정신을 지킬 수 있는 방안을 찾고 있었다.

5. 천부경, 삼일신고, 참전계경

계연수와 이기, 이탁과 잃어버린 역사를 논하다

은자들의 만남이 이루어지고 있었다. 망국이 만들어낸 역사의 은자들이었다. 역사도 돌고 돈다. 고조선이 망하고, 고구려가 망하고, 발해와 신라가 망하고 새로운 강자가 대륙에서 탄생했다. 강자가 강자로만 존재하지 않는다. 강자는 바뀐다. 강국에서 약소국으로 전락해서 강국의 역사가 가진 문명을 만든 사람들의 후손인 은자들의 자리였다.

이탁과 술을 한잔하고 밖으로 나왔다. 시냇가로 나왔다. 정주는 사람이 살기 좋은 곳이었다. 평야지대와 산이 함께 발달하여 있어 농산물이 비교적 풍부했다. 바다가 인접하고 있어 바다로 연결되는 교통로와 산악으로 이어지는 길이 발달해 있었다. 정주 중앙부를 달천강이 남북방향으로 관통하면서 흘러 서해로 흘러들고 작은 하천들이 발달해 있었다. 산악지대와 평야 그리고 바다를 끼고 있는 나루가 발달해 있었다. 산을 끼고 흐르는 시내를 바라보고 앉았다.

–고생들 하셨습니다.

이탁이 이기와 계연수에게 은자로 살아온 것에 대한 위로의 말이었다.

–어느 날 갑자기 짐이 어깨 위에 떨어졌습니다.

–그랬지요.

이기가 은자의 자리를 물려받으면서 받았던 묵중한 역사의 무게를 이해했다. 대부분이 역사의 은자 자리를 아버지로부터 갑작스럽게 이어받았다. 공감의 말이었다. 이탁이 그랬고, 이기가 그랬다. 그리고 계연수도 그랬다. 벗어버릴 수 없는 역사의 굴레로 빨려들어 갈 수밖에 없는 운명이었다.

–제게 있는 참전계경을 드리겠습니다. 소중한 책입니다.

–감사합니다. 감사히 받겠습니다.

이탁의 말에 이기가 감사한 마음을 전했다.

–조선에 단 한 권뿐일 수도 있습니다.

–아마 그럴 것으로 봅니다.

다시 이탁의 말을 이기가 받았다.

–망할 것 같은 나라에서 우리 환족이 살아가는 참된 법을 적은 책이 참

전계경인데 전하게 되어 막막할 뿐입니다.

–설령 조선이 망국의 길을 가더라도 조선이 광명을 찾는 날에 전할 수 있도록 하겠습니다. 이제는 숨겨놓고 보관하는 것이 중요한 것이 아니라 목판을 찍어 전해야 할 때입니다. 막중한 임무가 저희에게 주어졌습니다.

이기가 말하면서 계연수를 바라보았다. 역사를 세상에 펼쳐야 할 사람으로 계연수를 생각하고 있었다. 임무를 완성하기 전에는 죽을 자격도 없었다. 환족의 역사가 사라지고 마는 일이 생기기 때문이었다.

–천원지방天圓地方이라는 말은 많이 들어보셨지요?

–예. 궁궐이나 관청에 호수는 사각으로 만들고 안에 섬은 둥글게 만들어 놓은 것이 지금 남아있습니다. 하늘은 둥글고 땅은 네모나다는 천원지방의 흔적이지요.

이탁의 물음에 이기가 답했다.

–예. 하늘은 둥글고 땅은 네모나다는 우리의 의식체계를 확장한 것이 원방각이라고 봅니다.

–저도 그렇습니다.

–원방각은 천지인을 그대로 도형으로 표시했다고 봅니다. 하늘은 둥글고 땅은 네모나다는 천원지방에 인간이 들어가 원방각이 되었습니다. 원방각은 ○, □, △로 표시합니다.

–그렇지요.

이탁과 이기가 이야기를 주고받았다.

–원방각에서 원은 ○, 방은 ㅁ, 각은 △로 표시하는데 천지인의 원리와 한자가 만들어진 원리가 아주 유사합니다. 같은 생각을 가진 사람이 만들었을 가능성이 큽니다.

–그렇습니까?

역시 이탁의 말을 이기가 받아 다시 질문했다.

–살펴보세요. 우선 훈민정음의 글자 모양을 그대로 고대 우리의 원방각의 모양을 그대로 따왔습니다. ㅇ이 ㅎ ㆆ ㆁ으로 발전했습니다. ㅁ은 ㅂ ㅍ으로 만들어졌고요. 그리고 ㅅ은 ㅈ ㅊ으로 발전되었습니다.

–그럼 나머지는 무엇에서 따온 것입니까?

–바로 천지인天地人에서 하늘을 표시한 ㅡ과 땅을 표시한 ㅡ, 그리고 사람을 표시한 ㅣ를 조합한 것이 ㄱㄴㄷㅌㄹ입니다. 좀 더 자세하게 설명하면 하늘과 땅을 설명하면 자연스럽게 이어지는 것이 천손민족입니다. 우리가 하늘에서 왔다는 것이지요. 하늘에서 내려오는 모습이 ㄱ입니다. 그리고 죽어서 하늘로 올라가는 모습이 ㄴ이지요. 다시 이어서 말하면 ㄱㄴㅌㄷㄹ이 바로 추리의 천손의식을 설명한 기호라고 할 수 있습니다.

–아하. 그렇군요.

이탁은 이기에게 일목요연하게 정리해 설명하자 바로 인정했다.

–같은 것을 표시하는 체계가 여러 개였군요.

–그렇습니다.

–다시 한번 정리해 주시겠습니까?

이기가 이탁에게 부연설명을 부탁했다.

–천지인과 원방각을 표시하는 우리의 고대 상징체계가 몇 가지 됩니다.

천지인天地人

一 一 ㅣ

• 一 ㅣ

원방각圓方角

○ □ △

여기에 더해진 것이 천부경에서 말하는 一二三입니다. 이해되시지요. 一이 하늘이고, 二가 땅이고, 三이 사람입니다. 전부 종합하면 이렇게 됩니다.

천지인天地人

一 一 ㅣ

• 一 ㅣ

一二三

원방각圓方角

○ □ △

정말 다양하게 표현하고 있습니다.

이탁이 천지인과 원방각의 관계를 잘 정리해 설명했다.

–공부를 많이 하셨습니다. 일목요연하게 정리를 하셨습니다.

이탁의 설명을 듣고 이기가 말했다.

–우리의 천지인의 원리는 一二三의 원리인 천지인이 하나의 뿌리에서 나와 나뉘었으나 결국 근원은 다시 하나라는 원리입니다.

–천부경은 놀라운 경입니다. 불과 81자로 세상의 원리, 자연의 원리, 우주의 원리를 설명하고 있어서입니다.

이탁과 이기의 대화는 자연스럽고 깊이가 있었다.

–자음이 만들어진 원리가 천지인과 원방각이라고 하셨는데 모음은 천지인의 원리만으로 만들었다고 볼 수 있습니까?

–잘 보셨습니다. 모음은 천지인 중에서 〈• ㅡ ㅣ〉으로 만들어졌습니다.

–…

–천지인을 몇 개의 상징으로 표시했습니다. 상징의 확장이기도 하지만 상징의 심화이기도 합니다. 우리 문화는 넓이와 깊이를 함께 고집한 문화입니다. 정확한 설명은 하도낙서를 이해하면 바로 모음이 생기는 원리를 이해하게 됩니다.

하도낙서를 그려가면서 음양오행의 원리에 의해 모음이 만들어지는 것을 자세하고 심도 있는 설명을 했다. 이탁의 이야기를 이기와 계연수는 귀 기울여 들었다.

–그렇다면 훈민정음을 만든 사람은 누구라고 보시는 것입니까?

–당연히 선조들이 만든 글이라고 봅니다. 글자 체계는 천지인 원방각

으로 만들었고, 부족한 소리글자였던 것을 세종께서 문자원리를 확대 발전시킨 것으로 봅니다.

이탁은 확정적으로 단정하듯 말했다.

–근거가 있습니다. 그냥 하는 말이 아닙니다.

이탁의 목소리가 커졌다.

–세종도 말씀하셨습니다. 자방고전字倣古篆이라고. 글자를 모방해서 만들었다는 의미지요.

–그러면 누가 만들었다고 보십니까?

–선조들이 만들었지요. 고조선의 3대 단군인 가륵단군이 삼랑 을보륵에게 명해서 만들었습니다. 삼랑은 벼슬 이름이고 을보륵은 사람 이름입니다.

사실 훈민정음에 대해서는 이기가 하고 싶은 말이 있었다. 집안의 가보로 전해 내려오던 〈태백일사〉를 아버지로부터 공부하면서 들었고 확인했던 내용이었다. 그 내용을 이탁이 알고 있다는 사실이 놀라웠다. 이탁은 놀라운 것들을 알고 있었다. 사실 훈민정음이 천지인과 원방각의 원리, 그리고 하도낙서에 의한 음양오행의 원리로 만들어졌다는 것을 단정적으로 설명하는 것에 놀랐다. 이기 자신이 알고 있는 것보다 한 단계를 더 깊이 들어가 있는 사람이었다.

–훈민정음을 만든 것은 신미대사입니다. 속리산에 법주사가 있습니다. 그곳에서 공부하는 스님들은 이미 알고 있는 내용입니다. 신미대사는 법주사의 말사인 복천암이라는 암자에서 머물면서 훈민정음을 만들었

지요. 우리말의 근원이 범어인 것을 알게 되는 순간 훈민정음의 원리와 비밀에 싸여있는 것들이 드러날 것입니다.

–범어가 우리말과 깊은 연관성이 있다고 말씀하시는 겁니까?

이번에는 계연수가 물었다.

–그렇지요.

이탁은 계연수의 질문에 확정적으로 답했다.

–그렇다면 세종의 역할은 무엇입니까?

–세종은 문자를 백성에게 보급하고자 전체를 기획하고 이끌어 가신 분입니다. 왕조시대에 모든 일은 왕이 한 것입니다. 그리고 숭유억불 정책에 의해 스님을 무시하던 사회에서 신미를 보호하기 위한 여러 방법을 썼습니다.

–그렇군요.

이탁의 말을 계연수가 받았다.

–신미대사라는 분이 만들었다 해도 세종의 업적이 줄어드는 것은 아니지요.

–당연합니다. 통치자의 국정능력이 중요한 것입니다. 더구나 직접 기획하고 이끌어갔으니 당연히 세종의 업적이겠지요. 하지만 세종은 분명하게 말했습니다. 오래 된 옛글자를 모방했다고.

이기가 신미대사가 훈민정음을 만들었다고 해도 세종의 업적이 줄어드는 것이 아니라는 말에 이탁도 인정했다.

감연극, 홍범도 부대까지 접근하다

김형구와 태양욱은 먼 길을 걸어와서 북청에 도착했다. 지게를 교대로 지며 왔다. 산으로 접어들고 있었다. 진지를 구축하고 있는 곳으로 바로 올라갈 참이었다. 산길을 걸어서 올라가고 있었다. 따라붙는 사람이 있었다. 태양욱과 김형구는 날카로운 직감을 가지고 있는 사람들이었다. 태양욱은 야수를 잡는 포수의 감각과 눈매를 가진 사내였다. 김형구는 무술로 다져진 사람이었다. 예리한 직감을 가지고 있을 뿐 아니라 대처능력도 가진 사람들이었다.

갈림길을 막 돌아서면 다시 굽잇길을 만났다.

두 사람이 몸을 감췄다. 좇던 두 사람이 사라지자 따라오던 두 사람이 달려왔다. 누구의 설명도 필요 없었다. 분명하게 자신들을 추적하고 있었다. 모르는 듯 따라오는 두 사람 앞에서 김형구와 태양욱이 다시 걸었다. 그러다 다시 꺾어진 길에서 몸을 숨겼다. 그러자 다시 허둥대며 달려왔다. 분명했다. 김형구와 태양욱을 추적하는 것을 확인했다. 머리가 짧고 복장으로 봐 일본인이었다.

굽잇길을 돌아 바로 몸을 숨기고 기다렸다. 다시 쫓아오듯 사라진 두 사람을 찾았다. 같은 복장을 한 같은 소속 사람이었다. 북청을 들렀을 때 따라 붙은 것으로 보였다. 가까이 다가오고 있었다. 두리번거리는 것으로 김형구와 태양욱이 어느 길로 선택해 갔는지 살피고 있었다. 땅바닥을 살폈다. 그리고 김형구와 태양욱이 갔을 것으로 추정되는 길로 꺾어서 돌아가는 순간 김형구가 먼저 가격했다. 한 방에 그대로 쭈욱 뻗었다. 다른 한 명이 주머니로 손이 들어가고 있었다. 권총을 꺼내려는 순간이었다. 순간 태양욱의 발이 얼굴을 가격했다. 쓰러지는 추격자를 다시 김형구의 발이 쭈욱 뻗으며 들어갔다. 그대로 길바닥에 쓰러졌다. 이미 끝났다. 특히 김형구의 몸은 차갑고 날카로운 비수처럼 두 명의 추격자를 쓰러뜨렸다. 기사범과 함께 무술을 배운 고수다웠다. 치고받고 싸우는 것이 아니라 일격에 끝내버리는 범접하기 어려운 몸놀림이었다.

몸을 수색하자 권총을 하나씩 차고 있었다. 일본인이었다. 감연극이 보낸 밀정들이었다. 신분증이 발견되었다. 내용은 알 수 없었으나 일본 군복을 입은 모습이었다. 밀정이 확실했다. 태양욱은 두 명의 추격자를 간단하게 머리를 꺾어 처리했다. 그렇다면 벌써 이곳까지 추격했다는 말이었다.

–일본군이 우리 진지를 파악하기 위해 보낸 놈들입니다.

–이곳에 오니 전쟁터에 온 기분일세.

–사실 전쟁터입니다. 벌써 수백 명이 사살되고 무기고를 털고, 털리는 현장에 와 있습니다.

–실감나네.

태양욱의 말에 김형구가 느낌을 이야기했다.

진지에 도착하자 홍범도가 반갑게 맞아주었다. 예상하지 못한 김형구의 등장에 놀라워했다.

–반갑네.

–우리와 전혀 다른 사람일세.

홍범도가 김형구를 보고 반가워하자 김형구가 홍범도의 그런 모습을 보고 놀라워했다. 평소 그렇게 반가워하는 모습을 본 적이 거의 없었다. 홍범도는 기사범과 함께 생활할 때는 조용하고 말이 없던 사내였다. 지금 김형구를 맞는 모습은 통 큰 사내의 모습이었다. 자신감과 넉넉함이 가득 했다.

–사람이 완전히 달라졌네.

–그렇게 보이는가.

–사람은 변하지 않는다고 했는데 친구를 보니 그 말이 틀린 것을 알겠네.

–그곳에선 기사범이라는 스승님의 힘이 강해서 배우는 학생으로 있었지.

홍범도의 말을 김형구가 인정했다. 그곳에서는 기사범이란 존재가 컸고, 김형구는 직접적이고 화통한 성격으로 숨김없이 내뱉는 성격이어서 홍범도는 자신을 드러낼 필요가 없었다. 정말로 학생처럼 공부하는 자리였다.

–정말 고생했네.

–오는 길에 형님을 만나 쉽게 왔습니다. 짐꾼으로 부린 죄, 용서하십시요.

홍범도의 고생했다는 말에 오다 만난 김형구의 이야기로 화제를 바꿨다.

–한데 어찌된 일인가.

두 사람이 함께 온 것에 대한 홍범도의 물음이었다.

–정말 우연히 주막에서 만났습니다. 한데 홍 대장님을 찾아간다고 하셔서 놀랐습니다.

–인연일세.

태양욱이 만난 이야기를 하자 홍범도가 다시 말했다.

–오다가 큰일 당할 뻔했습니다. 일본 밀정을 만났습니다. 일본군이 근방까지 저희 진지를 파악한 듯합니다.

–어떻게 무사했나?

태양욱이 두 밀정에게 당할 뻔했던 것을 설명하자 홍범도가 물었다.

–두 놈이었는데 여기 형님께서 한 방에 한 놈씩 날려버렸습니다.

–그 실력은 인정하지. 대단한 분일세. 내가 혼나면서 배웠지.

태양욱이 김형구의 실력을 이야기하자 홍범도가 농담 삼아 말했다.

–나에게 배운 것은 없네.

김형구가 홍범도가 자신에게 배웠다는 말이 틀렸음을 설명했다.

–홍대장은 홍대장이 스승으로 모셨던 기사범이라는 분에게 배웠지.

김형구는 좀 전에는 홍범도를 친구라고 했다가 이번에는 홍대장으로 바꿨다.

–친구야. 홍대장이 무언가. 그냥 하던 대로 친구라고 하게.

—생각해보니 아니야. 이곳은 공적인 곳인데 사적인 것을 너무 그대로 드러낸 것 같네.
평소의 김형구답지 않게 조심스러운 면을 보였다.

홍범도로서는 일이 하나 더 생겼다. 주둔지가 일본군에게 알려질 경우, 공격을 받을 것이 당연했다. 공격을 피할 안전대책을 찾아야 했다. 그동안 대원이 늘었다. 그만큼 조선인들의 분노가 커가고 있었다.
태양욱이 대장실에서 나가고 홍범도와 김형구가 남았다. 오랜만에 만났다. 자유롭게 평화로운 그곳과는 달랐다. 이곳은 전쟁터 같은 느낌이 들었다. 긴장도 어느 정도 있었다.
—진정, 어쩐 일인가?
—형님이 가 보라고 해서 무작정 찾아왔네.
—나야 찾아온 것만으로도 반갑고 고맙지.
—형님이 도와줄 방법이 있는가 알아보라고 해서 왔네.
—역시 스승님이군.
—그렇지. 형님은 남다른 분이네.
기사범은 홍범도에겐 스승이었고, 김형구에겐 무술을 함께 배운 동지이자 형이었다. 기사범을 바라보는 홍범도와 김형구는 결이 달랐다.

나철, 백전을 만나다

나철은 오기호를 비롯한 강우, 유근 같은 사람들을 만나면서 마음을 굳혀가고 있었다. 국권을 회복하기 위해 백방으로 뛰었다. 의도적으로 많은 사람들을 만나기 시작했다. 국권회복을 위한 방법으로 역사는 필수, 다음으로는 정통종교를 생각하고 있었다.

정통종교는 만들기보다는 과거의 것을 되살리는 것이었다. 환족에겐 하늘에 제사를 지내는 제천의식이 있었다. 제천의식을 되살리고 선도나 도가로 알려진 전통수련을 접합한 것이 정통종교였다. 환족에게는 자연스러운 생활이었던 것을 되살리자는 것이었다.

나철로서는 할 일이 많았다. 역사공부에도 부족했고, 수련에도 깊은 경지에 도달하지 못한 상태였다. 폭발적인 관심으로 몰입하고 있어 상당수준 향상되고 있었다. 나철은 무서운 직관력과 통찰을 가지고 있었다. 전체를 하나로 꿰뚫어 보는 특별함이 있었다. 수련을 시작하자 수행에 타고난 사람 같았다.

나철은 집에 돌아와 모처럼 자신이 가지고 있는 책을 정리하기 시작했다. 고향에서 필요 없는 책들을 다 불살라버렸던 기억이 떠올랐다. 마당에 쌓아놓고 불을 지르며 지금까지 공부했던 것들을 싹 쓸어버리겠다는 마음의 결단을 내렸다.

다시 집 안에 있는 책들을 정리했다. 문득 생각이 난 것이 있었다. 고성에서 한양으로 올라올 때 지인의 소개로 만난 자리였다.

*

–자네에게는 지금 절망이 있네.

–그렇습니다.

나철은 흠칫했다. 그리고 인정했다. 자신을 바라보고 자신이 분노에 차 있다는 것을 지적하고 있는 노인이 예사롭지 않았다.

–무슨 절망인가?

–지금까지 제가 공부한 것들이 가짜였다는 것을 깨달았습니다.

–늘 어제까지의 진실은 오늘 깨어지게 되어있네.

–그러면 어떻게 해야 합니까?

나철은 자신이 가진 모든 것을 버린다는 심정으로 막상 한양에 올라왔는데 무엇을 할지 난감했다. 지금까지 배운 것이 모두 가짜라고 생각하니 자신은 백지상태가 되었다. 그렇다면 아무것도 아는 것이 없는 바보가 된 기분이었다.

–지금까지 배운 것이 거짓일 수가 없네. 다른 것을 배운 것일세.

–…

나철은 순간 할 말이 없었다.

–지금까지 배운 것은 더 큰 것을 배우기 위한 하나의 사다리가 되어주는 것이지. 그것이 없다면 다른 것을 배울 자격도 없어지지.

–…

고향에서 자신이 공부한 서적을 불태워버린 것을 떠올렸다. 그것들은 그것대로 의미가 있는 것임을 말하고 있었다.

–유교도 옳고, 불교도 옳지. 또한 도가들의 생각도 옳지. 그보다 산촌에서 평생 나무를 하며 사는 사람이나 농토를 일구며 순박하게 산 사람들의 인생도 정당하지.

–…

나철은 말없이 들었다. 기고만장했던 마음이 수그러들었다. 패배의식에 사로잡혔던 마음에 새싹이 돋는 기분이었다.

–자네는 분노로 일어설 사람이 아닐세.

–분노로 일어설 사람이 아니라면 저는 어떻게 해야 합니까?

나철이 다시 같은 말을 반복했다. 나철은 내가 지금 왜 이러지라는 생각을 하면서도 무언가 기대고 싶었다. 믿음이 갔다. 이유는 알 수 없었다. 지금 이 노인에게서 무언가를 얻어가야 한다는 생각이 나철을 지배하고 있었다. 사실 한양으로 올라오면서 너무 공허했다. 버린 것까지는 좋은데 버리고 나니 철저하게 비어있는 나는 무엇인가라는 자각이 컸다. 막막했고, 길이 보이지 않았다.

–자네는 큰 인물이 될 걸세. 자네는 강한 사람인데 지금은 어둠만 보이네.

두 사람이 만난 서대문 근처는 어수선했다. 수레를 끌고 가는 사람과 지게를 진 사람들과 머리에 짐을 진 여인들이 바쁘게 오고 갔다. 복잡하고 시끄러운 곳에서 두 사람은 집중해서 이야기를 나누고 있었다. 모두가 어지러운데 중심에 고요가 있는 듯했다. 힘들어하는 나철을 보고 소개해 준 사람이 노인이었다. 한번 만나 보라며 안내해주고는 고향 친구는 사라지고 두 사람이 이야기를 나누고 있었다.

–선생님은 누구십니까?

–내 이름은 백전伯佺이라고 하네.

–무슨 일을 하시는 분이십니까?

–당돌하구만. 그래도 밝힐 것은 밝히고 가겠네.

–…

–나의 호는 두암頭巖이고 사람들은 나를 백전이라고 하네. 나이는 90이고. 백두산에 계신 백봉신형白峯神兄의 명을 받고 자네에게 이것을 전하러 왔네.

백지에 싼 것을 나철에게 건넸다.

–제게 왜 주십니까?

–당돌하구만.

노인의 당돌하다는 말에 바로 고개를 숙였다. 노인은 보이지 않는 강한 힘이 있었다. 설명하기 어려운 묵직함이 있었다. 목소리가 부드럽고 느림에도 강한 힘이 있었다.

–걱정하지 말게. 자네는 기어이 이루게 될 걸세. 돕는 사람들을 만나게 될 걸세.

–저는 제가 무슨 일을 해야 할지를 알고 싶습니다.

–길이 저절로 열리네. 새벽은 가장 깊은 어둠을 뚫고 나오듯이 자네는

지금 어둠이지만 강한 빛이 될 걸세.

노인이 따라오라고 했다. 나철은 거부할 수가 없었다. 서대문 근처의 골목길을 따라 들어갔다. 초가집으로 이어진 집들 사이를 지나 노인이 들어가는 초가로 따라 들어갔다.

–앉게.

–예.

아무 저항 없이 집에 따라 들어왔고, 방에 들어와 앉았다.

–우리는 다시 온 사람들일세.

–예?

나철은 무슨 말인지 가늠하기 어려웠다. '우리는 다시 온 사람들' 이라는 말이 무엇을 의미하는지 알 수 없었다. 특별한 경험이었다. 유교적인 사고방식을 당연하게 알고 살았고, 중화의 역사를 당연하게 조선의 역사인 것처럼 신봉하고 살았던 자신이었다. 다시 시작하겠다고 한양으로 와서 방황했다. 방황하고 있는 자신에게 충격을 안겨주고 있는 사람이 바로 백전도사였다.

–이상할 것 없네. 자연스럽게 나중에 내가 한 말을 다시 확인하게 될 걸세.

–다시 확인한다고 하셨습니까?

–무슨 말인지 의미를 알게 된다는 말일세. 지금은 내가 아무리 설명해도 이해하지 못하네.

–…

나철은 아무 말도 하지 못했다. 다시 물어볼 수가 없었다.

만나면서부터 남달랐던 백전도사였다. 나철은 처음으로 세상에는 격이 다른 사람이 있다는 것을 알았다. 진정 궁금했지만 묻지 못했다. 사람이 가진 권위가 따뜻하고 너그러운 권위가 있다는 것을 처음으로 알았다. 백전도사의 눈빛이나 목소리가 자애로웠으나 권위가 있었다.

–내가 자네에게 전해줄 책이 있네. 나중에 필요할 걸세.

〈삼일신고三一神誥〉와 〈신사기神事記〉였다. 나철은 처음 접하는 책이었다. 유교에 함몰되어 있는 나철이었다. 과거시험도 유학에 근거한 것들이 출제되었고, 나철은 공부했다. 몇 장을 들춰 봐도 알 수 없는 내용이었다.

–이 책을 제게 주시는 이유는 무엇입니까?

–이야기하지 않았나. 나중에 필요할 거라고.

나철은 다시 궁금했다. 나중에 필요하다니. 나중에 알게 되고 나중에 필요할 거라는 말이 가슴에 박혔다.

백전도사가 건네준 책을 발견하고 백전도사를 만났던 기억이 떠올랐다. 〈삼일신고三一神誥〉와 〈신사기神事記〉였다. 받아서 집에 보관해 놓고 본 적이 없었다. 집에 가져와서 살펴보았지만 알 수가 없었다. 문득 이기와 계연수가 떠올랐다. 두 사람이라면 알 수 있는 책 같았다.

이기와 계연수는 이탁과 마주 앉아 있었다. 몇 권의 책을 내놓고 바라보고 있었다. 이탁이 그 중에 한 권을 집었다. 〈참전계경〉이었다.

–귀한 책입니다. 이 책을 세상에 전해주시기 바랍니다.

–그렇게 하겠습니다.

집안의 가보로 전해 내려오던 책이었다. 책을 가져서 부귀와 영화를 누리는 책이 아니었다. 비서였지만 나라에서 금하는 책은 아니었다. 그러나 소유해서 집안에 득이 되는 책은 아니었다. 그럼에도 집안의 가보로 대를 이어 내려오던 책이었다.

은자들이 책을 물려줄 때 치르는 의식을 진행하고 있었다. 책을 방 한가운데 놓고 다 함께 절을 했고, 전달하는 사람과 전달받는 사람이 다시 맞절을 했다. 그리고 소중하게 책을 보자기로 쌌다.

–이제 저에게서 참전계경은 떠나갑니다. 책도 운명이 있습니다.

–저도 그렇게 믿습니다. 이제 〈참전계경〉도 저희 식구가 되었습니다.

–힘든 시절에 힘든 일을 하십니다.

–도와 주셔서 감사합니다.

이탁의 말을 이기가 받았다.

–저는 이번에 원방각에 대한 이야기를 잘 들었습니다. 심도 있는 설명에 도움이 되었습니다.

–우리의 역사는 정신의 역사라고도 할 수 있습니다. 많이 느끼셨을 겁니다.

–그렇지요.

–우리 역사의 위대함은, 곧 우리나라의 위대함은 정신의 역사라는 것이 놀랍습니다. 인체의 원리를 이해하고, 마음 다스림의 원리를 깨우친 사람만이 우리 역사의 본질을 이해할 수 있습니다. 특별한 점입니다.

이기와 이탁이 이야기를 주고받았다.

–환인에 대해 아시는 바가 있으시면 한 말씀 부탁드립니다.

이기가 이탁에게 환인에 대한 이야기를 부탁했다. 스승인 이기가 역사에 대해 청을 하는 것은 처음 보았다. 그만큼 이탁의 역사에 대한 깊이를 인정한다는 말이었다.

–환桓은 크게 두 가지 뜻이 있습니다. 환은 푯말이라는 의미가 있습니다. 그리고 하나는 잘 알고 있는 환하다는 의미입니다. 세상의 뜻을 알리는 것이 푯말입니다. 환桓이 곧 푯말입니다. 우리 민족은 고대에 자신을 일러 '환桓' 이라고 했습니다. 환한 민족이라는 의미 그대로입니다. 다시 말씀드리면 태양족의 선언이지만 곧 하늘에서 내려온 천손이어서 환족이라는 의미를 함께 담고 있습니다.

이탁은 길게 풀어서 환에 대한 설명을 했다. 잠시 쉬었다 다시 말을 이어갔다.

–이번에는 인仁에 대해 말씀드리겠습니다. 무리를 다스리는 사람을 '인仁' 이라고 했습니다. 원래 '인仁' 이라는 의미는 임무를 맡는다는 뜻

입니다. 다시 말하면 '환인은 배달겨레의 지도자'를 말하는 것입니다.

이기와 계연수는 듣고 있었다.

–그래서 환인은 널리 이로움을 베풀어 사람을 구제하고, 큰 밝음으로 세상을 다스리며 맡은 바 임무를 다함에 있어 어짊으로 하는 사람을 말합니다. 다스림의 도가 '어짊仁'이라고 할 수 있습니다.

–지금처럼 부자승계가 아니었을 것으로 봅니다.

이탁의 환인에 대한 설명을 듣고 이기가 이탁에게 물었다.

–당연합니다. 선출직이었습니다. 당시는 유목과 정착이 함께 이루어지던 시대입니다. 선출은 오가五加와 무리가 협의해서 선출했습니다. 환인은 오가에서 나왔을 것으로 봅니다. 오가의 뜻과 백성들의 뜻을 서로 교환해서 백성들이 추대하는 형식이 되었습니다.

–놀라운 방식이군요. 지금으로 이야기하면 왕을 선출했다는 말씀이십니다.

–저는 그렇게 봅니다. 여러 나라가 모인 연합국입니다. 거기에 종족이 서로 다른 구성원으로 되어있습니다. 단합을 위해서 환인을 선출했습니다.

–환국시대에는 선출직 왕이었고, 단국부터는 세습으로 돌아서게 되었다고 보십니까?

–저는 그렇게 봅니다.

두 사람의 역사의 깊이는 놀라울 정도로 해박했다.

–자네. 환12국을 외우지?

이기가 계연수에게 물었다.

–외웁니다. 비리국, 양운국, 구막한국, 구다천국, 일군국, 우루국, 객현한국, 구모액국, 매국여국, 사납이국, 선비이국, 수밀이국입니다.

계연수가 환12국을 망설임 없이 외웠다.

–저런 젊은이가 있으니 역사에 희망이 보입니다.

계연수가 환12국을 거침없이 외우는 것을 보고 이탁이 반가워했다.

–환국이 3301년인데 7분의 환인이 있었다고 합니다. 어떻게 보십니까?

–저는 간단합니다. 오가의 무리 중에서 선출했을 가능성을 봅니다. 결국 오가 중에서 돌아가며 했을 가능성입니다. 환인 7분을 개인으로 보지 않고 오가 중에 한 무리가 집권을 한 기간을 말한다고 생각하고 있습니다.

–고맙습니다.

이기는 이탁의 설명에 이의를 달지 않고 받아들였다. 옳고 그름을 따질 수 있는 내용이 아니었다. 계연수는 행복했다. 역사에 대한 이야기를 이렇게 깊이 있게 이야기할 곳이 없었다. 대상도 없었다. 환족의 역사를 이야기하면 이상한 사람으로 치부하기 일쑤였다. 듣도 보도 못한 이야기여서 토론을 할 수 있는 내용이 아니었다.

–오가五加와 오사五事에 대해서 말씀해 주실 수 있습니까?

–좀 전에 말씀드렸던 것과 유사합니다. 선출된 환인이 있고, 바로 하부에 오가가 있었습니다. 오가는 다섯 종족을 말합니다. 환국을 세운 대

표적인 종족이라고 할 수 있습니다.

–아, 예.

–오가와 오사는 환국의 왕인 환인을 돕는 역할을 수행하며 행정을 담당하게 되었습니다.

–그렇군요.

–오가와 오사는 국정을 돕는 역할을 하다 행정 기구 역할을 수행하게 되어 오가와 오사는 하나의 연결된 체제로 보입니다.

–오가가 담당한 오사는 역할이 달랐지 않습니까?

–그렇지요. 오가가 동물을 상징하는 부족입니다. 환국을 세운 중심 부족으로서 행정을 나누어 담당하게 되었던 것으로 보입니다. 그래서 우가牛加는 곡식을 주관하는, 즉 농업담당기구로, 마가馬加는 왕명을 담당하는 기구로, 즉 지금의 승정원 역할을 맡고, 구가狗加는 형벌을 주관하는 지금으로 말하면 형조 역할을 맡고, 저가猪加는 질병을 주관하고, 양가羊加는 선악을 담당하는 역할로 교육을 담당했던 것입니다.

–다시 한마디로 정리하면 환의 의미는 무엇이라 생각하십니까?

– '온전하게 하나 된 광명' 을 말합니다. 굳이 설명하면 천지인이 하나라는 의미도 함축되어 있습니다.

세 은자는 대가들이었다. 역사의 대가들이었다. 특히 계연수는 스승 이기와 이탁의 대화에 빠져들었다. 고맙고 감사했다. 자신이 가지고 있지 않은 것을 채워주고 있었다. 은자들은 자신이 가진 역사의 조각만을 가지고 있었다. 그것을 끼워 맞추어야 전체를 하나로 통합할 수 있었다.

이탁을 찾아온 것도 역사에서 빠진 조각을 찾아내는 데 중요한 역할을 하기 위해서였는데 의미있는 방문이었다.

홍범도, 김형구의 도움을 받아 부대를 훈련시키다

태양욱이 역사 서적을 가지러 한양으로 간 사이 홍범도는 일본군 주둔지를 공격할 준비를 하고 있었다.

–이곳에 오니 긴장이 되고, 전장에 와 있는 것 같네.

–그럴 거야. 모두 전쟁을 준비하고 있으니 그럴 수밖에 없어.

총검술을 배우고 군사훈련을 받고 있었다. 아직은 미숙한 점이 있었지만 제식훈련도 했다. 사격훈련과 무술도 했다. 무술은 홍범도가 담당했지만 이번에 호신술까지 겸비해서 훈련을 했다. 무술은 홍범도보다 김형구가 한 수 위였다. 김형구에겐 평생을 한 무술이었다. 몸에 익어 있었다. 생활처럼 자연스럽고 숙달되어 마치 예술 같았다.

김형구가 진지 내에서 시범을 보였을 때 모두 탄성을 질렀다. 창과 칼까지 다루는 모습은 한판 춤 같기도 했다. 조선인에게 이런 대단한 무술이 있었는가 싶었다. 대부분이 처음 보는 조선의 전통무술이었다. 창검까지 쓰는 무술은 좀처럼 보기 어려웠다. 숨어 있던 무술의 고수를 만난 듯 환호했다.

김형구는 성격답게 호탕하고 당당하게 시범을 보였다. 시범을 보이며 아주 흡족한 모습이었다. 어디에서 시범을 보일 곳이 없었다. 무술 하는 사람들의 도장에서 가능한 일이었지만 무술을 접하지 않은 사람들에게 보이는 시범은 즐거웠다. 시범을 마치고 숨을 몰아쉬면서도 지치지 않고 힘이 넘쳤다. 땀이 흠뻑 젖었지만 얼굴에는 웃음이 가득했다.

—살아있네.

—몸에 익어 있지. 어려서부터 한 무술이니 내게는 자연스러운 일이야.

홍범도가 김형구의 무술시범을 보고 칭찬했다.

—마치 신기가 든 사람 같네.

—자네가 사냥에 도사인 것과 같은 걸세.

홍범도의 말을 김형구가 받았다.

—우리는 여기에서 이틀 후에 일본군의 주둔지를 공격할 걸세. 내 생각을 말하겠네. 자네는 이번에 참가하지 말고 돌아가게.

—왜 내쫓나?

—쫓는 것이 아닐세. 다음에 스승님하고 상의한 후에 어떻게 행동할 것인가를 결정하게.

홍범도의 생각을 듣고 김형구가 잠시 생각에 잠겼다. 마음의 준비가 되어있지 않은 것을 홍범도가 눈치챘다. 망설이다 받아들이기로 했다.

—그렇게 하겠네.

김형구가 시원하게 결론을 냈다.

부대의 주둔지는 높은 곳에 자리 잡고 있었다. 전체가 내려다보이는 곳이었다. 주둔하면서 불편한 것이 식수문제인데 작게 흐르는 시내가 있어 식수 걱정을 하지 않아도 되었다. 밑에서는 보이지 않고 위에서는 아래가 내려다보이는 안전한 곳이었다. 주둔지를 끼고 양옆으로 낮게 산이 두르고 있어 방어에도 좋았다.

–내 하나 물어보겠네.

–정색을 하는 것을 보니 중요한 것을 말하려나 보군.

김형구의 물어보겠다는 말에 홍범도가 방어 자세를 보였다.

–중요한 건 아니고 나로서는 이해가 가지 않는데 왜 목숨을 걸고 일어났는가를 묻고 싶네.

김형구는 말해놓고 어색해하면서 다음 말을 이었다.

–사실 나는 나라 걱정을 해 본 적이 없거든. 나라가 나를 위해 해 준 것도 없고, 나라라는 의미도 잘 모르고 살아온 것이 전부야.

김형구의 솔직한 말이었다. 나라가 해 준 것도 없고, 나라라는 의미도 모르고 겨우겨우 하루하루를 살아가는 사람인데 나라를 위해 목숨 걸고 나선 이유가 무엇이냐는 물음이었다.

사실 홍범도도 비슷한 생각을 했다. 자신뿐만이 아니라 이곳을 찾아온 사람들의 대부분이 일반 백성으로 나라에서 받은 것이 없는 사람들이었다. 나라에서 녹을 받아본 적도 없고, 나라라는 의미도 모르고 살아온 사람으로 나라를 위하여 목숨을 건다는 것이 어쩌면 생뚱맞았다. 솔직하게 홍범도도 뚜렷한 목적이나 목표를 설명하기 어려웠다.

–나는 이렇게 말할 수 있네. 내가 살고 있는 이 땅에 사는 선량한 사람

들을 다른 나라 사람들이 이유 없이 죽이고 모욕을 주는 일을 참을 수 가 없었네. 나에게 아직 국가관이나 애국이라는 말은 낯서네. 나는 진정으로 눈물 나게 착한 사람들을 지키기 위해서 일어났네.

솔직한 홍범도의 마음이었다. 내가 태어나고, 내 부모가 살았고, 내 자식이 살아갈 이 땅을 지키는 것이 목표였다. 선량하고 눈물 나게 착한 사람들을 지키는 것이 이유였다. 그래서 역사가 필요한 것을 느꼈고, 태양욱을 한양까지 보내 역사책을 가져오도록 했다. 역사를 알면 내 나라라는 자각과 내 나라를 지켜야 한다는 애국심을 불러일으킬 수 있기 때문이었다.

–고맙네.

김형구가 홍범도의 말을 듣고 말했다. 솔직하게 자신의 생각을 말해 준 것이 고마웠다.

–자네는 영웅일세. 일어선 용기도 대단한데, 말도 잘하네.

김형구의 진심 어린 말이었다. 솔직하게 말하니 감동이 왔다.

–내가 말을 잘한다고?

–나를 감동시켰으니 영웅이지.

김형구가 자신이 말해놓고 크게 웃자 홍범도도 따라 웃었다. 김형구의 본심이었다. 기사범과 함께 생활할 때는 몰랐던 홍범도의 새로운 면을 보았다. 더욱 대담해졌고, 자신감이 넘쳐 있었다. 조용하던 성격이 활달해진 것을 느꼈다.

전운이 감도는 주둔지에서 김형구는 짐을 꾸렸다.

–살아서 보세.

–당연하지 살아서 보세.

김형구가 살아서 보자는 말에 홍범도가 당연하다는 말로 받았다.

사내들의 이별은 짧았다.

전佺을 논하다

역사학당에 이기와 계연수가 도착했다는 소식을 듣고 나철이 바로 달려왔다. 나철은 궁금했던 것이 있었다. 자신이 백전도사로부터 받아 보관하고 있던 책이 어떤 책인지 알고 싶었다. 무심코 받아서 잊고 있었던 책을 발견하고 바로 알고 싶었으나 이기와 계연수가 자리를 비워 참고 기다려야 했다. 나철은 〈삼일신고三一神誥〉와 〈신사기神事記〉를 들고 달려왔다.

–귀한 책을 누구에게서 받았나?

–귀한 책인가요. … 백전도사라고 합니다.

이기의 질문에 머릿속에 귀한 책인가라는 궁금함과 이기의 물음에 답해야 하는 두 마음이 엉켜서 대답이 혼란스러웠다.

–귀한 책일세. 백전도사라.

이기가 생각에 잠겼다.

–백전伯佺이라면 소전素佺과 같은 뜻인데.

–맞습니다. 백전과 소전은 같은 뜻입니다.

이기가 생각에 잠겨 혼잣말처럼 하자 옆에 있던 계연수가 말했다. 나철은 무슨 의미인지 모르고 엉거주춤한 자세로 있었다.

–이 책을 전해 준 분은 우리 환족의 역사를 아시는 분일세.

–무슨 말씀이신지 모르겠습니다.

이기의 말에 나철이 답했다.

–환족의 역사를 하는 분들은 이름부터가 다르네. 백전도사라는 분은 환족의 역사와 깊은 관계를 맺고 있는 분이라는 말이네.

–그걸 어떻게 아세요?

이기와 계연수가 이름을 대자 바로바로 환족의 역사를 아는 분이라는 말을 듣고 놀랐다.

–조금만 공부해도 알게 되네. 내 설명하지.

이기가 나철에게 설명할 준비를 하자 나철의 눈이 빛났다. 뒤늦게 참석한 이태집과 이상룡의 눈도 빛났다.

–우리 민족에게 공통된 인자가 있네. 태양日과 흰색白과 칠성七星이라는 인자가 있네. 먼저 그 설명부터 하겠네.

이기가 잠시 멈추었다 이야기를 시작했다.

–우리의 천부경이나 나라 이름이나 중요한 것들에는 한결같이 태양이 들어가네. 표식으로는 태양日일세. 다음으로 흰색이 들어가는데 우리는 흰색을 숭상했지. 가장 밝은 태양을 상징하기도 하고 밝은색이라는 의

미도 있네.

–한데 백전伯佺에는…

나철은 이야기를 하면서 동시에 느끼는 바가 있었다.

–아하, 백伯이라는 글자에 흰색白이 들어가 있군요.

나철은 특별한 것을 깨우친 느낌이었다. 아하. 이런 것이 환족이구나 하는 마음이 들었다.

–우리가 백의민족이라는 하는 것에도 '백白' 이 들어가 있어 우리 환족을 말씀하시는 거군요.

–그렇네. 그렇다면 생각해보게. 백전과 소전이 같은 의미라는 것을.

이기의 제안에 나철은 생각에 잠겼다. 나철은 직관과 통찰을 가진 사람이었다. 거기에 한자에 능통한 사람이었다.

–아하.

나철이 탄성을 질렀다.

–이제 알겠습니다. 백과 소가 같은 뜻이 들어있습니다. 백伯에 흰 백白이 들어있고 희다는 뜻이고, 소素는 자체에 희다는 의미가 들어있으니 같은 의미입니다. 그리고 희다는 것은 바로 우리 환족을 의미하는 것입니다. 그래서 소복素服이 우리의 흰옷이군요.

–그렇지. 이제 홍암이 환족의 세계에 입문하게 되었네. 지금 같은 것을 깨우치게 되면 주체할 수 없는 단계가 오네. 참을 수없이 우리의 역사에 빠져들게 되지. 놀라운 정신세계가 기다리고 있거든.

나철이 진일보하는 것을 적극 칭찬했다.

–내가 좀 더 설명하겠네. 백伯이라는 글자에는 '하얀 사람白人' 이라는 직역도 가능하지만 다시 말하면 환족을 선언한 것으로 보면 되네. 흰 소素도 마찬가지고. 문제는 백전伯佺과 소전素佺에서 전佺의 의미일세. 소전거사라고 아나?

–소전거사요?

–그렇네.

–모르겠습니다.

이기가 대뜸 소전거사를 묻자 나철은 대답하지 못했다.

이기는 소전거사에 대해 설명했다. 환족의 고대 기록이 들어있는 책들이 우리 한민족에게 전해질 수 있었던 기적적인 사건이 있었다. 중심에 바로 소전거사素佺居士가 있다. 소전거사가 굴 속에 보관하고 있던 비서를 세 사람에게 전했다. 도를 닦고 지키면서 마침내 역사적 기록물을 알려주었다. 소전거사는 당대에 뛰어난 세 사람을 불렀다. 고려 공민왕 때 행촌 이암李嵒, 조정에서 같이 근무한 범장范樟으로 범세동范世東이라고도 한다. 그리고 〈진역유기〉를 쓴 이명李茗이라는 사람을 불렀다. 세 사람을 불러 수천 년에 걸쳐 전해 내려온 우리 역사의 기록물을 전했다. 소전거사가 한반도의 중부 지역에 있는 경기도 양주 천보산에서 세 분에게 역사 기록을 전해주고, 세 분이 결의 동맹을 하게 되었다.

이기가 나철에게 소전거사에 대해서 자세하게 설명했다.

–바로 백전이란 이름과 소전이란 이름의 의미가 같은 것은 같은 역사를 전수하는 임무를 맡은 분들이라는 것일세.

이기가 나철에게 설명했다. 이기의 설명은 계속되었다.

–전佺에 대해 이야기하겠네. 전佺이란 글자를 살펴보게. '사람 인人+온전 전全' 일세. 온전한 사람, 즉 모든 것을 갖춘 사람이란 의미지. 환족들에게 온전한 사람은 수련을 통해서 득도한 사람일세. 달리 말하면 도통해서 신선이 된 사람을 말하네. 바로 환족의 상징적인 인물이고, 환족의 이상형이라고 할 수 있는 사람을 말하네.

이기가 차분하고 길게 설명했다.

–그렇다면 우리 민족이 가진 상징으로 만들어진 이름을 가졌으니 바로 수련으로 도통한 사람으로 역사에 관심을 가진 사람이라고 할 수 있습니까?.

–그렇지.

나철의 질문에 이기가 시원하게 답했다.

–지금 이분들이 가진 세 개의 상징이 무엇인가?

이분은 백전과 소전이 가진 상징을 묻고 있었다. 이름에 담겨 있는 뜻을 물었다.

–하나는 흰색입니다.

–맞네.

–둘째는 완전한 인간이 되기 위해 수련하는 사람입니다.

–마지막 하나는?

–마지막 하나는 환족의 역사를 가지고 있는 사람입니다.

–정확하게 맞췄네. 이제 하산해도 되겠네.

이기의 하산해도 좋다는 말에 나철이 고마우면서도 어색해했다. 아직 이르다는 것을 자신이 잘 알고 있었다.

–오늘은 공부가 깊네. 가지고 온 책 두 권이 바로 우리 환족의 비밀을 간직한 비서일세. 얼마 전까지만 해도 관官에 들키면 참형을 면키 어려운 책일세.

–그런 책을 왜 처음 본 저에게 주었을까요?

나철은 백전도사와 만났던 기억을 떠올렸다.

–자네가 바로 세 가지 상징을 가진 인물인 것을 알았기 때문이지.

–제가 환족의 역사를 담당할 사람으로 보았다는 말씀입니까?

–그렇지.

나철은 이기의 말에 다시 백전도사를 만났을 때를 떠올렸다. 나철에게 백전도사가 '우리는 다시 온 사람들일세' 라고 했다. 순간 기묘한 생각이 떠올랐다. 다시 생각해도 이해할 수 없는 말이었다.

–백전도사는 제게 이렇게 말씀하셨습니다. "우리는 다시 온 사람들일세."라고요.

–그것을 이해하게 되는 날이 올 걸세.

나철의 말에 이기가 다시 말했다. 나철은 순간 몸에 소름이 돋았다. 분명하게 백전도사가 나철에게 두 권의 책을 건네주면서 이렇게 말했다. "나중에 내가 한 말을 다시 확인하게 될 걸세.' 라고.

그 말을 다시 이기에게 듣고 있었다. 백전도사는 이런 말도 했었다. "지금은 아무리 설명해도 알 수 없을 걸세"라고. 나철은 당황스러웠다.

혼돈스러웠다. 이해하기 어려운 세상으로 들어온 것 같았다. 겪어보지 못한 세계에 발을 들여놓고 있음을 깨달았다. 내 인생과 관련이 있는 것일까. 자신의 상황을 이기에게 묻고 싶었지만 어떤 말이 자신에게 돌아올지를 알고 있었다. 백전도사가 했던 말이 그대로 돌아올 것을 알고 있었다. “지금은 아무리 설명해도 알 수 없을 걸세”라는 답이었다. 나철은 궁금했지만 입을 다물었다.

–두 책은 어떤 책입니까?

〈삼일신고三一神誥〉와 〈신사기神事記〉에 이태집의 물음이었다. 이상룡은 한마디 없이 듣기만 했다. 역사학당은 공부하는 시간이었다.

홍범도, 일본군의 본진을 공격하다

진중하게, 그러나 간결하게.

공격과 후퇴는 진중하면서도 간결하게 할 것을 주문했다. 홍범도는 낮은 목소리로 강하게 말했다. 덕원의 일본군 주둔지를 공격하기 전 홍범도가 대원들에게 주문한 내용이었다. 작전계획은 완성되었고, 모의 전투도 실행한 상태였다. 마지막 공격만이 남았다. 홍범도 부대의 장점은 상당수의 대원들에게 덕원이 익숙한 지형이었다. 그리고 덕원은 물론 조선은 누가 뭐라고 해도 같은 조선인이 살고 있는 지역이었다. 나라는 기울어가고 있었지만 아직 존재하고 있었다. 일본군이 함부로 하기에는 어려움이 많은 지역이었다. 지역적 이점과 환경의 유리함을 가지고 있었다.

부대는 4개로 나누어 출발했다. 덕원의 야산에서 집결하기로 했다. 40여 명이었던 대원이 60여 명으로 늘었다. 일본군들처럼 훈련을 받아 열을 맞추고, 일사분란하게 지휘통제를 받는 군대와는 다른 것이 홍범도 부대였다. 의욕은 넘치고 몸은 따라주지 않는 부대였다. 그래서 홍범도가 선택한 것은 철저하게 유격전이었다. 치고 빠지고, 다시 치고 빠지고를 거듭하는 것이었다. 그러다 기회가 되면 진중하면서도 간결하게 집중공격을 하는 방법이었다. 호랑이를 잡을 때 은폐와 엄폐로 접근하거나 기다린 후에 확실할 때 공격하고 빠지는 방법이었다.

각 소대장들의 지휘 아래 덕원에 가까워 지고 있었다. 소대 편성은 지난번 일본군을 격파했을 때와 같았다. 홍범도가 총지휘를 맡았다. 김수협이 부대장이었다. 냉골 사는 차도선 1소대장, 범골의 태양욱 2소대장, 송상봉 3소대장, 허근 지원 소대장이었다. 밤말 사는 이재인은 홍범도의 지휘소로 배치되었다. 주간 공격을 택하기로 했다. 덕원 집결소로 모였다. 현지를 소대장과 소대원 한 명씩을 보내 정찰하도록 했다. 급하게 공격할 이유가 없었다. 더 많은 타격을 주는 것이 목표였다. 복장은 보잘것없는 사복이었지만 혈기가 넘쳤다. 현장을 보고 온 후 다시 작전회의 열렸다.

-각 소대별로 상황 보고를 하라.
-생각보다 삼엄합니다. 두 번의 공격을 받고 경계가 삼엄해졌습니다.
-근접해서 타격하는 것이 중요합니다.
-부대 내로 침투해서 수류탄으로 공격한 뒤 집중 사격하는 방법이 필요합니다.

의견을 수집하고 토의한 후 홍범도의 지휘 아래 공격이 시작되었다. 수류탄과 대부분의 무기와 탄약은 일본군을 격파한 전투에서 노획한 것들이었다. 현장 작전회의 결과 부대 내로 침투해서 타격을 준 후에 적들이 우와좌왕 할 때 집중 공격하는 것으로 결론이 났다.

홍범도는 자신의 의견을 주장하지 않고 난상토론을 붙여 스스로 선택하는 방업을 선택했다. 부대 침투는 2소대에서 맡기로 했다. 태양욱은 배짱도 있고, 동작이 빨랐다. 공격시간은 새벽으로 잡았다. 잠에 깊이 들었을 때 수류탄으로 공격을 하고 어수선해진 틈을 타 공격하기로 했다.

어둠을 이용해 철조망이 처져 있는 곳의 하단을 잘라냈다. 두 곳으로 침투할 준비를 마쳤다. 소대별로 이동해 일본군 진지 근처로 이동했다. 모두 기다렸다. 그리고 잠시 휴식을 취했다.

드디어 홍범도의 공격 명령이 2소대에 떨어졌다. 태양욱이 부대로 접근했다. 2개 조로 나누어서 각자 맡은 철조망을 절단한 곳으로 이동해 상황을 보았다. 순찰조가 오고 있었다. 이상 없이 지나갔다. 짧은 시간에 빠르게 절단된 철조망을 올리고 대원들이 부대로 진입했다. 태양욱은 목적한 곳으로 이동했다. 막사로 두 명의 일본군이 오고 있었다. 막사로 두 명의 일본군이 들어갔다. 얼마 후에 다시 두 명의 복장을 갖추고 총을 소지한 일본군이 막사에서 나왔다. 근무 교대 조였다. 교대 조가 지나간 후 태양욱이 먼저 몸을 숨기며 막사로 다가갔다. 태양욱의 손짓에 의해 다른 대원들도 각자 맡은 막사로 접근했다. 기민했고 정확했다.

오랜 훈련을 받은 군사 같았다. 한편 진지 정문은 홍범도가 직접 맡았다. 밤말 사는 이재인과 대원 두 명이 따랐다. 이재인은 예사롭지 않은 능력을 갖춘 대원이었다. 사냥 경력도 있었다. 두 명의 보초가 서 있었다. 지루한 듯 오가는 두 명의 보초가 같은 방향을 보고 대화를 하고 있었다. 이재인이 돌멩이를 주워 살짝 던졌다. 달그락 소리가 정적 속에서 크게 들렸다. 말을 멈추고 한 보초병이 긴장을 하고 이동을 하는 순간 뒤에 남아있는 보초병을 홍범도가 직접 덮치며 목을 돌려 버렸다. 기사범에게 배운 무술실력을 이렇게 사용할 줄은 생각 못 했었다. 그대로 몸이 축 처지며 쓰러졌다. 달그락 소리를 듣고 이동한 초병은 이재인이 칼을 가지고 목을 땄다. 홍범도는 함께 간 대원과 함께 안으로 들어갔다.

태양욱과 함께 막사 침투를 맡았던 대원들이 막사로 달려 다가가며 수류탄을 막사 안으로 던졌다. 동시에 홍범도의 명령이 떨어졌다. 막사 안은 아수라장이 되었다.

—공격!

-와!

대원들이 몸을 감추며 밖으로 튀어나오는 일본군을 향하여 사격했다. 밖에서 철조망을 잘라놓고 대기하고 있던 대원들이 진지 안으로 들어서며 사격을 했다. 대원들이 총공격해 부대로 들어갔다. 짧은 순간에 공격을 당한 일본군은 전열을 가다듬을 시간이 없었다. 일본군은 수적으로나 병기로 보나 월등했지만 손 쓸 시간이 없이 당했다.

전투에는 숫자가 중요하지만 통제가 가능할 때 효과가 있다. 홍범도는 만 명에 가까운 인원이 모인 전봉준의 농민군이 패한 것이 훈련되지 않은 것이라고 생각했다. 농민군이 패한 확실한 원인은 무기 열세에 있었다. 접근도 하기 전에 상대의 총에 쓰러지는 상황에서 이길 승산은 없다. 그렇다면 유격전으로 붙어야 한다.

홍범도의 부대는 사격훈련, 공격과 후퇴훈련 같은 기본훈련을 배운 부대였다. 자발적으로 지원한 대원들이어서 사기가 높았다. 홍범도와 북청의 포수회 회원이 주축이 된 소대장들의 지휘가 빛났다.

좌충우돌하는 일본군은 지휘계통을 잃어버리고 무너졌다. 흩어져 갈팡질팡하는 일본군은 홍범도 부대의 공격에 속수무책이었다. 홍범도의 4개 소대는 집중적으로 모이고 흩어졌다 다시 모이면서 일본군을 공격했다. 준비된 부대와 지휘통제를 잃은 부대의 차이는 컸다. 전투는 해가 밝아오면서 더욱 승자와 패자의 간격이 벌어졌다. 자다가 당한 일본군은 참패했다. 일본군 주력부대가 무너졌다. 물론 작은 부대였지만 속수무책으로 당했다. 그리고 홍범도 부대는 철수했다.

–우리는 승리했소.

홍범도의 목소리에는 힘이 들어가 있었다.

–우리는 이제 부대로 귀환합니다. 우리의 승리는 우리 조선의 승리입니다.

〈삼일신고三一神誥〉와 〈신사기神事記〉를 만나다

산일신고三一神誥 와 신사기神事記.

나철이 들고 온 두 권의 책. 말은 들었지만 내용은 전해지지 않았던 책이었다. 나철로부터 넘겨받은 이기와 계연수는 책 안의 내용을 살펴보기 시작했다. 놀라웠다. 이기는 어디서부터 설명해야 할지 쉽지 않았다. 환족의 역사를 아직 이해하지 못하는 나철에게, 그리고 환국을 이해하려면 필수적인 수련을 해 보지 않은 나철의 경우 더욱 어려웠다. 역사학당의 가족들은 수련을 하고 있었다. 나철과 이상룡만이 아직 깊은 단계의 수련에 이르지 않았다.

–환족의 역사와 사상을 알려면 먼저 수련을 해야 하네.

–예. 수련을 하겠습니다.

이기의 말에 나철은 바로 마음의 결정했다. 이상룡도 수련을 제대로 하지 않은 것이 마음에 걸렸다.

–〈삼일신고三一神誥〉와 〈신사기神事記〉는 보경寶經일세.

어디서도 찾아보기 힘든 책이었다. 본래의 내용이 그대로 다 들어있는 책이었다. 환국의 시대로 돌아갈 수 있는 귀한 책이었다. 이기는 보경寶經이라고까지 했다. 이기와 계연수가 살펴보았다.

–이 귀한 책을 무슨 책인지도 모르고 받았다니 그것도 신기한 일일세.

–제가 말씀드렸던 대로입니다. 몇 장을 들춰 봐도 알 수 없는 내용이었습니다. 그래서 제가 "이 책을 제게 주시는 이유는 무엇입니까?"라고 물었습니다. 그러자 백전도사께서 "이야기하지 않았나. 나중에 필요할 거라고." 말씀하셨습니다.

나철은 지금도 궁금했다. 나중에 필요하다니. 이 책을 받은 이유를 나중에 알게 되고, 나중에 필요할 거라는 말이 다시 떠올랐다.

–무슨 말인지는 나중에 안다고 했으니 잊게.

–예. 알았습니다.

–먼저 제목을 살펴보세. 내용은 차후 살펴보기로 하고 〈삼일신고〉는 무엇을 말하는가를 알아보세. 기본을 알아야 전체를 이해할 수 있네. 먼저 '고誥'의 의미는 왕이 백성에게 알리거나, 왕이 관리를 임명할 때 사용하는 말일세. 좀 더 설명하면 백성에게 내려 가르치거나 명령하는 문서를 말하네. 좀 더 시간이 지나고 나서는 '칙勅'이라고 했지. 칙서勅書라고 들어보지 않았나?

–지금 궁궐에서 사용하고 있는 말입니다.

–그렇네. 이번에는 '신고神誥'를 생각해보게.

–신이 인간에게 가르침을 주는 말이나 글이라고 생각하면 되겠군요.

–그렇지.

이기와 나철의 대화는 쉽게 풀렸다. 나철의 지식과 정보는 대단했다.

–그럼. 남는 게 '삼일三一' 일세.

– '삼일三一' 은 천부경에 나오는 삼三과 일一의 관계로 보면 됩니까?

–그렇지. 종합하면 삼일신고는 삼신일체, 즉 신도神道의 차원에서 홍익인간의 이념을 구현하고, 삼진귀일三眞歸一, 즉 인도人道의 차원에서 성통공완性通功完의 공덕을 쌓아 지상천궁地上天宮을 세우는 가르침을 한배검, 즉 신神이 분명하게 글로 남겨 전한 말이라는 뜻일세.

–좀 어렵습니다.

–그런가. 단계별로 설명하면 이해될 걸세. 첫째는 신의 역할이 있네, 신은 인간에게 홍익인간하라고 했지. 둘째 인간은 수련을 통해서 완성된 인간이 되는 걸세. 셋째는 홍익인간하라는 신과 홍인인간을 할 수 있는 완성된 인간이 만나면 우리가 바라는 이상 세계가 만들어질 수 있다는 원리지.

–여기에서 신은 어떤 존재입니까?

–왕으로 보아도 되고, 천손으로 보아도 되고, 인간이 가진 정신 즉 마음으로 보아도 되네.

–아하. 특정되어진 것이 아니군요.

–우리의 정신세계는 하나가 셋이고, 셋이 하나 되는 것으로 보네. 다시 말하면 변화가 주체라고 할 수 있네. 고정된 것을 인정하지 않네. 천지

인이 같은 힘을 가진 존재로 보는 것이 좋은 예일세.

–완전 철학입니다.

–그래서 환족의 철학이 위대하고 깊은 걸세.

–제목 하나 이해하는 데도 오래 걸립니다.

–그렇네. 달리 말하면 제목만으로도 전체를 이해할 수 있는 상징을 가지고 있네. 그래서 백전伯佺도사와 소전素佺거사라는 이름만을 듣고도 어떤 분이라는 것을 알 수 있는 것과 같네.

–그렇네요.

이기는 나철에게 지난번에 알려줬던 것까지 예로 들며 자세하게 설명했다.

–이제부터 공부해 보세. 나도 모르는 내용이 이 안에 들어있네. 내용이 세세하게 적혀 있어 감동적일세.

〈삼일신고〉에 이런 내용이 적혀 있었다. 〈한배검, 즉 천제께서 홍익인간, 광명이세光明理世의 큰 이념으로 팽우彭虞에게 명하여 가르침을 받게 하고, 고시高矢는 동해가에서 청석靑石을 캐어 오고, 신지神誌에게는 돌에 고문古文으로 새겨 전하였다는 기록이 있었다. 뒤에 부여조의 법학자 왕수긍王受兢이 은문股文으로 단목檀木에 새겨 읽게 하였다. 두 기록이 모두 전화로 없어져 사라졌다가 고구려 때 한문으로 번역한 것이 전하여졌고, 발해국 문왕이 조부인 태조 고왕의 찬문과 대야발의 서문과 극재사의 독법 등을 엮고, 자신의 봉장기를 덧붙여서 왕이 손수 만든 어찬진본御贊珍本이 만들어졌다. 문왕은 앞서 시대에 만들어진 것들이 모두 유실되어 후세에 전하지 못함을 안타깝게 여겨, 대흥大興 3년 15일 백두산 보본단報本壇 석실石室 안에 비장秘藏하였다〉는 기록이었다. 쉽게 이해하기 어려운 내용이었다. 고서를 해석하는 일은 난해했다. 하지만 하나하나 들여다볼 내용들이었다.

–이해하겠나?

–어렵습니다.

이기가 나철에게 묻자 나철의 대답이었다.

–정말 쉽지 않네.

–해석과 설명은 내 몫이니 걱정하지 말게. 중요한 것은 오랜 세월 숨겨져 보관되던 책이 자네 앞에 홀연히 나타났다는 것일세.

–정말 믿기 어려운 현실입니다.

–계산해보니 비장된 지 1,300여 년이 지난 책일세. 그것이 스스로 홍암을 찾아왔으니 경축이 아니고 무엇이겠는가.

–놀랍습니다. 제게 전해준 분도 환족의 역사에 깊은 분이고, 伯佺도사에게 전해준 백봉신형白峯神兄이란 분도 환족의 역사에 깊은 관계가 있는 분이시군요.

–그렇지. 그것이 신비한 일일세.

–한데 양은 그리 많지 않습니다.

나철이 책을 살펴본 후에 말했다.

–그리 길지 않네.

책의 전체 구성은 〈천훈天訓〉〈신훈神訓〉〈천궁훈天宮訓〉〈세계훈世界訓

〉〈진리훈眞理訓〉으로 만들어져 있었다. 전체가 오훈五訓이었다. 전체를 읽는 데 오랜 시간이 필요하지 않았다. 불과 366자가 전부였다. 이해하는 것이 어려워서 그렇지 내용을 읽는 데는 죽 한 그릇 먹는 시간으로도 족했다. 천부경이 81자, 삼일신고가 366자 그리고 노자가 쓴 도덕경이 81문장으로 모두 연관성이 있어 보였다.

–내가 생각했던 것과 일치하네.

–어떤 내용입니까?

이기의 자신이 예상한 것과 맞는다는 말에 계연수가 물었다.

–인간은 능력을, 인간의 가능성을 신성과 동격의 수준으로 보았다는 점일세.

–내용을 설명해 주시지요.

나철이 이기에게 주문했다.

–다른 종교와 같이 최고의 극락이나 천국을 이곳에서는 천궁天宮이라고 해서 하늘의 집이라고 했네.

–그렇다면 복을 구하는 기복祈福입니까?

나철이 물었다.

–아닐세. 운초도 그렇게 생각하나?

이기가 계연수에게 물었다.

–그럴 리가 없습니다. 당연히 성통공완性通功完입니다.

–그렇지.

–성통공완이란 구체적으로 무엇을 말합니까?

–이제 홍암이 실체적인 세계로 들어가는 길목에 있네.

–무슨 말씀이시지요?

이기의 말에 홍암이 즉각적으로 이기가 말한 의미를 물었다.

–환족의 역사를 알려면 선행되어야 하는 것이 있다고 했는데 그 세계에 들어가는 것을 말하네.

–아하. 수련을 말씀하셨었지요.

–그렇지.

–성통性通이란 마음의 근원을 꿰뚫어 하나로 이해가 되는 세계를 말하네. 불교로 이야기하면 깨닫는 순간이지. 득도라고 할 수 있네. 인간이 가진 마음의 본질을 수련을 통해서 스스로 알게 되는 직관의 세계일세. 그리고 공완功完은 성통을 해서 깨달은 세계를 이 세상에 전해 이롭게 하는 것을 말하네.

–수련을 통해서 본질을 알고 알게 된 후에 세상을 위해 공헌을 하는 것을 말씀하시는 것입니까?

–그렇지. 그것이 정답일세.

나철과 이기의 대화가 점점 무르익어갔다.

–중요한 것을 묻겠습니다. 우리의 종교는 결국 수련을 통해 깨달은 것을 세상에 전하는 것이라고 이해하면 됩니까?

–바로 그걸세.

나철의 생각을 이기가 확실하게 인정해 주었다.

–그렇다면 종교가 아니라 자기 수련 아닙니까?

–우리의 종교는 다른 종교와 달리 혼자 수련해도 되고, 다 함께 수련해도 되지만 성통性通하는 방법과 공완하는 공간이 필요하지. 모여서 하다 보니 종교라고 굳이 표현했다고 보면 되네.

–아하! 이제 이해가 됩니다. 제가 종교를 만든다고 해서 문제가 될 것이 하나도 없겠군요.

–그 말이 정답일세. 홍암이 종교를 만든다고 홍암이 부처가 되는 것도 아니고 요즘 말들이 많은 서학西學처럼 예수라는 사람과 전지전능한 하나님이라고 하는 것과는 전혀 다른 순수한 수련이고, 우주의 원리를 공부하는 것이지.

이기가 불교와 기독교가 가진 특성과 우리가 종교라고 하는 것의 특성을 비교해서 설명했다.

–그래서 우리의 내세나 이상형인 천궁天宮이라고 한 것이 현세에도 이루어질 수 있는 것이군요.

–잘 보았네. 여기를 보게.

〈천궁은 천상天上에만 있는 것이 아니다. 지상에도 있다. 태백산 남북이 신국神國이며 산상山上의 신강처神降處가 천궁이다.〉 다음 장을 넘겨 이기가 손으로 짚었다. 〈또한 사람에게도 있으니 몸이 신국이요, 뇌腦가 천궁이다. 그래서 삼천궁三天宮은 하나다.〉

–이해가 되나?

이기가 나철에게 물었다. 나철은 이제 폭 빠졌다. 알고 싶었던 것들을 심도 있게 공부하는 순간이었다. 어디에서도 공부하기 어려운 내용이었다. 역사의 고수 둘이 함께하고 있었다. 이기와 계연수는 고수였다. 많은 자료도 가지고 있었다. 집안에서 대대로 내려오는 역사의 집안이었다. 이기와 계연수를 만난 것이 천운이라고 나철은 생각했다.

–어렴풋이 이해가 됩니다. 아직 확연하게 들어오지는 않습니다.

나철의 솔직한 심정이었다. 우선은 천궁에 관한 내용과 몸에 대한 것이 무엇이 다른지 확실하게 감이 오지 않았다.

–늘 생각해야 할 것이 있네. 우리의 역사관을 이해하려면 늘 따라다니는 것이 있네.

–아하. 하나가 셋이고 셋이 결국은 하나로 귀결된다는 말씀이시지요?

–그렇지. 그것을 늘 염두에 두어야 이해하는 데 도움이 되네. 천지인天地人, 一二三, 원방각圓方角은 같은 원리들로 만들어진 의미통意味通일세.

–명심하겠습니다.

이기의 말에 나철이 답했다.

–확연하지 않은 것이 무엇인가?

–이제는 이해가 어느 정도 되었습니다. 하늘의 천궁과 인간에게 뇌가 어떤 연관성이 있는지 몰랐습니다.

–그러면 지금은 이해가 가는가?

–예. 세상의 이상향을 천궁으로 했지만 결국은 천지인의 원리에 의해서 인간에게 마음이 들어있다고 하는 뇌도 천지인의 원리로 보면 같은 천지인이니 천궁과 인간의 뇌는 다르지 않다는 것을 느꼈습니다.

–정확하게 말했네. 현실세계에서 천지인의 이상형인 천궁과 인간의 사

유세계에서 천지인의 핵심을 뇌로 본 것이 우리의 사상체계라고 할 수 있네. 뇌가 편하다고 생각하면 세상은 모두 천국이 되는 것이고, 뇌에서 세상은 힘든 지옥이라고 느끼면 결국 세상은 지옥이 되는 걸세.

–천국과 지옥이 바로 뇌 안에 있었군요.

–그렇지.

–천국에 가서도 지옥이라고 느끼면 결국은 지옥이 되는 것을 오늘 보았습니다.

–우리의 역사관이나 현실관은 마음을 정리한 것이고, 몸의 원리는 우주의 원리를 그대로 따르는 것으로 보았지.

–알아갈수록 신비하고 오묘합니다.

–그렇네. 공부가 끝이 없지. 결론을 더 어렵게 하겠네. 어렵게 하는 이유는 하나일세. 자만하지 말고 공부하라는 의미이니 그저 듣고 생각해보게.

이기가 나철을 바라보며 말했다.

〈천부경〉에서 언급하고 있듯이 사람은 삼망三妄에서 삼진三眞으로 들어가야 한다고 하네.

–정말 어려운데요.

나철이 엄살을 부리자 이기와 계연수가 웃었다. 이상룡도 따라 웃었다. 나철만큼 이상룡도 마음이 급한 사람이었다. 거병을 준비하고 있는 사람으로서 역사를 알아야 한다는 마음이 강했다.

–삼망三妄인 심心 · 기氣 · 신身에서 벗어나 본래적인 삼진三眞인 성性 ·

명命 · 정精으로 돌아가야 한다고 하네. 방법으로는 수행이 필요하다는 말씀일세.

이기의 설명이 계속 되었다.

—마지막으로 어려운 말로 정리하고 쉬세. 즉, 삼법이란 심心의 감感을 지감止感하고, 기氣의 식息을 조식調息하고, 신身의 촉觸을 금촉禁觸하는 삼법三法을 힘써 익히는 것일세. 하나 덤으로 설명하면 여기서 식息은 숨일세. 숨 쉬는 호흡!

홍범도, 둘째 아들을 보다

내가 큰 죄를 짓고 있는 듯합니다.

—그렇지 않아요. 당신은 큰일을 하는 사람인걸요.

홍범도의 말을 홍범도의 아내 옥녀가 받았다.

홍범도와 아내가 만났다. 홍범도가 몇 달 만에 찾은 집이었다. 이미 아이가 태어나 있었다. 집을 비운 사이 홍범도의 둘째 아들이 태어났다. 아비로서의 자격이 없는 사람이었다. 또한, 한 여자의 남편으로서 자격이 없는 사람이었다. 사내로서 가족을 지키고 가족을 위해 살아야 하는 당연한 일을 못하고 있는 자신이 안타까웠다.

—당신은 혼자서 큰일을 잘하는군요.

-그렇지 않아요. 어설픈 대로 하는 거지요.

홍범도가 아내의 손을 잡으며 미안한 표정으로 말하자 아내가 살아가는 상황을 이야기했다. 첫 아이를 낳았을 때도 못 해주었고, 둘째 아이를 낳았을 대도 제대로 못해 주고 있는 자신이 미웠다. 마음고생 많이 한 아내에게 무엇이든 더해 주고 싶었다.

-아이의 이름은 무엇으로 할까요?

아내의 말에 홍범도는 아차 싶었다. 아이의 이름도 지어주지 못했구나 싶었다.

-미안해요.

홍범도가 아내에게 말했다.

-괜찮아요. 되는 만큼 사는 게 가장 잘 사는 것인 줄 알고 있어요.

-힘들었지요?

-그렇지 않아요. 불만 없어요.

-의지할 곳 없는 두 사람이 만나 서로에게 힘이 되어주어야 하는데 내가 자리를 비워 안타까워요.

-불가에선 인연으로 만난다고 하잖아요. 우리가 이렇게 사는 이유가 다 있을 거예요.

홍범도와 홍범도의 아내 옥녀가 만난 곳이 절이었다. 결국은 두 사람 모두 파계했지만 불교와는 인연이 있는 사람들이었다.

-우리는 무슨 인연으로 만났을까요?

-아마 전생에 우리 둘이 너무 편하게 잘 살아 이번 생은 고생하라고 태

어났는지도 몰라요.

홍범도의 말을 아내가 받았다.

–그럴까요. 고생만 시키니 미안해서 그래요.

–당신 마음 얼굴만 봐도 알아요. 받아들이면 어려움도 어려움이 아니지요. 천국은 내 안에 있는 걸요.

홍범도는 매번 아내에게 한 수 배운다는 생각을 하곤 했다. '천국은 내 안에 있다' 는 말에 다시 한번 스승에게 듣는 말 같았다. 때론 누이가 남동생에게 하는 말처럼 들리기도 했다. 홍범도가 아내만 보면 마음이 편해지고, 아내에게 잘 해주고 싶은 마음이 드는 이유이기도 했다. 아내에 대한 믿음이 컸다.

–천사를 만나서 고마워요.

–저는 대장부를 만나서 고마워요.

홍범도의 말을 받아 아내가 답했다.

–대장부를 만나면 뜻이 커서 집에 붙어 있지 못하는 걸요.

–그래도 졸장부하고 사는 것보다는 나아요. 사람이 커야 한 사람이 들어가서 살 수 있지요.

홍범도보다 한 단계 위였다.

–같이 있지 못해서 미안해요.

–사는 게 몸으로 사는 것도 있지만 마음으로 사는 게 더 의미 있는 걸 느꼈어요. 당신이 나가 있어도 당신이 활동한 건 다 들려요. 조선에 '홍대장' 이 났다고 난리가 났어요.

-그래요! 일을 벌인 사람이 나란 걸 어떻게 알았을까?

-발 없는 말이란 걸 실감했어요. 날개 달린 것들보다 더 멀리, 더 빨리 전해지는 게 소문이에요.

-당신까지 알고 있는 걸 보니 진정으로 소문이 빠른 걸 알았어요.

홍범도도 놀랐다. 그리고 홍범도의 아내도 놀랐다. 자신의 남편 이름이 세상에 떠도는 것이 두렵기도 했고, 장하기도 했다. 하지만 홍범도의 아내는 어디에도 자신이 홍범도의 아내라는 사실을 숨겼다. 누구보다도 홍범도는 자신의 가족이 세상에 알려져서는 안 된다는 것을 알고 있었다. 어떤 보복이 올지 몰랐다. 그리고 홍범도는 일본군에게 주적이었지만 조선군에게도 적이었다. 조선의 왕과 조정은 이미 일본의 손아귀에 들어가 있었다. 홍범도의 처지는 일본군과 조선군에게 쫓기는 처지가 되어 있었다. 마치 전봉준의 농민군처럼.

홍범도와 홍범도의 아내가 만나 이야기를 하고 있는 동안 북청 읍내에서는 감연극이 곳곳을 누비고 있었다. 홍범도라는 인물의 정체를 확인하기 위해서였다. 홍범도라는 인물에 대해 긴급하게 파악하라는 상부의 명령이 떨어진 지 제법 되었다. 아직도 감연극은 홍범도의 정체를 파악하지 못하고 있었다. 북청포수회의 회장이었다는 것 정도만 알고 있었다. 그리고 북청 포수회의 회원들이 거사해서 일을 벌인 것까지는 파악하고 있었다. 홍범도가 만들어 일본군을 박살 낸 근거지인 진지를 찾고 있었다. 그리고 무엇보다도 홍범도라는 인물에 대해 파악하려고 했지만, 파악된 것이 별로 없었다. 감연극은 마음이 바빴다. 지난번 감연극이 두 명의 밀정을 보냈는데 그들이 실종되어 시체도 찾지 못한 감연극으로서는 신경이 날카로울 수밖에 없었다. 두 명의 밀정이 태양욱과 김형구에 의해 살해된 것을 확인하지 못하고 있었다. 감연극은 추정하고 있었다. 홍범도의 부대를 파악하라고 지시받은 두 명의 밀정이 사라졌다면 홍범도와 관계된 존재에 의하여 살해되거나 구금되었으리라고 믿고 있었다.

홍범도는 북청 읍내 근처 집에 잠깐 들렀고, 감연극은 북청을 뒤지고 있었다. 그리고 탐문조사를 하고 있었다. 홍범도는 감연극이란 밀정이 자신을 찾고 있으리라는 생각은 하고 있지 못했다. 다만 일본군 정보기관에서 가만있지 않을 것이라는 판단을 하고 있었다.

북청에서 홍범도의 흔적을 찾기 위해 탐문조사하고 있는 감연극과 달리 홍범도는 집에 들러 평화를 누리고 있었다. 자신을 노리고 있는 감연극의 존재에 대해서는 생각하지 못하고 있었다. 감연극은 달라지고 있었다. 돈을 살포하기 시작했다. 조선인을 돈으로 포섭해서 정보를 캐내기 시작했다.

–나는 오래 머물 수가 없어요. 그리고 아들 양순이 입단속 잘 시켜야 해요.

–아버지 이름도 잘 모를 거예요. 아버지 이름에 대해 말하지 않고 있어요.

–다행이에요.

아들 양순이가 우리 아버지가 홍범도라고 떠들고 다닐까 염려되어서 홍범도가 아내에게 아들의 입을 단속했다.

–이름을 물으면 '홍아내' 라고 할까요?

– '홍아내' 가 무슨 뜻이지요?

–뜻이 어디 있어요. 그냥 홍대장이 아내에게 포옥 빠진 것이 '홍아내' 지요.

아내의 익살스러운 말에 홍범도와 아내가 함께 웃었다. 웃음소리가 담장을 너머 크게 들렸다.

밖에서는 감연극이 골목을 지나고 있었다. 감연극의 눈과 귀는 촉觸을 세우고 있었다.

–이름을 용환이라고 하면 어때요?

–당신이 지었으면 됐어요.

홍범도의 아내는 남편의 뜻을 그대로 받아들였다.

–홍용환! 괜찮은데요.

–예. 저도 좋아요.

돌도 지나지 않은 모습의 둘째 아들 용환이를 물끄러미 바라보았다. 입을 옹알거리며 노는 모습이 귀엽다.

–오늘은 여기서 자고 내일 새벽에 떠날 거예요.

홍범도가 다시 떠나는 것이 아쉽고 걱정되어 말했다.

–여기 걱정은 하지 마세요. 제가 아이들과 함께 잘살고 있을게요.

–힘든 세상에 태어나 당신이 고생하는 것이 마음 아파요.

–생사가 오고가는 그곳이 걱정이지요. 제가 이곳에서 사는 것은 어려움이 없어요. 대장부는 대장부답게 살아야 해요.

–그렇게 생각해 주어서 고마워요.

감연극이 한 사내를 만나고 있었다. 북청 포수회에서 활동하던 김인식이었다. 김인식은 북청 읍내에 살고 있었다. 북청 포수회가 홍범도를 중심으로 일본과 각을 세우고 나라를 위험에서 구하자고 할 때 슬그머니 빠졌던 인물이었다.

감연극이 김인식에게 뭉치를 건넸다. 돈이었다. 감연극으로부터 받은 뭉치를 옷 안에 집어넣었다. 그들만의 거래가 은밀히 이루어지고 있었다.

김인식이 땅바닥에 그림을 그려가며 열심히 설명하기 시작했다. 놀라운 것은 감연극의 조선어 실력이었다. 조선 사람처럼 발음이 정확한 것은 아니었지만 의사소통에 문제가 없을 만큼 자연스럽게 하고 있었다.

김인식이 감연극에게 알려주고 있는 것은 홍범도 부대의 위치였다. 김인식이 감연극으로부터 돈을 받고 홍범도 부대의 위치를 알려주고 있었다. 김인식은 조선인으로서 조선인을 팔아먹고 있는 사람이었다. 더구나 같은 포수회에서 활동하던 사람들이 만든 의병 부대를 밀고하고 있었다.

이상룡, 꿈을 안고 고향 안동으로 돌아가다

저는 이제 떠나야 합니다.

이상룡이 이기에게 자신의 거취를 말했다.

거병擧兵의 뜻을 품고 있는 이상룡이었다. 의지는 단단했고, 뜻은 이미 세웠다. 나라가 기우는 것을 그냥 바라보고 있을 수가 없었다. 홍범도가 의병을 일으켰듯이 이상룡은 마음의 결단을 이미 내린 지 제법 되었다. 다만 시기를 보고 있었다.

–큰 뜻을 세웠으니 당연히 일어나야지. 언제 떠날 생각인가?

–오늘 오전까지 공부하고 떠나겠습니다. 어제 강론하던 것을 마무리 짓고 떠나겠습니다.

–그렇게 하게.

이상룡의 뜻을 이기가 그대로 받아주었다. 나철이 가져온 두 권의 책에 대한 설명을 듣고 떠나겠다는 의미였다.

〈삼일신고三一神誥〉와 〈신사기神事記〉. 두 권의 책이 주는 의미는 컸다. 인간의 근본적인 삼망三妄과 삼진三眞의 의미를 확실하게 나누어 주고 있었다.

–심기신心氣身의 삼망三妄은 성명정性命精의 삼진三眞보다 인정받지 못할까요?

–심기신心氣身은 마음에 맞추고 기분에 맞추고 몸에 맞춘 상태를 말하네. 여기서 마음은 흔들리고, 기운은 변하고, 몸은 욕망으로 흔들리는

것으로 보았지. 반면 삼진은 하늘로부터 내려받은 근원적인 어질고 착한 것으로 보았네. 성명정性命精에서 성性은 사람의 본성으로 타고난 것을 말하고, 명은 사람이 가지고 있는 불멸의 영혼, 정精은 생명력, 즉 참기氣를 의미하네. 삼망과 삼진을 상대적인 입장으로 보았고, 삼망은 변화하는 것들로, 삼진은 하늘의 마음 즉 천성으로 보았네.

이상룡의 질문에 이기가 답했다.

–마지막 날이라고 하니 더 어려운 것을 말씀하시는 듯합니다.

이상룡이 농을 담아 말했다. 모두 따라 웃었다. 오늘은 모두 참석해서 오붓한 시간을 가지고 있었다.

–그렇다면 말씀하실 때마다 천지인이 같은 동급이라고 했는데 여기서는 하늘이 인간보다 상위의 개념으로 자리 잡고 있는 듯합니다.

–천지인이 다르지 않고 같은 등위等位를 가지고 있다는 전제는 변하지 않네. 우리가 온 곳이 하늘이라는 점에서 순수성을 인정한 것으로 볼 수 있네.

–그렇다면 지상에서의 의미는 무엇으로 보아야 합니까?

힘들고 벅찬 세상에 사람이 태어나 살아가는 의미는 무엇이냐는 질문이었다.

–땅 즉 지상에서는 몸을 가지고 실천할 수 있으니 진정 중요한 것일세.

–하늘에게 순수성을, 땅에게 실천성을 주었다는 말씀이시지요.

–그렇지.

오늘은 이상룡과 이기의 문답으로 이루어지고 있었다.

–늘 우리의 사상체계를 말씀하실 때는 인본을 말씀하시는데 오늘은 천성에 우위를 두신 듯합니다.

–그렇게 볼 수 있겠지만 결국은 천지인은 하나에서 나와 나누어진 것으로 보는 것이 우리 선조들의 생각일세. 그래서 사람 안에 천지 즉 하늘과 땅이 들어있다고 하지. 사람이 하늘의 뜻을 깨닫고, 땅의 원리를 깨달은 사람을 천지인天地人이라고도 하네.

–저희는 언제 천지인이 될까요?

–이미 천지인이라고 할 수 있네.

모두 고개를 갸우뚱했다. 이기가 그런 표정을 보고 다음 말을 이었다.

–천지인이란 것이 수련을 하면 얻는 단계를 말하네. 여기 있는 사람들은 모두 수련을 하고 있고, 수련을 시작한 사람들이니 당연히 천지인이라고 할 수 있네.

나철과 이상룡은 수련을 시작했고, 이기와 이태집은 상당한 수준의 기공자였다. 수련을 하다 보면 몸의 원리를 이해하게 되고, 자연의 원리로 만들어진 인체를 깨닫게 된다. 사람의 몸은 자연의 원리를 그대로 이행하는 기관인 것을 깨닫게 되고, 사람 안에 새로운 내가 있음을 보게 된다. 몸과 마음이 하나가 아니고, 영혼이 몸을 지배하고 있음을 보게 된다.

–천지인이 삼일三一이라는 철학의 근본입니까?

–그렇지. 삼일三一철학은 곧 천지인이고, 현상세계라고 할 수 있네.

–천지인이 지금의 상태인 현상세계라고 하면 그 이전을 어떻게 보고

있습니까?

–우리는 없다는 것을 무無라고 하면 무를 세 단계로 나누었지. 무극無極, 태극太極, 황극黃極일세.

–신비롭네요. 무를 다시 세 단계로 나누었다는 것도 처음 알았습니다.

–우리 선조들은 자연을 분석하고 통찰하는 철학에 능숙했네. 무극은 비어있는 것을 말하고, 태극은 텅 비어있는 것에서 우주가 나온 것을 말하네. 그리고 황극은 우주가 나온 것에서 동서남북이 생기고, 상하가 생기고, 물질이 탄생하고, 생명이 탄생해 서로 얽히며 돌아가는 원리를 말하네.

–우주 창조의 삼 단계라고 할 수 있겠군요.

–그렇지. 다시 설명하면 무극은 존재, 태극은 창조, 황극은 경영이라고 할 수 있지.

이기는 진지했다. 그리고 이기의 설명에 모두 귀를 기울였다.

–삼일신고는 어떤 용도로 사용했습니까?

–삼천단부三千團部를 가르쳤다고 했네. 삼천단부란 단군 자손을 말하네.

–삼일신고의 핵심은 무엇이라고 해야 합니까?

–세 가지일세. 하늘을 숭배하고, 조상을 공경하며, 사람을 사랑하라는 말씀이지.

–유교와 다른 것이 없다고 할 수 있겠는데요.

–그렇게 볼 수 있네. 공자가 한 말을 떠올리면 이해가 갈 수도 있네.

–공자하고 삼일신고와 무슨 연관성이 있습니까?

너무 뜻밖이라는 듯 이상룡이 물었다.

–단정지을 수 없지만 공자가 이렇게 말했네. 술이부작術而不作이라고.

–술이부작術而不作이라면 유학을 자신이 기록한 것이지 만들지는 않았다는 내용 아닙니까?

–그대롤세. 오래전부터 내려오던 것을 기록했을 뿐이지 자신이 만든 학문이 아니라는 선언일세.

–아하!

나철은 처음 듣는 말이라는 듯 혼자서 탄성을 질렀다.

–생각해보게. 그렇다면 어디에서 배워 왔겠는가?

–…

모두 말이 없었다.

공자가 살던 이전이라면 중화에서 이야기하는 곳이 어디던가?

–하은주입니다.

–하은주에서 만들어진 사상이라면 너무나 당연하게 자신들의 선조라고 우기겠지. 그리고 구체적으로 하은주의 누가 만들었다고 했겠지.

–그렇습니다.

–자신들이 만들지 않은 것은 확실하지. 그 나라가 어느 나라이겠는가?

–아하. 우리의 환국이나 단국, 그리고 고조선이겠군요.

–그렇네.

이상룡의 궁금증을 이기가 풀어주었다.

–공자 자신이 역사에서 지워버린 나라이니 이름을 댈 수는 없고, 그냥

두리뭉실하게 술이부작이라고 한 것이지. 유학의 대가라고 하는 공자가 실토한 것일세. 유학은 자신이 만든 것이 아니라고.

–공자가 역사를 지워버렸다고 하셨습니까?

–그렇지. 그 내용은 운초에게 별도로 물어보게. 내가 자세하게 설명한 적이 있네.

공자와 사마천이 역사를 지운 내용과 진시황이 분서갱유焚書坑儒한 것이 유학자들이라고 하는데 분서焚書가 바로 동이의 역사를 기록한 책이었다. 갱유坑儒는 동이의 사상을 가진 수행자들을 죽인 것이라는 사실을 별도로 계연수에게 들으라는 말이었다. 다른 사람들은 다 알고 있으니 진도를 나가겠다는 말이었다.

–정말 그렇군요.

–그렇다면 최초로 하늘에 제사 지내고, 조상을 공경하며, 사람을 사랑하라는 것의 실체가 무엇이겠는가?

–삼일신고입니다.

이상룡이 대답했다.

–그럴 가능성이 상당히 있네.

–조상을 공경하라는 것은 제사를 말하는 것입니까?

–그렇지. 제사를 말하네. 환인 환웅 단군을 비롯한 치우천황에게 제사를 지내고, 시조에게 제사를 지내고, 직계조상에게 제사 지내는 것을 말하네.

–우리 선조들은 세 가지 뿌리 사상을 가지게 하였네.

–너무나 당연한 것을 담았습니다.

–그래서 최초일세. 당시로서는 혁명일 수 있는 것들이었네.

–당시로서는 혁명이라고요?

–그럼. 아니라는 것인가?

–당연한 것이 혁명이라는 말씀에 이해가 가지 않습니다.

–내가 자네를 이해하네.

이상룡의 반문에 이기가 말했다.

–하늘에 제사를 지내는 것은 체계적인 종교가 처음으로 생겼다는 것을 말하네. 산이나 바위 바다 같은 것에 경배하던 집단에서 우리가 하늘에서 왔고, 우리가 하늘의 천손이므로 하늘에 제사를 지낸다는 논리를 만든 사람들이 선각적인 사람들로 인정받았을 걸세. 가히 혁명적인 생각이었을 걸세.

–예. 그렇군요.

이상룡이 인정했다.

누구보다도 열심히 듣고 있는 사람은 나철이었다. 나철은 역사와 조선인을 어떤 관계로 만들어야 조선인의 마음 안에 심을 수 있을까를 고민하고 있었다.

〈4권으로 계속〉

신광철 작가

한국학연구소장, 작가

한국학 연구소장 신광철은 한국, 한국인, 한민족의 근원과 문화유산에 대해 연구하고 있다. 살아있음이 축제라고 주장하는 사람, 나무가 생애 전체를 온몸으로 일어서는 것이 경이롭다며, 사람에게도 영혼의 직립을 주장한다. 나무는 죽는 순간까지 성장하는 존재임을 부각시키며 살아있을 때 살라고 자신에게 주문한다. 그리고 산 것처럼 살라고 한다.
신광철 작가는 한국인의 심성과 기질 그리고 한국문화의 인문학적 연구와 한국적인 미학을 찾아내서 한국인의 근원에 접근하려 한다. 40여 권의 인문학 서적을 출간한 인문학 작가다. 최근 〈꼬마철학자 두발로〉와 〈긍정이와 웃음이의 마음공부 여행〉를 냈다. 1권은 '꿈은 이루어서 자신에게 선물하는 거야' 2권은 '인연은 사람을 선물 받는 거야'를 발표했다.

소엽 신정균

서예가. 일중 김충현 선생과 초정 권창륜 그리고 한별 신두영 선생에게 서예를 배웠다. 대한민국에서 미술대전을 비롯해, 세계로 프랑스와 미국 캐나다 중국 등에서 초청전시를 했다. 직관과 통찰을 끌어안은 간결함과 직선과 곡선을 품어 안은 활달함을 동시에 가진 서예가다. 거칠면서 단순하다. 휘몰아치면서 숨 멈춘 정지태의 글씨를보여주는 달인의 경지에 이른 서예가다.